MANAWYDAN
JONES
— Y PAIR DADENI —

I Ffion

MANAWYDAN JONES

Y PAIR DADENI

ALUN DAVIES

Diolch i'm rhieni am eu cefnogaeth a'u cyngor.

Diolch i bawb yn y Lolfa sydd wedi gweithio ar y llyfr, yn enwedig Meinir, sydd wedi bod yn gefnogol ac yn amyneddgar tu hwnt.

Diolch i Jason am y clawr bendigedig, ac i Ffion, Noa, Cari, Harrison a Franklin am eu barn ar y dyluniadau. Diolch i Catrin am fod yn hyfryd.

Argraffiad cyntaf: 2022
© Hawlfraint Alun Davies a'r Lolfa Cyf., 2022

Mae hawlfraint ar gynnwys y llyfr hwn ac mae'n anghyfreithlon llungopïo neu atgynhyrchu unrhyw ran ohono trwy unrhyw ddull ac at unrhyw bwrpas (ar wahân i adolygu) heb gytundeb ysgrifenedig y cyhoeddwyr ymlaen llaw

Cynllun y clawr: Jason Roberts
(www.victoryoverall.co.uk)

Rhif Llyfr Rhyngwladol: 978 1 80099 217 7

Dymuna'r cyhoeddwyr gydnabod cymorth ariannol
Cyngor Llyfrau Cymru

Cyhoeddwyd ac argraffwyd yng Nghymru
ar bapur o goedwigoedd cynaliadwy gan
Y Lolfa Cyf., Talybont, Ceredigion SY24 5HE
e-bost ylolfa@ylolfa.com
gwefan www.ylolfa.com
ffôn 01970 832 304
ffacs 01970 832 782

I

Mae'n dair munud i wyth o'r gloch ar fore dydd Mercher, ac mae Ditectif Saunders o Heddlu Caerdydd yn brasgamu i'w swyddfa gyda chwpan plastig tenau yn llawn coffi berwedig yn ei law. Mae gwres y coffi wedi treiddio trwy'r plastig ac yn llosgi ei fysedd, felly mae'n brysio at ei ddesg a gosod y cwpan i lawr yn ofalus.

"Syr." Mae'r llais yn dod o'r tu ôl i Saunders wrth iddo dynnu ei got, ac yn gwneud iddo neidio. Mae'n sylwi fod yna farciau budr ar waelod y got o hyd, er gwaetha ymdrechion Mrs Saunders (ei fam, nid ei wraig) i'w glanhau neithiwr.

"Ie? Beth?" mae Saunders yn ateb yn flin.

"Adroddiad wedi cyrraedd gan y tîm fforensig – am y corff o Landaf ddoe." Heddwas ifanc o'r enw PC Gibbons ('Mwnci' i'w ffrindiau) sy'n siarad, ac mae'n camu i'r swyddfa er mwyn pasio amlen frown i Saunders. Mae hwnnw'n ei chymryd heb air o ddiolch, ac yn rhwygo'r amlen wrth ei hagor.

Mae tudalen gyntaf yr adroddiad yn rhoi braslun o'r achos mor belled – rhwyfwr o'r enw Mathew Grogan wedi dod o hyd i gorff dyn canol oed yn afon Taf, yn agos i glwb rhwyfo Llandaf, yn gynnar y bore cynt. Fe gyrhaeddodd yr iwifforms cyntaf o fewn deg munud i warchod y safle, ac o fewn hanner awr arall roedd y tîm fforensig a Ditectif Saunders yno hefyd.

Wrth i'r tîm fforensig wneud eu gwaith treuliodd Saunders

ei amser yn edrych am dystion ac yn chwilio'r ardal wlyb, fwdlyd o gwmpas y corff yn ofalus am unrhyw gliw allai helpu i esbonio pwy oedd y dyn marw. Ond ar ôl dwy awr o chwilio, y cwbl roedd wedi llwyddo i'w wneud oedd cael ei got newydd yn fudr. Dim tystion, a dim i awgrymu pwy oedd y corff. Fel ddwedodd e neithiwr dros wydraid o win gyda Mrs Saunders (ei wraig, nid ei fam), "Pwy sy'n cerdded o gwmpas dyddie 'ma heb unrhyw beth – dim ffôn, dim waled, dim byd?"

Mae'n troi i dudalen nesaf yr adroddiad, sy'n esbonio sut buodd y dyn farw, ac yn stopio a rhythu ar y papur o'i flaen. Ar ôl tipyn mae'n camu at ei ddesg gan godi'r ffôn a deialu rhif pennaeth y tîm fforensig.

"Stanli?" mae'n gofyn pan mae'r alwad yn cael ei hateb. "Elfed Saunders sy 'ma. Dwi newydd fod yn darllen dy adroddiad di am y corff 'na ddoe. Wyt ti'n siŵr o achos y farwolaeth?"

Mae'r swyddfa yn dawel am dipyn wrth i'r llais ar ben arall y lein ateb.

"Gyda chleddyf? Ti'n siŵr?" mae Saunders yn gofyn eto.

Mae'n gwrando am gyfnod eto, ac yna'n ochneidio cyn ateb.

"Wel, ti sy'n gwbod. Ocê 'te, diolch i ti, Stanli."

Ar ôl rhoi'r ffôn yn ôl yn ei grud, mae Saunders yn sefyll yn llonydd am funud.

"Cleddyf? Yng Nghaerdydd?" mae'n gofyn yn uchel, iddo'i hun yn fwy nag i PC Gibbons, sy'n sefyll yn lletchwith wrth ddrws y swyddfa o hyd.

Gan ddal i ystyried y wybodaeth newydd yma, mae Saunders yn eistedd yn ei gadair ac yn gwthio'r pentwr o bapurau sydd ar ei ddesg i'r naill ochr, ac yn achosi i'r cwpan plastig gwympo a thywallt coffi berwedig dros y bwrdd a'r llawr.

Mae Ditectif Saunders yn rhegi'n lliwgar.

2

Tua'r un pryd ag y mae Ditectif Saunders yn gwneud llanast o'i ddesg, mae car gwyrdd yn gyrru'n araf trwy bentref Llandiem, ar gyrion Aberystwyth. Mae'n teithio heibio i dafarn y Farmers, cyn troi ar bwys y swyddfa bost i stryd dawel Bwlch y Gad. Mae'r pentref eisoes wedi dihuno a dechrau ar ei ddiwrnod – mae'r gyrrwr yn gwylio dyn ifanc mewn siorts byr, crys tyn sy'n gwisgo pâr o glustffonau mawr, yn loncian i gyfeiriad y brif ffordd, a dwy ddynes yn cerdded i'r cyfeiriad arall, yn sgwrsio wrth fynd â chi bach am dro.

Mae'r car gwyrdd yn teithio'n araf i lawr y stryd cyn parcio gyferbyn ag un tŷ penodol, gyda'r rhif 14 yn sgleinio ar y drws.

Dyn mewn hen siaced ledr gyda phen moel a barf ddu, drwchus yw'r gyrrwr. Mae ganddo graith ar ei foch chwith sy'n dechrau ar bwys ei lygad, ac yn ymlwybro tuag i lawr cyn diflannu i berfeddion ei farf. Mae'n diffodd yr injan ac yn eistedd 'nôl yn ei sedd, yn edrych ar y tai o'i gwmpas. Mae wedi bod yma yn Llandiem o'r blaen, ond ddim ers amser maith.

Wrth iddo gadw llygad barcud ar ddrws rhif 14, mae meddwl y dyn yn crwydro. Mae yna gyfrinach yn llechu y tu ôl i ddrws pob un tŷ, mae'n ystyried. Nid dim ond ar y stryd yma, nid dim ond ym mhentref Llandiem, ond y tu ôl i bob drws dros Gymru gyfan. Rhai cyfrinachau bach, dibwys, a rhai mawr, difrifol; rhai cyfrinachau sy'n dechrau'n ddiniwed ond yn troi'n beryglus, a rhai sy'n dywyll ac yn wirion ar yr un pryd.

Dydy'r dyn yn y car ddim yn gwybod taw cyfrinach Lefi Puw, sy'n byw yn rhif 16 Bwlch y Gad, yw ei fod yn aros i'w wraig Meri fynd i'w gwers zwmba bob nos Iau cyn coginio a bwyta tair brechdan gig moch un ar ôl y llall, gan fod Meri'n llysieuwraig ac yn gwrthod cael unrhyw gig yn y tŷ.

Dyw e ddim yn gwybod chwaith fod Gwen Owen, y ddynes 68 mlwydd oed sy'n byw yn rhif 12 Bwlch y Gad, wedi dweud wrth bawb i'w chwaer symud i Awstralia ddegawdau yn ôl. Y gwir yw ei bod hi'n byw ym Mryste, ond dyw'r ddwy ddim wedi siarad ers dros ugain mlynedd ar ôl ffrae a ddechreuodd oherwydd anghytundeb dros y ffordd orau i yrru o Aberystwyth i Gaerdydd.

Ond mae'r dyn yn gwybod beth yw'r gyfrinach sy'n llechu y tu ôl i ddrws rhif 14 Bwlch y Gad. Mae'n gwybod ei bod yn un beryglus – cyfrinach y byddai rhai yn lladd i'w darganfod, ac y byddai eraill yn marw i'w gwarchod. Ac mae'n gwybod hefyd fod y diwrnod wedi cyrraedd iddo rannu'r gyfrinach honno.

3

Yn stafell wely gefn rhif 14 Bwlch y Gad, ar ddechrau'r diwrnod sydd am newid ei fywyd am byth, mae Manawydan Jones yn aros yn ddiamynedd i ddyn dieithr o'r enw Vlad, sy'n eistedd mewn fflat ar gyrion dinas Budapest yn Hwngari, i wneud ei symudiad gwyddbwyll nesa. Mae'r cloc sy'n dangos faint o amser sydd gan Vlad ar ôl yn tician i lawr yn araf ar sgrin y gliniadur. Er fod Manawydan yn ennill hyd yn hyn – mae ei farchog a'i frenhines yn bygwth brenin Vlad – mae'n ymwybodol ei fod yn brin o amser i gael ei frecwast cyn dal y bws ysgol.

Ar ôl munud arall o aros, ac yn absenoldeb unrhyw symudiad ar y sgrin, mae Manawydan yn ochneidio'n rhwystredig ac yn cau'r wefan gwyddbwyll cyn diffodd y gliniadur. Mae'n codi o'i gadair ac yn treulio munud neu ddwy yn chwilota o gwmpas y stafell fach am y ffeils a'r llyfrau sydd angen arno y diwrnod hwnnw. Unwaith fod popeth wedi eu gwthio i'w fag mae'n ei godi ar ei ysgwydd ac yn cerdded o'i stafell ac i lawr y grisiau i'r gegin.

Dydy Manawydan ddim yn meddwl edrych yn y drych sydd ar y landin wrth gerdded heibio, ond petai e wedi gwneud, fe fyddai wedi gweld bachgen pymtheg oed gyda wyneb ifanc, ei wallt coch wedi ei dorri'n fyr ar yr ochrau ond yn flêr ar y top, er gwaetha pob ymdrech gan ei fam i'w dacluso. Petai e wedi oedi ac edrych yn agosach, falle byddai hefyd yn sylwi fod ei drwyn fymryn yn gam, ar ôl cael ei daro gan bêl griced mewn gwers chwaraeon ym Mlwyddyn 9. Mae'n gwisgo iwnifform yr ysgol uwchradd leol sy'n edrych yn rhy fawr iddo rywsut, gyda'i dei yn llac am ei wddf, a gwaelod ei grys gwyn yn hongian allan o gefn ei drowsus.

"A, bore da, Manawydan," mae Hywel yn ei gyfarch yn ei lais dwfn, cryf. "Ma dy fam 'di gadel am y gwaith yn barod." Mae'n rhaid ei fod wedi clywed Manawydan yn cerdded i'r gegin gan ei fod yn eistedd a'i gefn at y drws, yn wynebu'r ffenest gefn ac yn syllu drwy bâr o finociwlars ar yr ardd. "Mae'n dawel mas 'na bore 'ma. Cwpwl o adar y to ac un ji-binc, a dim sôn am y drudwy."

Mae Manawydan yn gwenu. Anaml y byddai Hywel yn gweld unrhyw beth mwy diddorol na cholomen yn yr ardd gefn – yr un eithriad oedd y tro pan ddihangodd parot Mr Crain o lan yr hewl – ond byddai'n dal i astudio'n ofalus bob bore ac yn gadael i'w lysfab wybod am bob ymwelydd pluog.

Mae Manawydan yn nôl bowlen o'r cwpwrdd ac yn arllwys gweddill y bocs grawnfwyd iddo, cyn gwagio cynnwys y botel laeth ar ei ben.

"Be ti'n feddwl yw rhif wyth lawr?" mae Hywel yn gofyn, gan dapio ei fys ar y bwrdd heb dynnu ei lygaid o'r binociwlars. Gan ddal ei fowlen mae Manawydan yn croesi'r gegin at lle mae Hywel yn eistedd ac yn troi'r papur newydd i'w wynebu. Mae wedi ei agor ar dudalen y croesair fel mae'n ei wneud bob bore, a sawl un o'r sgwariau bach wedi eu llenwi â llythrennau ymdrechion Hywel. Gan grensian ei rawnfwyd yn swnllyd mae Manawydan yn darllen y cliw i rif wyth.

Station worker (3)

"Rhywbeth i wneud â gorsaf drenau yw e, ti'n meddwl?"

mae Hywel yn dweud heb droi. *"Train station.* Ma'n rhaid taw e, yndife?"

Ar ôl llowcio'i frecwast mae Manawydan yn gosod ei fowlen ar y bwrdd ac yn defnyddio beiro Hywel i lenwi'r tri blwch bach. O'r diwedd mae Hywel yn gosod y binociwlars i un ochr ac yn pwyso dros y papur i astudio'r ateb, ei geg yn troi'n wên fawr o dan ei fwstásh trwchus.

"Cop! Wrth gwrs, gorsaf heddlu, achan, dim gorsaf drenau. Ha, da iawn, boi. Ond hei, dishgwl ar yr amser! Sdim well i ti feddwl mynd os wyt ti'n dal y bws 'na?"

Mae Manawydan yn edrych ar y cloc ar wal y gegin ac yn oedi'n ddigon hir i godi llaw mewn ffarwél cyn troi a brysio o'r gegin, gan gasglu ei fag a'i got ar y ffordd allan.

"Paid gadael i'r drws..." mae Hywel yn dechrau galw, ond cyn iddo orffen y frawddeg mae drws y tŷ wedi cau y tu ôl i Manawydan gyda chlep sy'n ysgwyd y gwydrau yng nghypyrddau'r gegin ac yn achosi i'r ji-binc a'r adar y to hedfan o'r ardd gefn.

Gan ochneidio ac ysgwyd ei ben, mae Hywel yn casglu bowlen wag Manawydan o'r bwrdd ac yn ei chario i'r peiriant golchi llestri. Mae'n penderfynu fod ganddo amser am gwpanaid arall o goffi cyn gadael am y gwaith, ac wrth aros i'r tegell ferwi mae ei feddwl yn troi at Manawydan.

Er nad oedd Hywel erioed wedi cyfaddef wrth neb, roedd y syniad o fod yn lystad wedi achosi tipyn o ofid iddo pan ddechreuodd ei berthynas gyda Glenda, mam Manawydan. Nid bod ganddo ddim byd yn erbyn y bachgen, wrth gwrs, roedd Hywel yn hoffi meddwl bod y ddau wedi tyfu'n eithaf agos yn eu ffordd eu hunain, a byddai wedi gwneud unrhyw beth i wneud Glenda'n hapus. Ond roedd e'n dipyn o gyfrifoldeb, yn enwedig o ystyried fod Llwyd, gŵr cyntaf Glenda, wedi marw pan oedd Manawydan mor ifanc. Roedd Hywel wedi ceisio ei orau, ond roedd e'n gwybod bod y bachgen ar dân eisiau gwybod mwy am ei dad.

Fyddai Glenda byth yn awyddus i siarad am Llwyd gyda'i gŵr newydd na'i mab, ond roedd Hywel wedi gweld y lluniau o'i dad roedd Manawydan yn eu cadw yn ei stafell. Dyn tal, cryf, gyda'r un gwallt blêr coch â'i fab, a golwg ddifrifol ar ei wyneb ym mhob llun. Yn wahanol iawn i fi, meddyliodd Hywel, yn sydyn yn ymwybodol o'r bol oedd yn hongian dros wregys ei drowsus.

Cyn iddo feddwl dim pellach mae'r tegell yn gorffen berwi. Mae Hywel yn gwneud cwpanaid ffres o goffi ac yn dychwelyd i'w sedd wrth y bwrdd, gan godi'r papur newydd a dechrau byseddu trwy'r tudalennau nes i un pennawd ddal ei sylw.

Corff wedi ei ddarganfod yn Llandaf

Mae'n erthygl fer, ond mae'r teitl yn denu ei ddiddordeb gan fod Beryl, chwaer Glenda, yn byw yn Llandaf.

Daethpwyd o hyd i gorff dyn canol oed yn afon Taf yn ardal Llandaf bore ddoe. Dywedodd Mathew Grogan, 28, a ddaeth o hyd i'r corff, "Ro'n i mas yn rhwyfo fel ydw i bob bore pan weles i beth oedd yn edrych fel pentwr o ddillad wedi eu dal ar foncyff coeden. Dim ond wrth i fi fynd yn agosach wnes i sylweddoli taw corff dyn o'dd e." Dydy Heddlu Caerdydd ddim wedi datgelu unrhyw wybodaeth ychwanegol hyd yma, ond dywedodd Ditectif Elfed Saunders fod pob ymdrech yn cael ei wneud i ddysgu mwy am natur y farwolaeth, ac y dylai unrhyw un sydd â gwybodaeth berthnasol gysylltu â'r heddlu yng Ngorsaf Heddlu Bae Caerdydd yn syth.

Mae Hywel yn ysgwyd ei ben yn drist, ac yn cario mlaen i droi'r tudalennau nes cyrraedd y croesair unwaith eto. Gorsaf Heddlu. Station worker. Cop. Da iawn wir, mae Hywel yn meddwl wrtho'i hun, gan gymryd cegaid arall o goffi.

4

Ma'r bws 'ma'n drewi bore 'ma. Rhyw gymysgedd ych-a-fi o chwys, persawr a rhech. Er 'mod i mas o wynt ar ôl rhedeg lan yr hewl i'w ddal e, dwi'n trio peidio anadlu'n rhy ddwfn.

Ma'n sedd arferol i – dwy res tu ôl i'r gyrrwr – yn wag. Grêt. Ma gas 'da fi pan fydd rhywun arall ynddi hi. Ar ôl eistedd lawr a troi nes bo 'nghefn i yn erbyn y ffenest, dwi'n edrych lan y bws. Ma fe'n hanner llawn o blant mewn siwmperi llwyd a chryse gwyn Ysgol Aberystwyth, a ma'r sŵn siarad, chwerthin a sgrechian yn uchel, fel ma fe bob bore. Erbyn i ni gyrradd yr ysgol bydd y bws yn llawn, a'r sŵn yn fyddarol.

Does neb yn talu unrhyw sylw ohona i, wrth gwrs.

Dwi'n dal i fod yn grac 'mod i ddim 'di llwyddo i ennill yn erbyn Vlad bore 'ma, ond o leia wnes i ateb y cliw ar groesair Hywel – y trydydd tro wthnos 'ma i fi gael un yn iawn. Fi'n gwbod bo fe'n beth eitha geeky, ond bydda i'n rili mwynhau trio ateb posau fel'na. Dyna pam 'mod i'n mwynhau gwyddbwyll, sbo – galla i astudio'r sefyllfa a trio neud cynllun i ddatrys y broblem. Ac wrth gwrs, sdim disgwyl i ti siarad ag unrhyw un pan ti'n chware gwyddbwyll neu neud croesair, sy'n siwtio fi i'r dim.

Ma lleisie uchel yr efeilliaid, Arwel a Dylan, sy'n eistedd tua cefn y bws, yn torri trwy'r holl dwrw arall.

"Symud lan. Ar, ti'n cymryd y sêt i gyd!"

"E? Ma digon o le 'da ti - in fact, ti sy isie symud lan os rhywbeth."

"Jyst symud, Arwel, neu fe symuda i ti."

"O shyrryp, Dylan! Ti'n mynd i'n symud i, wyt ti? Fysen i'n licio gweld ti'n trio… "

Eiliad neu ddwy wedyn dwi'n gweld bag ysgol un o'r efeilliaid o gornel fy llygad, yn hedfan drwy'r awyr, a'r ddau'n dechre bwrw a galw enwe ar ei gilydd ar dop eu lleisie. Ma'r bag yn dod tuag ata i, a dwi'n ei wylio fe'n dod yn agosach, cyn codi fy mraich yn glou i'w ddala fe a'i roi ar y llawr.

Ma hyn yn neud i Siwan Beynon, sy'n eistedd yn y set tu ôl i fi, wgu dros ei hysgwydd ar y ddau frawd, cyn mynd 'nôl at ei sgwrs ffôn. Dwi'n weddol siŵr ei bod hi'n siarad gyda'i ffrind sy'n eistedd yng nghefn y bws.

"… a wedyn wnes i decstio Gwilym eto, ond decstiodd e ddim 'nôl am hanner awr. Hanner awr!" Mae'n oedi am dipyn i adael i'w ffrind ateb, cyn dechre eto. "Ie, I know, right? Alli di gredu hynna? Ni fod yn mynd mas gyda'n gilydd! Ond apparently – a paid gweud wrth neb – ond nath Louise weud wrtha i fod Cai 'di gweud bod Betsan yn meddwl… "

Ugain munud yn ddiweddarach, ar ôl clywed sawl gwaith yn union beth oedd Betsan wedi dweud wrth Cai, yn ogystal â phytiau o ddwsinau o sgyrsiau gwahanol, ma'r bws llawn yn stopio gyda hisssss uchel tu fas i brif fynedfa'r ysgol, a ma pawb yn chwydu mas i'r pafin. Bydda i o hyd yn aros nes fod pawb arall wedi gadael cyn codi o'n sedd i, a dringo mas o'r bws.

Ma'r prifathro, Mr Phillips, yn sefyll tu fas i'r giât, yn trio stopio rhieni rhag parcio ar y llinellau dwbl melyn o flaen yr ysgol, fel bydd e'n neud bob bore.

"Bore da, Manawydan," ma fe'n dweud, cyn symud i ffwrdd yn syth i ddweud y drefn wrth ryw riant. "Mrs Brooks? Mrs Brooks! Mae'n ddrwg gen i, ond bydd rhaid i fi ofyn i chi symud eich car chi o fan'na…"

5

Dyw'r gloch ddim wedi canu eto, ac mae iard yr ysgol yn brysur. Mae gêm bêl-droed ffyrnig yn mynd ymlaen ar y cyrtiau tennis ben pella'r iard, ac mae Arwel a Dylan yn brysio draw i ymuno. Heblaw am griw o blant Blwyddyn 7 yn rhedeg o gwmpas mae pawb arall yn sefyll mewn grwpiau o dri neu bedwar, yn sgwrsio neu wedi'u gwasgu mewn sgrymiau tyn o gwmpas sgrin ffôn. Does neb yn talu unrhyw sylw i Manawydan yn cerdded trwy giât yr ysgol ac yn cymryd ei amser wrth groesi'r iard.

Mae'n pwyso yn erbyn wal y prif adeilad, yn tynnu ei ffôn o'i boced, ac yn treulio sawl munud yn mynd trwy'r negeseuon diweddara ar grŵp WhatsApp ei flwyddyn ysgol ac edrych i weld a oes unrhyw beth diddorol ar y *socials*, gan hanner gwylio'r gêm bêl-droed o bell. Mae'n gweld fod ei gefnder Jac wedi postio neges yn dweud, "OMG! Rownd y cornel o'n tŷ ni!" a rhannu stori newyddion yn sôn am gorff yn cael ei ddarganfod mewn afon yng Nghaerdydd, ond mae Manawydan yn dal i sgrolio heb dalu llawer o sylw.

Am chwarter i naw mae cloch yr ysgol yn canu, ac mae'n dychwelyd ei ffôn i'w boced ac yn codi ei fag, cyn ymuno gyda'r llif o blant sy'n symud i gyfeiriad yr adeilad, ac i'w dosbarthiadau cofrestru.

Petai unrhyw un yn edrych i gyfeiriad y ffordd fawr bydden nhw wedi gweld car gwyrdd yn parcio gyferbyn â'r giât, a'r gyrrwr yn eistedd yn y car am dipyn yn astudio'r ysgol yn ofalus. Yna, unwaith fod yr iard wedi gwagio, mae'r dyn moel, barfog, gyda chraith ar ei foch chwith, yn dringo o'r car ac yn cerdded yn araf i gyfeiriad mynedfa'r ysgol.

Mae Manawydan ymysg y cyntaf i gyrraedd ei stafell gofrestru, ac yn eistedd yn ei gadair arferol gyda'i gefn yn erbyn y wal ac yn wynebu'r drws wrth i weddill y dosbarth ymlwybro i mewn. Mae Dylan ac Arwel, yr efeilliaid, gyda'r olaf i gyrraedd, y ffrae ar y bws wedi ei hen anghofio a'r ddau yn jocian a chwerthin ar dop eu lleisiau.

"Reit, pawb i eistedd yn dawel, os gwelwch yn dda," mae llais Mr Morris, yr athro cofrestru, yn taranu wrth gerdded i'r stafell gyda phentwr o lyfrau yn ei freichiau. Dyn bach tenau, gyda sbectol drwchus yw Mr Morris, ond mae ganddo lais fel morthwyl yn bwrw gordd. Mae'n troi a defnyddio ei droed i gau'r drws, cyn gosod ei lwyth ar y ddesg ym mlaen y stafell. Gan bwyso yn erbyn cornel y ddesg mae'n tynnu darn o bapur o'i boced ac yn gwthio ei sbectol lan ei drwyn.

"Iawn 'te, bore da i chi i gyd," mae'n cyfarch y dosbarth, gan astudio'r papur yn ei law ar yr un pryd. "Ma cwpwl o gyhoeddiadau cyn i ni ddechre. Yn gyntaf, oherwydd rhagolygon y tywydd ar gyfer y prynhawn, ma ymarfer rygbi heno wedi ei ohirio, ond fe fydd Mr Clements yn gwneud ei orau i drefnu sesiwn arall cyn diwedd yr wythnos. Gwnewch yn siŵr eich bod chi'n gwrando am y cyhoeddiad, rheini ohonoch chi sy'n chware rygbi. Yn ail..." Mae Mr Morris yn tynnu ei sbectol ac yn rhoi'r papur lawr. "Dyma'r rhybudd olaf i bwy bynnag sy'n gyfrifol am y graffiti anweddus sy'n dal i ymddangos yn rheolaidd yn nhoiledau'r bechgyn." Mae'n oedi ac yn edrych yn galed i gyfeiriad yr efeilliaid. "Gwae chi os taw rhywun yn y stafell yma sy'n gyfrifol. Pan gewch chi'ch dal, fe fydd y gosb yn llym iawn, iawn." Yng nghefn y stafell mae Arwel a Dylan yn brysur yn chwilio am rywbeth yn eu bagiau, yn trio eu gorau i osgoi llygaid yr athro cofrestru. Ar ôl gadael saib anghyffyrddus o hir, mae'n bwrw mlaen. "Reit, y gofrestr, bant â ni. Aled?"

"Yma, syr."

"Bethan?"

"Yma."

Mae'r drefn o alw ac ymateb yn mynd yn ei flaen tan i Mr Morris gyrraedd yr enwau sy'n dechrau gyda M.

"Manawydan?"

Ar y pwynt yma, yn hytrach na gwrando am ateb mae'r athro yn edrych i ochr y stafell ac yn gweld llaw yn cael ei chodi, cyn symud ymlaen.

"Mostyn? Mostyn Jones?" Mae Mr Morris yn ochneidio. "Mi wyt ti yma, Mostyn, weles i ti gynne."

"O, ie, sori syr. Yma, syr."

Ar ôl gweithio ei ffordd drwy'r rhestr gyfan o enwau at ddiwedd y gofrestr, mae Mr Morris yn eistedd y tu ôl i'w ddesg i gario mlaen â'i waith, gan roi caniatâd i'r dosbarth sgwrsio yn dawel. Mae Manawydan yn eistedd ac yn aros yn amyneddgar.

Deg munud yn hwyrach mae'r gloch yn canu eto, ac i gyfeiliant cadeiriau yn cael eu llusgo ar lawr a sipiau bagiau'n cael eu cau, mae'r dosbarth yn codi ar eu traed ac yn ymlwybro allan am wers gyntaf y diwrnod.

Does dim golwg o'r dyn moel, barfog, gyda'r graith ar ei foch chwith, yn unman.

6

*D*aearyddiaeth sy gynta, gyda Mrs Box. Sdim lot o ddiddordeb 'da fi mewn Daearyddiaeth. Mathemateg sy wedyn a ma hwnna'n waeth fyth, ond Hanes gyda Dr Mitchell sydd wedyn, a ma hwnna'n brilliant.

Ma stafell Mrs Box ben pella'r ysgol, ond sdim brys i gyrraedd 'na. Ma hi wastad yn hwyr, ac ambell waith yn anghofio troi lan o gwbwl.

Ma'n well 'da fi gerdded tamed bach ar wahân i bawb arall, a dwi'n gwau fy ffordd i lawr y coridor prysur pan, yn sydyn, dwi'n ymwybodol o sŵn traed trwm tu ôl i fi, yn agosáu yn gyflym. Cyn i fi allu troi i weld pwy sy'n dod mae llaw drom yn glanio ar fy ysgwydd i, ac yn gafael yn dynn.

7

Mae'n edrych mor flasus…

Mae Ditectif Saunders yn syllu ar y doesen jam sy'n eistedd ar ei ddesg. Fe brynodd becyn o dair ar ei ffordd i'r gwaith, ac mae e eisoes wedi bwyta dwy. Mae'n gwybod os yw'n bwyta'r un olaf mi fydd yn teimlo'n sâl… Ond mae'n edrych mor flasus…

"Syr?"

Mae Saunders yn tynnu ei sylw o'r doesen i weld Samson Price, un o'r tîm ditectifs sy'n gweithio ar achos y corff yn yr afon, yn cerdded i'r swyddfa. Er gwaethaf ei enw, dyn eiddil, gwelw yw Samson Price, sy'n twyllo ei hun nad yw'n mynd yn foel wrth drefnu ei wallt tenau yn ofalus dros ei gorun sgleiniog.

"Price – unrhyw newyddion?" mae Saunders yn gofyn.

"Oes, syr. Rydyn ni wedi bod yn edrych ar gamerâu CCTV sy'n agos i'r afon am unrhyw beth amheus, a dwi'n meddwl falle ein bod ni wedi dod o hyd i rywbeth."

"O?" ateba Saunders yn chwilfrydig, gan gymryd y llechen mae Price yn estyn tuag ato. Mae'n dangos llun o fideo wedi ei rewi, ac mae Saunders yn cyffwrdd â'r sgrin i'w ddechrau. Mae'r fideo o ansawdd gwael, ond mae Saunders yn gweld fan ddu yn symud yn herciog ar y sgrin, cyn parcio wrth ochr ffordd unig. Mae dau ddyn yn neidio allan o'r fan, tynnu bwndel mawr o'r cefn a'i gario i ffwrdd, tu hwnt i olwg y camera. Funud yn hwyrach mae'r ddau yn dychwelyd yn waglaw, cyn dringo yn frysiog i'r fan, a gyrru i ffwrdd.

"Ble ddigwyddodd hyn?" mae Saunders yn gofyn ar ôl gwylio'r fideo eto yn ofalus.

"Stad ddiwydiannol ar lannau'r afon, rhyw hanner milltir o ble roedd y corff," ateba Price. "Cafodd y fideo yna ei ffilmio yn oriau mân bore ddoe."

"Dim llawer cyn i'r rhwyfwr ddod o hyd i'r corff," mae Saunders yn mwmian wrtho'i hun. Ac yna, mewn llais uwch, "Wel, dim ond un ffordd sydd i wybod beth oedd yn y bwndel yna – well i ni ddod o hyd i berchennog y fan."

Mae Saunders yn estyn y llechen yn ôl i Samson Price.

"Iawn syr. Ymm, syr, ga i ofyn…" mae Price yn dweud yn lletchwith. "Ydych chi'n mynd i f'yta hwnna?" Mae'n pwyntio at y doesen ar y ddesg. "Dim ond am 'mod i heb gael cyfle am frecwast bore 'ma, chi'n gweld…"

Mae Saunders yn syllu ar y doesen am sawl eiliad, cyn ei chodi a'i hestyn i Ditectif Price heb ddweud gair.

8

Mae Manawydan yn rhewi, y llaw yn gafael yn dynn yn ei ysgwydd.

"Manawydan." Mae'n ymlacio ychydig wrth adnabod llais Tecwyn Phillips, y prifathro, ac yn troi i'w wynebu. Mae Mr Phillips yn gawr o ddyn – yn bell dros chwe troedfedd o daldra, gydag ysgwyddau llydan a dwylo fel dwy raw, ond mae ei wyneb yn un caredig. "Manawydan, alla i gael gair gyda ti yn y swyddfa, os gweli di'n dda?"

Mae Manawydan yn troi ei ben i gyfeiriad yr Adran Ddaearyddiaeth, lle mae gweddill ei ddosbarth yn dal i gerdded, ac un neu ddau yn edrych yn ôl yn fusneslyd.

"Paid poeni, fe wna i esbonio wrth Mrs Box," mae Mr Phillips yn dweud gan ddeall yr ystum. "Dere, dere gyda fi." Yna, wrth weld fflach o bryder yn llygaid y bachgen, mae'n ychwanegu, "Does dim eisiau poeni, dim newyddion drwg na dim byd fel'na. Eisiau gair bach ydw i, dyna i gyd."

Mae Manawydan yn gadael ei hun i gael ei lywio i swyddfa'r prifathro, sydd drws nesaf i'r dderbynfa, gyda ffenest fawr yn edrych allan dros flaen yr ysgol.

Mae'n stafell fawr gyda nenfwd uchel, ac un wal gyfan wedi ei gorchuddio â silffoedd llyfrau, pob un dan ei sang. Mae desg bren, gadarn yr olwg ar bwys y ffenest, a hen soffa ledr frown yng nghornel y stafell, gyda bwrdd isel o'i blaen. Does dim byd moethus am y stafell, ond eto mae'n teimlo'n gyffyrddus ac yn gysurus.

Un tro yn unig mae Manawydan wedi bod yma o'r blaen, yn fuan ar ôl dechrau yn yr ysgol. Mae'n cofio eistedd yn ei gadair wrth i'w fam a'r prifathro sgwrsio, yn treulio'r amser yn astudio'r llyfrau ar y silffoedd.

"Ni 'di bod i weld sawl arbenigwr," meddai ei fam ar y pryd, fel petai Manawydan ddim yna. "Ma pob un yn dweud yr un peth. Sdim byd yn bod arno fe – dyw e jyst ddim yn siarad. Byth. Gyda neb. Dim ers i'w dad e... wel, chi'n gwbod."

"Ie, wrth gwrs," atebodd Mr Phillips. "Rhaid fod hynny wedi bod yn anodd i chi'ch dau. Mae marwolaeth rhiant yn gallu effeithio ar blant mewn amryw o ffyrdd gwahanol, wrth gwrs. Ond o ran ei waith ysgol, dwi wedi siarad ag athrawon Manawydan a does dim i'w boeni ynglŷn â fe..."

Roedd hynny bedair blynedd yn ôl erbyn hyn, ac wrth astudio'r silffoedd unwaith eto, mae Manawydan yn cael ei atgoffa taw llyfrau hanes milwrol yw bron pob un.

Roedd pawb yn yr ysgol yn gwybod bod gan Mr Phillips ddiddordeb mewn rhyfeloedd hanesyddol, ac ar un cyfnod roedd yna hyd yn oed si ar led fod ganddo fe fwa a saeth go iawn wedi eu cuddio yn ei swyddfa rhywle. Wrth gwrs, roedd sibrydion a sïon amheus i'w clywed ar gynteddau'r ysgol drwy'r amser. Y tymor diwethaf roedd sôn fod Mr Armitage, yr athro Daearyddiaeth, mor bryderus o gael ei frifo mewn damwain nes ei fod yn gwisgo helmet beic wrth yrru ei gar. Ac ers sawl blwyddyn bellach mae'r si wedi bod ar led fod Mrs Gentry o'r Adran Gemeg yn creu a delio mewn cyffuriau yn ei hamser sbâr. Fel gweddill yr ysgol doedd Manawydan ddim wir yn credu'r straeon yma, ond roedd yn dal i obeithio gweld Mr Armitage yn gyrru drwy'r dref un diwrnod, jyst rhag ofn.

Mae Tecwyn Phillips yn ystumio at y soffa, ac mae Manawydan yn eistedd, gan bwyso ei fag yn erbyn y bwrdd isel. Mae'r prifathro yn cau'r drws, cyn croesi'r stafell mewn dau gam mawr, a throi cadair ei ddesg i wynebu'r soffa. Mae'n edrych yn astud ar Manawydan am sawl eiliad, fel petai'n ceisio penderfynu sut i ddechrau siarad. Mae Manawydan yn syllu yn ôl arno yn amyneddgar.

"Maddau i mi am ofyn hyn," mae'r prifathro yn ei ddweud o'r diwedd, "ond wyt ti'n cofio rhyw lawer am dy dad?"

Mae'r cwestiwn yn un annisgwyl, ond ar ôl oedi am eiliad neu ddwy mae Manawydan yn ysgwyd ei ben.

"Na. Dyna ran waethaf hyn i gyd," daw'r ateb, ac mae'r prifathro'n wir yn swnio'n drist. "Mi o'n i'n ei adnabod e, yn ffrindiau agos gydag e ar un adeg. Oeddet ti'n gwybod hynny?"

Mae Manawydan yn ysgwyd ei ben eto, ac yn teimlo cyffro yn llifo trwyddo. Efallai fydd Mr Phillips yn gallu llenwi rhai o'r bylchau, ac ateb y cwestiynau di-ri sydd ganddo am ei dad.

"Oedden, yn agos iawn ar un adeg," mae Mr Phillips yn ailadrodd, ac am eiliad mae ei lygaid yn cymylu, fel petai'n edrych 'nôl i'r gorffennol. "Y tri ohonon ni." Mae'n ochneidio, cyn dod ato'i hun. "Ond gwranda, Manawydan, mae'n rhaid dy fod di'n meddwl pam 'mod i eisiau gair gyda ti. Wel, y gwir yw, dydw i ddim, ond mae rhywun yma dwi eisiau i ti gwrdd ag e. Ydy hynna'n iawn?"

Yn y gobaith y byddai hyn yn arwain at fwy o wybodaeth am ei dad mae Manawydan yn nodio'i ben yn ofalus. Mae'r prifathro yn codi, yn croesi'r stafell i agor y drws, ac mae dyn dieithr yn camu i'r stafell. Dyn dieithr mewn hen siaced ledr, gyda phen moel a barf drwchus sy'n methu â chuddio'r graith ar ei foch. Mae'n llai o dipyn na Tecwyn Phillips, ond ar yr un pryd mae'n creu'r argraff ei fod yn llenwi'r stafell, ac mae Manawydan yn cael y teimlad yn syth fod hwn yn ddyn cryf, peryglus.

Mae swyddfa'r prifathro yn dawel am funud gyfan wrth i'r dieithryn syllu ar Manawydan, ac mae Manawydan, yn benderfynol o beidio edrych i ffwrdd, yn syllu yn ôl. O'r diwedd mae'r dieithryn yn gwenu gwên gam, ac yn camu'n agosach, gan orffwys ei law ar ysgwydd y bachgen.

"Heia, Manawydan. Pritchard Jones ydw i," mae'n dweud. "Brawd dy dad di."

Mae Manawydan yn edrych arno'n syn. Brawd? Roedd gan ei dad frawd?

Mae'n un peth i glywed fod Tecwyn Phillips yn ffrind iddo, ond roedd hwn yn berthynas cig a gwaed, fyddai'n gallu dweud popeth wrtho am ei dad.

"Ie, fi yw dy wncwl di, sbo… ond jyst galw fi'n Pritch, dyna ma pawb arall yn neud. A ie, fi'n gwbod falle fod hyn yn anodd i'w gredu, ond coelia di fi, ti'n mynd i orfod dechre credu lot mwy na hynna." Mae'n oedi am eiliad neu ddwy, yn syllu ar Manawydan yn feddylgar. "Ma Mr Phillips yn dweud wrtha i nad wyt ti'n un am siarad."

Mae Manawydan yn ysgwyd ei ben.

"Byth?"

Mae'n ysgwyd ei ben eto.

"Iawn. Wel, fel mae'n digwydd, ma tipyn gyda fi i ddweud wrthot ti, a'r peth gore alli di wneud yw gwrando. Ond ble i ddechre, dyna'r cwestiwn."

Mae Pritch yn troi i edrych ar Tecwyn, ac mae hwnnw'n codi ei ysgwyddau ac yn ochneidio.

"Reit 'nôl yn y dechre ddwedwn i, Pritch."

"Ie. Ti'n iawn. Yn y dechre." Mae Pritch yn cerdded

o gwmpas y bwrdd isel ac yn eistedd ar fraich y soffa, sy'n cwyno'n swnllyd gyda'r pwysau ychwanegol. "Nawr, ma hyn yn mynd i swnio'n rhyfedd ond... wyt ti 'di clywed am y Mabinogi, Manawydan?"

9

Y Mabinogi? Yr hen storis Cymraeg 'na?
   Ma Pritch yn syllu arna i, yn aros am ryw fath o ymateb.
Dwi'n nodio yn araf.

"Iawn," ma fe'n dweud, gan bwyso'n agosach. "Y peth cynta sy
isie i ti neud yw anghofio popeth ti'n gwbod. Yr ail beth yw i wrando
arna i, achos mae'n bryd i ti gael gwbod y gwir. A gwranda'n ofalus,
achos ma hyn yn bwysig."

Ma Pritch yn codi ar ei draed ac yn dechre cerdded 'nôl a mlân, fel
petai e ddim yn gallu aros yn llonydd.

"Ganrifoedd yn ôl, tua mil o flynyddoedd, fwy neu lai, roedd
Ynysoedd Prydain yn lle gwahanol iawn i sut mae heddi. Roedd
y Canol Oesoedd yn gyfnod treisgar, gwaedlyd, tu hwnt i unrhyw
beth galli di ddychmygu, Manawydan. Tu hwnt i unrhyw beth gall
unrhyw un ddychmygu heddiw. Roedd bywyd yn anodd, ac yn aml
yn fyr iawn. Bydde bechgyn dy oedran di wedi hen arfer â dal cleddyf,
ac mae'n eitha posib byddet ti wedi lladd rhywun yn barod – neu
wedi cael dy ladd. Ond o'r cyfnod yma – y ffwrnes 'ma o ymladd,
dial a gwaed – daeth rhai o'r arwyr mwya dewr welodd y byd erioed,
a rhai o'r dihirod mwya peryglus hefyd.

Ond roedd yna griw bach oedd yn sefyll ben a sgwydde uwchben
y rheini, hyd yn oed – y cryfa, y mwyaf doeth, y mwyaf cyfrwys...
a'r mwyaf creulon. Falle bod ti'n gyfarwydd â rhai o'r enwau
– Bendigeidfran fab Llŷr, Culhwch fab Cilydd, Branwen, y Dewin
Gwydion, Efnisien. Dim ond cymeriadau mewn llyfr ydyn nhw i'r

rhan fwyaf o bobol, ond creda fi, roedd pob un yn berson go iawn, ac yn gawr yn ei ffordd ei hun – yn llythrennol, yn achos Bendigeidfran. Y math o bobol sy'n gwneud pethe anhygoel, amhosib, pethe sy'n dal yn cael eu cofio fil o flynyddoedd ar ôl iddyn nhw farw. Dyna yw'r Mabinogi, Manawydan, dim rhyw hen hanesion diflas ti'n darllen yn dy wers Gymraeg, ond cofnod o'r cyfnod mwya tyngedfennol yn ein hanes ni."

Ma Pritch yn oedi, fel petai'n trio meddwl sut i gario mlân.

"Ond y cwestiwn pwysig yw, beth oedd yn gwahaniaethu'r bobol yma oddi wrth bawb arall?" ma fe'n gofyn ar ôl tipyn. "A'r ateb i hynny – yr un peth sy'n cael ei rannu gan bron pawb sy'n ymddangos yn hanes y Mabinogi – yw y Gallu."

Ma Pritch yn oedi eto, gan grafu ei ên trwy ei farf.

"Fues i erioed yn un da gyda geiriau, Manawydan, ac mae'n anodd esbonio beth yn union yw'r Gallu. Dwi ddim yn ei ddeall e'n iawn – does neb. Dyna'r enw sy wedi cael ei roi iddo fe, yr... y pŵer yma. Roedd e'n rhywbeth y tu hwnt i reswm... tu hwnt i natur, mewn ffordd. Roedd rhywun oedd â'r Gallu yn wahanol i bron pawb arall, yn sefyll ar wahân, yn fwy nerthol a phwerus. Ond beth sy'n ei neud e'n anodd esbonio yw nad oedd un ffordd arbennig roedd y Gallu yn ymddangos. Roedd pob un yn wahanol. Mewn ambell un roedd e'n golygu cryfder corfforol anhygoel, fel Bendigeidfran. Mewn rhai eraill, fe allai fod yn allu gydag arf – cleddyf, neu bwa a saeth falle. Roedd rhai yn gyfrwys, gyda meddwl chwim, oedd yn gallu gweld a manteisio ar unrhyw fan gwan. Roedd un neu ddau, hyd yn oed, wedi meistroli hud a lledrith."

Dwi'n edrych ar Mr Phillips, sy'n eistedd heb ddweud gair. Beth yw hyn – jôc? Hud a lledrith? Ydy Pritch yn dishgwl i fi gredu hyn?

"Dwi'n deall fod hyn yn anodd i ti gredu, Manawydan," ma Pritch yn cario mlân, fel petai'n darllen fy meddwl i. "Ro'n i fel ti flynyddoedd yn ôl, pan wnaeth Nhad – dy dad-cu di – esbonio hyn i gyd i fi. Ond mae'n bwysig i ti ddeall, os oedd gyda ti'r Gallu, fe allet ti achub y byd… neu ei ddinistrio fe. Ac ar ben hynny, roedd hi bron yn amhosib i ti gael dy drechu. Yr unig ffordd i ti gael dy niweidio neu dy ladd oedd wrth law rhywun arall oedd hefyd â'r Gallu."

Ma Pritch yn dod 'nôl i eistedd ar fraich y soffa, ac yn syllu arna i'n ofalus.

"Wyt ti'n deall be dwi wedi'i ddweud mor belled, hyd yn oed os nad wyt ti'n ei gredu fe eto?"

Dwi'n nodio, er 'mod i ddim yn deall be sy gyda hyn i neud â fi. Ond er gwaetha hyn, dwi'n awyddus i glywed mwy.

"Iawn. Nawr, dyma'r darn pwysig. Ti'n gweld, na'th y Gallu ddim diflannu ar ôl oes y Mabinogi. Ma fe'n lot rhy nerthol i hynny. Na, ers hynny mae'r Gallu wedi cael ei basio mlân o riant i blentyn. Nid i bob plentyn – falle fydd cenedlaethau cyfan o deulu ddim yn dangos unrhyw arwydd o'r Gallu – ond yn hwyr neu'n hwyrach mi fydd e'n ymddangos eto. Dyma sydd wedi digwydd dros y canrifoedd. Ma nifer fach o ddisgynyddion y Mabinogi gwreiddiol wedi etifeddu'r Gallu, ac wedi ei basio mlân i'w ddisgynyddion nhw, mlân a mlân. Ac mewn un achos arbennig, ata i."

Dwi'n syllu ar Pritch wrth i fi ddechre deall beth ma hyn yn ei olygu.

"Ac at Llwyd, fy mrawd. Dy dad di."

Ma'n stumog i'n tynhau.

"A, dwi'n credu, atot ti."

Ma'r stafell yn dawel am dipyn wrth i fi drio prosesu'r hyn ma Pritch newydd ei rannu. Does bosib fod hyn i gyd yn wir? 'Mod i'n rhan o deulu un o'r Mabinogi? A bod gen i'r Gallu yma, sy'n fy neud i'n… be? Yn rhyw fath o siwperhero?

"Wnest ti erioed feddwl o ble gest ti dy enw?" Pritch sy'n siarad eto. "Dy dad ddewisodd e. Ma fe'n enw sydd wedi ei basio lawr dros y cenedlaethau, yr holl ffordd i lawr, o'r Manawydan cyntaf un – dy

gyndaid di, Manawydan fab Llŷr, brawd Bendigeidfran a Branwen.
Arwr o'r hen oesoedd hynny, ac un o'r rhyfelwyr mwyaf ffyrnig, dewr
a ffyddlon a fuodd erioed. Ac os ydw i'n iawn, dyna wyt ti hefyd. Ac
rydyn ni, a'r byd, dy angen di nawr, i ymuno â'r frwydr."

10

Mae Detectif Saunders yn gadael swyddfeydd yr adran dditectif ac yn cerdded i lawr y cyntedd sy'n arwain at y ffreutur pan mae'n clywed Samson Price yn galw ei enw.

"Ie, Price?" mae'n ateb, wrth droi i wynebu'r ditectif eiddil.

"Syr, o'n i isie i chi wybod ein bod ni wedi darganfod pwy sy'n berchen y fan ddu, yr un ar y CCTV?"

Mae Saunders yn sylwi fod gan Price bowdwr gwyn ar ei dei coch – siwgwr o'r doesen roddodd iddo gynne, mae'n meddwl yn chwerw.

"A?" mae'n gofyn. "Pwy yw'r perchennog 'te?"

"Mae'n ymddangos taw cwmni o'r enw Marchog Du sydd berchen ar y fan, syr."

Mae Saunders yn ystyried am dipyn.

"Marchog Du? Pa fath o gwmni ydyn nhw?"

Mae Price yn edrych yn anghyffyrddus.

"Wel, dydy hynny ddim yn gwbwl eglur, syr. Does dim rhyw lawer o fanylion am y cwmni. Mae wedi bodoli ers blynyddoedd, ond does dim gwefan nac unrhyw beth ar y we i awgrymu beth mae'n neud."

"Wel, ble maen nhw wedi eu lleoli 'te? Oes yna swyddfa gyda nhw?"

"Dim o be wela i, syr. Mae'r cwmni wedi ei gofrestru mewn adeilad yn Abertawe, ond cafodd yr adeilad ei ddymchwel flynyddoedd yn ôl."

Mae Saunders yn ochneidio.

"Wel, dal ati i edrych, Price. Mae'n rhaid fod manylion perchennog y cwmni ar gael yn rhywle. Mae'n bwysig ein bod ni'n dod o hyd i'r fan yna."

"Iawn, syr," mae'r ditectif yn ateb wrth droi'n ôl am y swyddfa.

"A Price? Ti'n edrych yn flêr. Sycha'r siwgwr yna o dy dei, er mwyn Duw."

Heb aros am ymateb mae Saunders yn troi ac yn ailddechrau cerdded i gyfeiriad y ffreutur. Marchog Du? Nawr pam mae'r enw yna'n canu cloch?

11

Mae pen Manawydan yn troi wrth geisio deall yr holl wybodaeth newydd, ond mae'n gorfodi ei hun i wrando'n astud ar Pritch wrth iddo roi amlinelliad o gefndir y Manawydan gwreiddiol.

"Dwi'm yn gwbod beth wyt ti wedi ei ddysgu am y Mabinogi mor belled, a gobeithio fydd gyda ni amser i fynd i fwy o fanylder rhywbryd eto, ond yn syml, dyma beth wyt ti angen gwybod. Y Manawydan gwreiddiol – yr un gest ti dy enwi ar ei ôl e – oedd brawd Bendigeidfran, sef brenin Ynysoedd Prydain ar y pryd. Roedd ganddyn nhw chwaer o'r enw Branwen, yn ogystal â dau hanner brawd – pâr o efeilliaid o'r enw Nisien ac Efnisien.

"Fe briododd Branwen frenin Iwerddon, dyn o'r enw Matholwch, ac fe gafon nhw fab o'r enw Gwern. Ar y dechre roedd popeth yn grêt, a phawb yn hapus. Ond yna, dyma'u perthynas nhw'n dirywio, a dechreuodd Matholwch gam-drin Branwen."

Synnodd Manawydan ei fod yn teimlo pwl o ddicter wrth glywed hyn. Nid cymeriad mewn stori oedd Branwen bellach, ond ei hen, hen, hen anti o bosib.

"Wel, wrth gwrs, pan glywodd Bendigeidfran beth oedd yn digwydd i'w chwaer, fe aeth â'i fyddin dros y môr i Iwerddon i ddelio â Matholwch. Roedd hi'n fyddin anferth, ti'n siarad am filoedd o ddynion, gan gynnwys Manawydan, yn ogystal â Nisien ac Efnisien. Nawr, dwi 'di dweud wrthot ti'n barod fod Manawydan yn arwr dewr a ffyddlon, ac roedd Nisien, ei hanner brawd, rhywbeth tebyg. Ond roedd Efnisien yn wahanol. Roedd e'n ddewr ac yn ymladdwr da, ond yn ddyn hunanbwysig a chreulon. Heddiw, fyset ti'n ei alw fe'n seicopath. Ti'n gweld, roedd Bendigeidfran yn meddwl bod trafod a dod i gytundeb yn well nag ymladd, ond roedd Efnisien isie gwaed, ac fe naeth e'n siŵr o gael hynny, yn y ffordd waetha posib – fe laddodd e Gwern, mab Branwen a Matholwch. Aeth y ddwy ochr ati i ymladd yn syth wedi hynny – un o ryfeloedd gwaetha'r cyfnod. Yn y diwedd lladdwyd pob un o filwyr Iwerddon, a dim ond saith o filwyr Bendigeidfran, gan gynnwys Manawydan, daeth allan o'r frwydr yn fyw."

Mae swyddfa Tecwyn Phillips yn dawel am dipyn wrth i Manawydan brosesu geiriau Pritch. Dim ond saith milwr yn fyw allan o... be? Cannoedd? Miloedd? Oherwydd un dyn yn awchu am frwydr? Yn sydyn, mae syniad yn neidio i ben Manawydan. Mae'n agor ei fag ysgol a, gyda dwylo crynedig, yn ysgrifennu cwestiwn ar ddarn o bapur sbâr, cyn ei basio at Pritch. Mae hwnnw'n darllen y neges cyn edrych yn ddifrifol ar Manawydan.

"Odi," mae'n ateb yn syml, gan basio'r papur yn ôl.

Mae Manawydan yn ei gymryd ac yn syllu ar y geiriau, yn ei ysgrifen traed brain. *Os ydw i'n ddisgynnydd i Manawydan, ydy hynny'n golygu fod disgynyddion Efnisien o gwmpas hefyd?*

"A dyna'r broblem. Ti'n gweld, dros y canrifoedd, mae'r rhan fwyaf o'r rhai sydd wedi etifeddu'r Gallu wedi'u casglu yn ddwy ochr wahanol. Dwy fyddin, os lici di. Ma'r rheini ohonon ni sy'n ffyddlon i Bendigeidfran yn credu mewn heddwch a thegwch, a gwarchod y gwan a'r anghenus. Y Cyfeillion ydyn ni, ac ma pob un disgynnydd o linach Manawydan sydd â'r Gallu wedi bod yn aelod o'r Cyfeillion ers canrifoedd."

Gyda hynny mae llygaid Pritch yn fflachio'n gyflym i gyfeiriad Tecwyn Phillips, fel petai'n ei rybuddio i gadw'n dawel.

"Ac yna," mae'n cario mlaen, "mae gen ti'r rheini sy'n ffyddlon i Efnisien, sy'n credu mewn trais, a hunanoldeb, ac ennill pŵer. Y Marchogion maen nhw'n galw eu hunen. Mae'r Cyfeillion a'r Marchogion wedi bod yn elynion ers canrifoedd, ac mae hynny wedi arwain at sawl brwydr erchyll. Digwyddodd y fwyaf, a'r waethaf, yn hanner cyntaf y ganrif ddiwetha. Fyddi di wedi clywed am hynny – yr Ail Ryfel Byd, lle cafodd miliynau o bobol gyffredin, yn ogystal â nifer nawr o'r Cyfeillion a'r Marchogion, eu lladd. Dyddiau tywyll, tywyll iawn."

Mae Manawydan yn syllu arno'n gegrwth. Yr Ail Ryfel Byd? Mae'r cyfan yn teimlo yn amhosib, yn wirion bron, ond mae Pritch yn ymddangos yn gwbl o ddifri.

"Ers hynny, mae heddwch bregus wedi bod rhyngddon ni a'r Marchogion, ond rydyn ni'n amau eu bod nhw'n cynllwynio a paratoi rhywbeth ers blynyddoedd bellach, o dan arweinyddiaeth dyn o'r enw Gweuflyn. A dyna pam dwi yma nawr, Manawydan. Mae yna frwydr ar y gorwel, ac mae angen i bob aelod o'r Cyfeillion ymuno â'n gilydd yn barod i wrthsefyll. Mae'r Marchogion yn gryf, ac mae Gweuflyn yn arweinydd gwaedlyd a didrugaredd, yn ogystal â bod yn llofrudd."

Mae Pritch yn syllu'n syth i lygaid Manawydan.

"Mae wedi lladd sawl un o'n nifer ni. Gan gynnwys dy dad."

12

Ma'r glaw yn bwrw'n drwm wrth i fi gerdded gatre o'r bws. Mae 'di bod yn bwrw'n drwm ers dyddie ond smo fi'n trafferthu i gau 'nghot. Alla i deimlo 'nghrys i'n gwlychu, ond sdim ots 'da fi. Sdim 'di bod ots 'da fi am unrhyw beth dros y deuddydd diwetha 'ma, ers cwrdd â Pritch. Ma'i eirie fe 'di bod yn mynd rownd a rownd yn fy mhen i, a mae 'di bod yn amhosib i fi ganolbwyntio ar unrhyw beth arall.

Pan ti'n fud, does neb rili'n sylwi os wyt ti'n distracted. Neb yn gofyn, 'Ti'n dawel iawn, Manawydan. Ydy popeth yn ocê?'. Sy'n siwtio fi'n iawn. Hyd yn oed tasen i'n siarad, fysen i ddim yn gwbod shwt i ddechre esbonio be sy'n mynd mlân yn fy mhen i.

Sai'n siŵr oedd Mr Phillips yn gwbod faint oedd Pritch yn mynd i ddweud wrtha i yn ei swyddfa fe, ond o'n i'n cael y teimlad bod e ddim yn disgwyl clywed beth ddwedodd Pritch am y Marchogion yn lladd Dad. Unwaith wedodd e hynna, na'th Mr Phillips ddod â'r cwbwl i ben.

'Dyna fwy na digon am heddi dwi'n meddwl, Pritch. Ma hyn yn lot i'r bachgen gymryd mewn. Gad iddo fe gael cyfle i ddod i arfer â hyn i gyd yn ei amser ei hunan.'

O'n i'n meddwl bod Pritch yn mynd i ddechre dadle, ond yn y diwedd fe gytunodd e.

'Ie, olreit. Ddo' i'n ôl yn hwyrach yn yr wthnos i drafod be sy'n dod nesa. Ond yn y cyfamser, dysga cymaint ag y galli di am y Mabinogi. A siarada gyda dy fam am hyn, Manawydan. Dyw hi ddim yn ffan mawr ohona i, ond ma hi'n deall cymaint ag unrhyw un pa mor beryglus yw'r Marchogion.'

Ar ôl i fi gasglu fy mag a gadel y swyddfa, wnes i sefyll tu allan i'r drws a gwrando'n astud am funud. O'n i'n gallu clywed lleisie yn dadle o du fewn y stafell, ond ddim yn ddigon eglur i ddeall beth oedd yn cael ei ddweud, heblaw am un frawddeg ddywedodd Pritch:

"Sdim amser 'da ni i bwyllo, Tecs. Os nad ydyn ni'n symud yn glou falle fydd hi'n rhy hwyr."

Dwi'n gadel drws y tŷ i gau gyda bang uchel, gan wbod taw dim ond fi sy 'ma. Ma Mam a Hywel yn y gwaith o hyd, a fyddan nhw ddim 'nôl am gwpwl o orie. Dwi'n mynd i'n stafell yn syth, yn cwympo ar y gwely ac agor y gliniadur.

Dros y deuddydd diwetha dwi 'di treulio pob munud sbâr yn dilyn cyngor Pritch ac yn dysgu popeth alla i am y Mabinogi, yn mynd i lyfrgell yr ysgol bob amser cinio ac aros lan yn hwyr i ddarllen cymaint alla i ar y we. Heddiw ro'dd y glaw mor drwm dros ginio nes fod hyd yn oed Arwel a Dylan wedi mentro i'r llyfrgell, a fues i'n trio canolbwyntio ar hanes Manawydan yn codi melltith Gwawl fab Clud ar sir Dyfed tra bod yr efeilliaid a'u ffrindie ar y bwrdd drws nesa yn chware cardie am arian, ac yn neud eu gore i beidio denu sylw'r llyfrgellydd.

Sai 'di gweud unrhyw beth wrth Mam am hyn i gyd eto. Ma 'na ran ohona i ar dân isie neud, a dod i ddeall mwy am beth ddigwyddodd i Dad, ond ma 'na ran arall sy mor grac gyda hi. Os yw Pritch yn gweud y gwir, ma Mam wedi bod yn gweud celwydde ers blynyddoedd – nid jyst am fy nghefndir i, ond am farwolaeth Dad hefyd. Ond ma hi 'di sylwi bod rhywbeth o'i le dros y dyddie diwetha 'ma, a 'di gofyn sawl gwaith os ydw i'n iawn, ac oes rhywbeth yn bod. Bydd rhaid i fi siarad gyda hi.

Heno. Fe wna i fe heno.

13

"Swper yn barod!"

Mae Manawydan yn cau ei liniadur ac yn codi o'r gwely, gan sylwi ar y glaw sy'n dal i chwipio yn erbyn ei ffenest. Mae wedi bod yn pwyso ar ei fraich chwith sydd, erbyn hyn, wedi mynd i gysgu, ac mae'n ei hysgwyd i gael y gwaed i symud eto.

Yn sydyn mae'n teimlo'n nerfus. Fe benderfynodd eisoes y byddai'n trafod ymweliad Pritch gyda'i fam dros fwyd – heno oedd noson Hywel i chwarae gyda'i dîm bowlio yn Aberystwyth, felly dim ond y ddau ohonyn nhw fyddai adref.

Wrth agor drws ei stafell mae'n gallu arogli coginio ei fam yn llenwi'r tŷ – lasagne, ei ffefryn – a chlywed y gerddoriaeth glasurol yn chwarae'n dawel yn y gegin. Mae'n cerdded yn araf i lawr y grisiau ac mae'r trydydd o'r gwaelod yn gwichian yn swnllyd fel arfer. Roedd ei fam yn defnyddio llwy fawr i drosglwyddo'r lasagne i ddau blât, cyn eu cario i'r bwrdd bwyd mawr ben pella'r gegin. Meddyg teulu yw Glenda, ac ar ôl diwrnod hir yn trin cleifion Llandiem a'r ardal, ei hoff ffordd o ymlacio oedd agor potel o win a choginio pryd o fwyd i'w theulu.

"Dyma ni, eistedda!" mae'n dweud, wrth ddychwelyd i nôl ei gwydraid o win coch. Mae Manawydan yn ufuddhau ac er ei fod wedi colli pob chwant am fwyd, yn codi ei fforc.

"Gredi di byth beth ddigwyddodd yn y gwaith," mae Glenda yn dweud, wrth eistedd a bwrw ati i dorri trwy'r lasagne ar ei phlât gydag ochr ei fforc. "Dath y boi 'ma mewn â poen yn ei droed e, a do'n ni ddim yn gallu gweld unrhyw beth o'i le, a dyma ni'n mynd ag e…"

Mae Manawydan yn estyn ei law allan dros y bwrdd a'i gosod ar fraich ei fam, gan ddangos iddi fod ganddo rhywbeth i'w ddweud.

"Be sy'n bod, bach? Ti'n iawn?"

Ers iddo stopio siarad mae Manawydan wedi cyfathrebu gyda'i fam trwy ddefnyddio iaith arwyddo, a nawr, gyda'i ddwylo yn ysgwyd rhyw ychydig, mae Manawydan yn arwyddo fod rhywun wedi dod i siarad ag e yn yr ysgol.

"O? Pwy ddath i'ch gweld chi 'te?" mae Glenda yn gofyn, gan godi llond fforc o lasagne i'w cheg.

Mae Manawydan yn oedi, cyn sillafu'r llythrennau ar ei fysedd. P. R. I. T. C. H.

Am dipyn mae ei fam yn cnoi ei bwyd yn dawel, ond mae Manawydan yn gweld bod ei hwyneb wedi gwelwi, a'i dwylo'n crynu wrth godi ei gwydryn a chymryd llond ceg o'r gwin.

"Pritch?" mae'n dweud o'r diwedd, a nodyn o gasineb yn ei llais. "Be ma fe'n neud yn dod i'r ysgol i dy weld di, tu ôl i 'nghefn i? Tecwyn Phillips wedi ei adael e mewn, sbo? Aros nes i fi gael gair 'da fe, doedd 'da fe ddim hawl…"

Mae Manawydan yn estyn ei law ac yn cyffwrdd â braich ei fam eto, ac mae hithau'n tawelu. Mae'n broses hir a chymhleth i arwyddo popeth ddwedodd Pritch i'w fam – ei gysylltiad teuluol gyda'r Mabinogi, y frwydr sy'n dal i fynd mlaen rhwng y Cyfeillion a'r Marchogion, a chysylltiad hyn gyda marwolaeth ei dad – ond mae Glenda yn eistedd yn dawel ac yn canolbwyntio'n ofalus. Unwaith ei fod e wedi rhannu'r cwbl mae Manawydan yn stopio a syllu ar ei fam, yn aros am ymateb, y ddau blât o lasagne yn oeri ar y bwrdd o'u blaenau.

"Wel," mae hithau'n dweud yn chwerw. "Ma Pritch wedi bod yn brysur iawn, a doedd dim hawl 'da fe i ddweud hyn i gyd wrthot ti. Ond ma'n siŵr bod ti isie gwbod os yw hyn yn wir neu beidio?" Mae Manawydan yn nodio ei ben y mymryn lleia. "Wel, wna i ddim dweud celwydd wrthot ti. Ydy, ma fe'n wir. Ond nawr, y peth gore alli di neud yw jyst anghofio am y cwbwl. Gad lonydd iddo fe. Nid byd Pritch yw dy fyd di, a ma isie i ti gadw pethe fel'na."

Mae Manawydan yn syllu ar ei fam, y dicter yn corddi ynddo. Pwy ydy hi i'w orchymyn i anghofio am ei hanes teuluol, ac am farwolaeth ei dad ei hun? Pa hawl oedd ganddi hi i fod wedi dweud celwyddau wrtho ers blynyddoedd? Mae'r rhwystredigaeth yn llifo trwyddo, a phetai e'n gallu mi fydde fe'n sgrechian yn uchel, ond yn lle hynny mae'n dod â'i law i lawr yn galed ar y bwrdd bwyd, y bang uchel yn boddi sŵn y gerddoriaeth glasurol am eiliad. Mae'n dechrau arwyddo yr un gair drosodd a throsodd gyda'i ddwylo – celwydd, celwydd, celwydd.

Mae ei fam yn sefyll ar ei thraed, ei llygaid yn fflachio, ac yn gweiddi arno.

"Celwydd? Do, mi wnes i ddweud celwydd. A petaet ti'n deall mwy mi fyddet ti'n diolch i fi. Ma byd Pritch a'r Cyfeillion yn beryglus, Manawydan, a dwi ddim isie i ti gael unrhyw beth i neud â fe. Wna i ddim dy golli di fel wnes i golli dy dad! Wna i ddim… "

Erbyn hyn mae Manawydan ar ei draed hefyd, yn arwyddo yn egnïol gyda'i ddwylo tra fod ei fam yn gweiddi arno, y dagrau yn sgleinio yn ei llygaid. Dydy'r naill ddim yn gwrando ar y llall, y dicter a'r annhegwch yn llifo trwy eu geiriau, a'r ddau yn canolbwyntio cymaint ar y ddadl fel eu bod nhw'n methu â chlywed y sŵn cnocio trwm, pendant ar ddrws y tŷ.

"Ewch o 'ma!" mae Glenda yn gweiddi ar ôl i'r sŵn gario mlaen yn ddi-baid am funud gyfan, cyn troi'n ôl at y ffrae.

Mae'r sŵn cnocio yn stopio, ac yna'n ailddechrau eto, yn araf ac yn gadarn.

"Ewch o 'ma, wedes i!" mae Glenda'n gweiddi'n uwch. "Blydi hel, be sy'n bod arnoch chi?"

Saib arall, hirach. Mae'r ddau yn syllu i lawr y cyntedd sy'n arwain o'r gegin, a Glenda fel petai'n herio'r cnociwr i ailddechrau eto.

Yna, gyda chlec fawr, mae'r drws yn ffrwydro i mewn i'r cyntedd, y clo wedi ei chwalu a'r fframyn pren wedi ei hollti.

Mae Manawydan a'i fam yn sefyll, wedi'u rhewi, yn syllu ar fframyn gwag y drws, ar y diferion glaw yn cael eu chwythu i mewn gan y gwynt, ac ar y ddau ddyn dieithr sy'n camu i mewn i'r cyntedd.

14

Dyn sy'n hoffi trefn yw Ditectif Saunders. Yn ddi-ffael pan mae'n cyrraedd adref o'r gwaith i'w dŷ ar gyrion Caerdydd, mae'n cerdded drwy'r drws, rhoi sws i'w wraig, a hongian ei got ar yr ail fachyn o'r chwith y tu ôl i'r drws. Yna, mae'n newid o'i ddillad gwaith i bar o jîns a hen grys rygbi, gwisgo ei sliperi, ac yn mynd ati i baratoi swper.

Tra bod Glenda yn paratoi ei lasagne yn ei chegin yn Llandiem, mae Ditectif Saunders yn hel cynhwysion at ei gilydd a mynd ati i goginio spaghetti bolognese, ac wrth iddo sefyll yn ei gegin yn torri'r winwns a'r madarch mae ei feddwl yn dechrau crwydro at achos y corff yn yr afon.

Dros y dyddiau diwetha roedd tipyn wedi digwydd. Echddoe, ar ôl i'r heddlu ryddhau disgrifiad o'r dyn fuodd farw i'r wasg, cysylltodd dyn o'r enw Eifion Bellamy yn dweud ei fod yn swnio'n debyg iawn i'w gefnder, Seiriol Simmonds. Yn ôl Mr Bellamy roedd e heb glywed gan Mr Simmonds ers wythnos – doedd hwnnw ddim yn ateb ei ffôn, ac roedd ei gartref fel petai'n wag. Yn hwyrach y diwrnod hwnnw fe wnaeth Eifion Bellamy y siwrne o'i dŷ yn Abergwaun gyda llun o'i gefnder, ac roedd hynny'n ddigon i gadarnhau taw Seiriol Simmonds oedd y dyn o'r afon.

Felly, erbyn hyn roedd Saunders yn gwybod pwy gafodd ei ladd, a sut, ond nid pam, na gan bwy. Doedd dim i awgrymu fod Seiriol Simmonds mewn unrhyw fath o drwbl, nac yn cymysgu gyda phobol beryglus. Doedd ganddo bron dim teulu agos na ffrindiau amlwg – "tipyn o *loner*", yn ôl ei gefnder. Roedd y cwbwl yn dal i fod yn dipyn o ddirgelwch, a dweud y gwir.

Roedd Saunders yn dal i deimlo fod y fan ddu – yr un oedd yn berchen i gwmni o'r enw Marchog Du – yn gliw pwysig, ond roedd Sarjant Price wedi methu dod o hyd i unrhyw wybodaeth ychwanegol am y cwmni hyd yma. Er gwaetha hynny, roedd Saunders yn siŵr iddo glywed yr enw yna o'r blaen, ond ble, tybed? Rhywbeth i'w wneud â hen achos, mae'n meddwl, wrth nôl y cig eidion o'r oergell. Rhywbeth y buodd yn gweithio arno flynyddoedd maith yn ôl. Mae'n sefyll gyda'i lygaid ar gau, yn gwrando ar hisian y cig yn ffrio ar y ffwrn, yn ceisio cofio, ond mae'r manylion yn gwrthod dod i flaen ei feddwl.

"Be ni'n cal i swper, bach?" mae ei wraig yn galw o'r stafell fyw, lle mae'n gwylio *Pobol y Cwm*.

"Spag bol," mae Ditectif Saunders yn ateb.

"Www, lyfli. Iwsia'r pasta 'na sy'n edrych fel dici-bows, wnei di? Hwnna fi'n hoffi."

"Ie, iawn cariad." Mae Ditectif Saunders yn gwthio'r Marchog Du o'i feddwl, yn llenwi sosban gyda dŵr ac yn estyn i'r cwpwrdd am y paced pasta dici-bows.

Ddim tan tipyn yn hwyrach y noson honno, pan mae wedi gorffen ei spaghetti bolognese ac mae'n eistedd ar y soffa gyda'i wraig yn mwynhau pot bach o iogwrt blas taffi, mae'r ateb yn neidio i feddwl Ditectif Saunders.

Achos a ddigwyddodd sbel yn ôl, deuddeg mlynedd falle, ac yntau'n dal i fod mewn iwnifform. Marwolaeth amheus, dyn wedi disgyn oddi ar do warws, a Saunders yn siŵr taw Marchog Du oedd enw'r cwmni oedd yn berchen yr adeilad.

Roedd rhywbeth ddim cweit yn iawn am y cwbl. Yn un peth, doedd dim rheswm i'r dyn fuodd farw fod ar y to yn y lle cynta, ac roedd anafiadau ar ei gorff oedd yn awgrymu ei fod wedi bod yn ymladd yn fuan cyn iddo ddisgyn. Ond, yn y diwedd, doedd dim digon o dystiolaeth i fynd â'r peth dim pellach. Beth oedd enw'r boi gafodd ei ladd eto, pendronodd Ditectif Saunders. Llew? Na, Llwyd. Llwyd Jones, dyna fe. Llwyd Jones, boi o ardal Aberystwyth.

Mae Ditectif Saunders yn gwenu mewn boddhad ei fod wedi cofio o'r diwedd, ac mae'n bwyta llwyaid fawr arall o iogwrt i ddathlu. Mi fyddai'n werth cael Sarjant Price i edrych i mewn i'r achos yn y bore, mae'n meddwl, rhag ofn bod mwy am gefndir Marchog Du yn y nodiadau rhywle.

15

Mae Manawydan yn syllu ar y ddau ddyn sy'n sefyll yn y cyntedd. Mae un yn fyr ond yn edrych yn gryf, fel codwr pwysau, ei gyhyrau yn bygwth torri trwy ddefnydd y crys-T gwyn sy'n dynn amdano. Mae'r llall yn dalach ac yn deneuach, wedi'i wisgo yn drwsiadus mewn cot olau, ddrud yr olwg, sy'n ymestyn i lawr at ei bengliniau. Yn wahanol i'w gyfaill, sydd â'i wallt wedi ei dorri'n fyr fel milwr, mae gan yr un tal wallt melyn, hir, wedi ei glymu'n ôl mewn cynffon. Mae'n camu'n hamddenol i lawr y cyntedd, tra bod y dyn cyhyrog yn codi'r drws o'r llawr ac yn ei wthio'n ôl yn erbyn y fframyn.

"Manawydan," mae'r dyn tal yn ei ddweud, gyda gwên fach ar ei wefusau tenau. "Mae'n braf cael cwrdd â ti. Ymddiheuriadau am y drws, Mrs Jones, ond ry'n ni ar dipyn o frys."

"Pwy... pwy ydych chi?" mae Glenda yn gofyn, ei llais yn dychwelyd ar ôl y sioc. "A beth ydych chi isie?"

Mae'r dyn tal yn anwybyddu'r cwestiwn, ac yn cadw ei lygaid ar Manawydan.

"Gad i mi gyflwyno fy hun. Andreas ydw i, o deulu Gronw Pebr. Ydy hynny'n golygu unrhyw beth i ti?"

Gronw Pebr. Oedd, roedd yr enw yn gyfarwydd i Manawydan. Roedd y dyn yma o fyd y Mabinogion, ac o gofio fod y Gronw Pebr gwreiddiol yn llofrudd roedd Manawydan yn weddol sicr fod y dyn yma yn un o'r Marchogion.

Mae'r wên ar wyneb Andreas yn tyfu, ac mae blaen ei dafod yn ymddangos i lyfu ei wefusau.

"Fe alla i weld bod hynny'n canu cloch gyda ti. Sy'n golygu dy fod di'n gwybod rhywfaint am ein byd ni yn barod. Pwy sydd wedi bod yn siarad â ti? Dy fam? Neu Pritchard, efallai? Dim dy dad, wrth gwrs, gan ei fod e yn... ti'n gwybod..." Mae'n ystumio sychu deigryn o'i lygad, ac yn chwerthin.

Mae Manawydan yn cymryd cam tuag ato, ei ddyrnau wedi codi a'i ofn wedi trawsnewid yn ddicter, ond fel fflach mae Andreas wedi tynnu cyllell o'i got.

"Nawr, nawr, Manawydan, paid â bod yn fyrbwyll. Sdim amser gyda ni am hynna i gyd. Wna i ofyn i ti ddod gyda ni nawr, os gweli di'n dda. Ma rhywun isie cwrdd â ti..."

"Na!" Mam Manawydan sy'n cymryd cam ymlaen nawr. "Gadwch e fod, ac ewch o fy nhŷ i, neu... neu bydda i'n galw'r heddlu!"

Mae Andreas yn chwerthin, ac yn troi at ei gyfaill cyhyrog i ymuno yn y jôc, ond dydy hwnnw'n gwneud dim ond syllu arno.

"Gwranda, cariad," mae llais Andreas yn fygythiol, wrth iddo droi'n ôl, yr hiwmor wedi diflannu o'i wyneb. "Falle bod ti heb sylweddoli eto, ond dy'n ni ddim yn fois neis iawn. Fe fyddwn ni'n gadel y tŷ 'ma gyda Manawydan, un ffordd neu'r llall. Ma'r person sy isie siarad ag e wedi ein gorchymyn ni i beidio lladd Manawydan... ond ddwedodd neb unrhyw beth amdanat ti."

Er gwaetha'r bygythiad mae Glenda yn symud o flaen ei mab, yn benderfynol o'i warchod e.

"Fe wnes i dy rybuddio di," mae Andreas yn ochneidio, cyn galw dros ei ysgwydd ar ei ffrind. "Glywest ti fi, yn do fe, Bleddyn Bach? Fe roies i gyfle iddi." Mae'n codi ei gyllell yn uwch. "Nawr Glenda, bydden i'n gwerthfawrogi'n fawr os fyddet ti ddim yn gwaedu dros y got yma, mae'n…"

Ond cyn i Andreas orffen ei frawddeg mae'r drws ffrynt, oedd bellach yn ôl yn ei ffrâm, yn cael ei wthio o'r neilltu am yr ail waith, ac mae calon Manawydan yn llamu wrth weld ffigur cyfarwydd yn dringo drwy'r drws i'r cyntedd.

16

*A*lla i ddim cofio bod mor falch i weld unrhyw un o'r blân.

"Pritchard!" ma Andreas yn hisian, wedi troi i wynebu'r drws.

Yn amlwg ma'r ddau 'ma'n nabod ei gilydd.

Ma Pritch yn cymryd dau gam i mewn i'r cyntedd, a galla i weld ei fod e'n cario pastwn trwm yn ei law.

"Wel, wel, edrychwch ar y llygod mawr sy wedi crwydro mewn – Andreas a Bleddyn Bach." Ma llais Pritch yn yn ysgafn ond ma'i lygaid e'n fflachio. "Beth y'ch chi'ch dau'n neud 'ma 'te?"

"Ry'n ni ar fin gadael, a ma Manawydan fan hyn yn dod gyda ni." Ma'r hyder a'r gwawdio oedd yn llais Andreas wedi diflannu erbyn hyn, ond ma fe'n dal i ddal ei gyllell yn fygythiol. Ma'r dyn cyhyrog, yr un alwodd Pritch yn Bleddyn Bach, yn sefyll yn stond yng nghanol y cyntedd, yn stopio Pritch rhag dod dim agosach. "Paid â mynd yn ein ffordd ni, Pritchard. Mae'n ddau yn erbyn un..."

"Dim cweit."

Ma'r llais newydd tu ôl i ni, yn dod o gefn y gegin lle ma'r drws i'r stafell fyw. Dwi'n troi'n sydyn, a gweld dyn mewn jîns a chrys-T du, gyda llun mellten wen arno, yn pwyso yn hamddenol yn erbyn y wal, a phastwn tebyg i un Pritch yn troelli yn ei law. Er fod ei wallt yn llwyd mae ei wyneb yn ifanc, a ma fe'n edrych yn gryf ac yn heini. Ma'n rhaid ei fod e wedi sleifio drwy'r drysau yn y stafell fyw sy'n agor mas i'r ardd, ond alla i ddim deall sut naeth e gyrraedd mor agos heb i fi ei glywed e. Ma'r dieithryn yn gwenu arna i yn gyfeillgar.

"Osian, o deulu Nisien fab Llŷr. Roedd ein cyndeidiau ni'n hanner-brodyr, Manawydan. Ma dy deulu di a'n un i wedi bod yn ymladd ochr yn ochr ers canrifoedd. Mae'n braf cwrdd â ti o'r diwedd, boi."

"Andreas?" Bleddyn Bach sy'n siarad am y tro cynta ers cyrradd y tŷ, a ma 'na ansicrwydd yn ei lais wrth ofyn i'w ffrind beth i'w wneud. Mae ei lygaid wedi'u hoelio ar Pritch, sy'n cymryd cam yn agosach ato. Ma'r stafell yn dawel, fel un o'r hen ffilms cowbois lle ma pawb yn aros i rywun arall symud gynta.

Yn sydyn ma Andreas yn rhoi naid mlân, gan estyn allan i afael yn fy mraich i. Dwi'n rhewi, yn methu gwneud unrhyw beth ond sefyll a gwylio llaw Andreas yn dod amdana i.

Ond wedyn, bron ar yr un pryd, ma dau beth yn digwydd.

Yn gynta ma Pritch yn taflu dwrn i wyneb Bleddyn Bach, a hwnnw'n codi braich sy mor llydan â 'nghoes i'w stopio. Heb oedi, ma Pritch yn taflu ei ddwrn arall, yr un sy'n dal y pastwn, a'r cawr bach yn ei stopio gyda'i fraich arall, ond ma fe'n sylweddoli'n rhy hwyr fod hynny'n gadael ei wyneb heb unrhyw amddiffyniad. Ma talcen Pritch yn taro Bleddyn Bach yn sgwâr ar ei drwyn, a ma hwnnw'n llithro i'r llawr.

Yn ail, ma fflach dywyll yn hedfan dros y bwrdd bwyd tu ôl i fi, a cyn i fi allu deall be sy 'di digwydd ma Osian yn glanio'n ysgafn o 'mlân i. Mewn un symudiad chwim ma'i bastwn e'n dod i lawr yn galed ar benelin Andreas nes fod cyllell hwnnw'n disgyn i'r llawr a ma fe'n cwympo'n ôl, yn dal ei fraich, a golwg o boen a dicter yn ei lygaid.

Alla i ddim helpu ond rhythu ar Osian. Shwt yn y byd symudodd e mor gyflym?

"Manawydan! Glenda!" Pritch sy'n galw o'r cyntedd, lle mae'n penlinio ar gefn Bleddyn Bach, sy'n straffaglu i godi. "Pawb yn iawn?"

"Ydyn, pawb yn iawn, Pritch," ma Osian yn ateb, ei bastwn o fewn modfedd i wyneb Andreas. "A finne hefyd, diolch i ti am ofyn."

Er gwaetha'r sefyllfa ma Pritch yn gwenu.

"Galli di edrych ar ôl dy hunan. Nawr, helpa fi i glymu'r ddau 'ma lan, wnei di?"

17

Deg munud yn ddiweddarach mae Manawydan a'i fam yn eistedd ar y soffa yn y stafell fyw, hithau'n magu cwpanaid o de yn ei dwylo ac yn crynu, er gwaetha'r blanced mae Manawydan wedi lapio dros ei hysgwyddau. Mae'n mwmian yn dawel iddi hi ei hun, rhywbeth sy'n swnio'n debyg i, "O'n i'n gwbod bydde hyn yn digwydd" drosodd a throsodd.

Mae drws y stafell fyw yn agor, a Pritch ac Osian yn camu i mewn. Mae Osian yn disgyn i gadair esmwyth yn syth, gydag un goes yn hongian dros y fraich yn gwbl gartrefol, tra bod Pritch yn aros ar ei draed, yn edrych yn lletchwith.

"Glenda..." mae'n dweud, ar ôl cyfnod hir o dawelwch.

"Pam, Pritch?" mae hithau'n poeri wrth dorri ar ei draws. "Pam oedd rhaid i ti ddod 'nôl? Ry'n ni'n hapus ac yn ddiogel. Pam ma isie i ti ddod â hyn i gyd lan eto?"

"Glenda, creda fi, o'n i ddim isie. Ond ma'r sefyllfa wedi newid..."

"Dim i ni," mae mam Manawydan yn torri ar ei draws eto. "Yn dy fyd di ma pethe'n newid, dim yn ein byd ni."

"Yn ein byd ni i gyd, Glenda. Edrych, alla i ddeall pam dy fod di wedi cadw Manawydan allan o fyd y Mabinogi, yn enwedig ar ôl beth ddigwyddodd i Llwyd..." Mae Glenda yn codi ei phen, fel petai'n flin fod Pritch wedi meiddio dweud enw ei gŵr. "Ond ma gyda'r Marchogion rywbeth mawr ar y gweill, a dy'n nhw ddim am stopio nes fod pob un sydd ag unrhyw gysylltiad â'r Cyfeillion mas o'r ffordd. Glywest ti am y corff 'na yn yr afon yn Llandaf cwpwl o ddyddie'n ôl? Seiriol Simmonds oedd hwnna, cefnder Eifion Casgen – ma fe 'di bod gyda'r Cyfeillion ers blynyddoedd. Dyw pethe jyst ddim yn saff bellach, Glenda."

"Wel, sortia di fe mas, Pritch. Gymerodd hi ddim yn hir i ti ddelio â'r ddau yna gynne."

Mae Pritch yn eistedd ar fraich y soffa, yn sydyn yn edrych yn flinedig.

"Ma hyn yn rhy fawr, Glenda."

"Beth sy na all Pritchard Jones, yr arwr mawr, ddelio ag e?" mae mam Manawydan yn poeri.

Ochneidio mae Pritch, a rhwbio ei lygaid.

"Ocê, ma 'da ti hawl i glywed hyn. A tithe hefyd, Manawydan, felly canolbwyntia. Ma hyn yn mynd yn ôl ganrifoedd, yr holl ffordd i pan ddaeth Matholwch, Brenin Iwerddon, i ofyn i Bendigeidfran am ganiatâd i briodi Branwen. Ti'n cofio ni'n trafod hynna yn swyddfa Tecwyn, Manawydan? Branwen oedd chwaer Bendigeidfran, a'n gobaith oedd y bydde'r briodas yn arwain at heddwch rhwng Prydain ac Iwerddon."

Mae Manawydan yn nodio.

"Wel, fe roddodd Bendigeidfran ei fendith i'r briodas, wrth gwrs. Ond roedd Efnisien, hanner brawd Bendigeidfran, yn gandryll am nad oedd neb wedi gofyn ei ganiatâd e hefyd."

"Fe oedd efaill Nisien, fy nghyndaid i," mae Osian yn dweud yn ymddiheuriol. "A fe hefyd oedd pennaeth gwreiddiol y Marchogion. Gyda lle dechreuodd hyn i gyd."

Mae Pritch yn edrych ar Manawydan.

"Roedd Efnisien mor grac nes iddo fe benderfynu dial drwy ymosod ar geffylau Brenin Matholwch – oedd yn sarhad ofnadwy yn y cyfnod yna. Wel, fe naeth un peth arwain at y llall, ac yn y diwedd roedd rhaid i Bendigeidfran ymddiheuro i Matholwch ar ran ei frawd, a thalu iawndal. A'r iawndal oedd y Pair Dadeni."

Mae pawb yn y stafell, gan gynnwys Osian, yn gwrando'n astud ar eiriau Pritch.

"Crochan mawr – fel crochan gwrach, ond lot mwy – wedi ei swyno gan hud a lledrith cryf oedd y Pair. Yn syml, mi fyddet ti'n cynnau tân o dan y Pair, gosod corff marw ynddo fe, a bydde'r swyn yn dod â'r corff 'nôl yn fyw. Alli di ddychmygu pa mor werthfawr oedd rhywbeth fel hyn? A ma'r ffaith fod Bendigeidfran yn barod i roi'r Pair i Matholwch yn dangos pa mor awyddus oedd e i'r briodas weithio.

"Beth bynnag, fel ti'n gwbod, aeth popeth o chwith ar ôl i Matholwch a Branwen ddychwelyd i Iwerddon, ac roedd rhaid i Bendigeidfran a'i fyddin groesi'r môr i'w hachub hi. Nawr, y broblem oedd fod gan Matholwch fantais – y Pair Dadeni. Doedd dim ots faint o filwyr Iwerddon fyddai Bendigeidfran a'i ddynion yn eu lladd, mi fydden nhw'n cael eu taflu i mewn i'r Pair ac yn barod i ymladd unwaith eto y bore wedyn.

"Yn y diwedd, Efnisien sylweddolodd taw'r unig ffordd i ennill y frwydr oedd i gael gwared o'r Pair, felly dyma fe'n dringo i ganol pentwr o gyrff milwyr Iwerddon, ac aros nes iddo fe gael ei daflu i'r crochan mawr. Yna, fe wnaeth e wthio allan yn erbyn ochrau'r Pair, a'i chwalu, gan ladd ei hunan yn y broses.

"Aeth byddin Bendigeidfran ymlaen i ennill y frwydr o drwch blewyn, ond beth ddigwyddodd i'r Pair? Oedd, roedd e wedi chwalu yn ddarnau – yn bedwar darn, i fod yn fanwl – ond roedd rhai oedd ar ôl o fyddin Bendigeidfran yn poeni y byddai'n gallu cael ei drwsio eto. Roedden nhw'n ofni fod rhywbeth mor bwerus yn rhy beryglus i'w ddefnyddio eto, felly fe ddaethon nhw i'r penderfyniad i wasgaru'r pedwar darn. Gadawyd un yn Iwerddon, ac ar y siwrne'n ôl i Brydain fe naethon nhw daflu darn arall i waelod y môr. Mae'r trydydd darn dan ofal y Cyfeillion hyd heddiw, a'r pedwerydd... wel, does neb yn gwybod yn iawn lle ma hwnnw. Rhoddwyd e i arglwydd lleol ar ôl i'r milwyr gyrraedd 'nôl yng Nghymru, gyda'r gorchymyn i'w guddio'n ofalus."

Glenda yw'r cyntaf i dorri'r tawelwch sy'n dilyn stori Pritch.

"Beth sy gyda hyn i neud ag unrhyw beth, Pritch? Os yw darnau'r pair yma ar wasgar ym mhob man, beth yw'r broblem?"

Osian sy'n ateb y cwestiwn o'i gadair esmwyth.

"Oherwydd dy'n nhw ddim ar wasgar. Maen nhw'n cael eu casglu at ei gilydd eto."

"Ond pam?" mae Glenda'n gofyn. "Gan bwy?"

"Gan y Marchogion," mae Pritch yn ateb. "Ti'n cofio fi'n sôn wrthot ti am Gweuflyn, eu harweinydd nhw, Manawydan?" Mae Manawydan yn sylwi bod ei fam yn gwingo wrth glywed enw'r dyn laddodd ei dad. "Ma Gweuflyn wedi treulio blynyddoedd yn ceisio dod o hyd i'r darnau. Fe ddaeth o hyd i'r darn yn Iwerddon – y Darn Gwyrdd mae'n cael ei alw – dipyn yn ôl. Rydyn ni'n clywed iddo fe gael gafael ar y darn gafodd ei daflu i'r môr – y Darn Glas – dros y dyddie diwetha, a ma 'na sôn ei fod e'n agosáu at ddod o hyd i'r darn gafodd ei guddio – y Darn Du. Fyddai hynna ond yn gadael y darn sy'n cael ei warchod gan y Cyfeillion, sef y Darn Coch. Ac os taw'r Cyfeillion yw'r unig beth sy'n sefyll rhwng Gweuflyn a darn olaf y Pair, yna byddwn ni angen cymaint o help â phosib i'w warchod e."

"Ond bachgen yw Manawydan, Pritch!" mae Glenda'n wylo. "Allith e ddim mynd i ymladd gyda chi. Wna i ddim ei roi e mewn perygl fel'na!"

Mae Pritch yn ochneidio.

"Wna i ddim dweud celwydd wrthot ti, Glenda. Bydd, mi fydd e'n beryglus, ond mi wna i bopeth alla i i'w gadw fe'n ddiogel. Ond ystyria hyn – hyd yn oed os yw Manawydan yn aros yma gyda ti, a'r Marchogion yn penderfynu gadael llonydd iddo fe am y tro, os y'n nhw'n llwyddo i guro'r Cyfeillion a chael gafael ar Ddarn Coch y Pair, mi fyddan nhw'n gallu atgyfodi unrhyw un. Meddylia – gwerth canrifoedd a chanrifoedd o Farchogion, rhai o'r bobol fwya creulon a pheryglus welodd y byd erioed, mewn un fyddin anfarwol dan reolaeth Gweuflyn. Alli di ddychmygu hynna? Ti'n gwbod mwy nag unrhyw un shwt anghenfil yw Gweuflyn. Fydd unrhyw un yn saff?"

Mae Glenda yn dawel am dipyn.

"Beth wyt ti'n awgrymu 'te?" mae'n gofyn o'r diwedd.

"Bod Manawydan yn dod gyda ni." Mae Pritch yn edrych ar Manawydan. "Ma cartre'r Cyfeillion ar ynys o'r enw Fosgad, rhyw ugain milltir o arfordir Sir Benfro. Fe fyddi di'n saff rhag y Marchogion ar Fosgad. A, pan ddaw'r amser, dyna ble fyddi di'n gwneud y Profion, i weld a yw'r Gallu gyda ti. Ond y peth pwysica yw i neud yn siŵr dy fod di'n saff."

"Pryd wyt ti eisiau mynd â fe?" mae Glenda'n gofyn, ei llais yn crynu.

"Cyn gynted â phosib. Heno, os gallwn ni." Mae Pritch yn troi i edrych ar Manawydan eto. "Ond gwranda, dy ddewis di yw hyn, neb arall. Ma pawb sy'n ymuno â'r Cyfeillion yn gwneud o'u gwirfodd. Ti sy'n gorfod gwneud y penderfyniad."

Mae'r stafell yn dawel am amser hir, a sŵn tipian y cloc yn

atsain yn y llonyddwch. Yn y diwedd mae Glenda yn snwffian i'w hances, cyn sibrwd yn dawel,

"Alla i gael llonydd i siarad â Manawydan?"

"Wrth gwrs, wrth gwrs." Mae Pritch yn codi o fraich y gadair. "Dere, Osian, ewn ni lan i weld sut ma Andreas a Bleddyn."

Mae Osian bron yn gorwedd yn y gadair esmwyth, ond o fewn chwinciad mae wedi bownsio'n sionc i'w draed, ac mae'r ddau yn gadael y stafell fyw gan gau'r drws. Mae Glenda'n troi i wynebu Manawydan, ac yn estyn am ei law.

18

Ma popeth yn digwydd yn rhy gyflym.

Alla i ddim mynd.

Wna i ddim mynd.

Pan o'dd Andreas yn pwyntio'r gyllell ata i gynne, wnes i rewi'n stond, yn methu meddwl a methu symud. Dwi ddim yn filwr, nac yn arwr. Alla i ddim peidio â meddwl beth fydde 'di digwydd petase Pritch ac Osian heb gyrradd mewn pryd...

"Manawydan bach," ma Mam yn dweud, gyda dagre ar ei boche. "Ro'n i'n gobeithio na fydde'r diwrnod yma byth yn cyrraedd. Ro'n i'n gobeithio fydden i'n gallu dy warchod di rhag hyn i gyd am byth. Y byd yna – byd y Mabinogi – wnaeth ddwyn dy dad oddi wrtha i, a dwi i ddim isie iddo fe dy ddwyn dithe hefyd. Roedd e'n ddyn mor hyfryd, Manawydan, a mae'n torri 'nghalon i na chest ti gyfle i'w adnabod e'n iawn. Ond petase fe yma nawr, dwi'n gwbod beth fydde fe'n gweud. Taw dy ddewis di yw hyn. Alla i ddim gwneud y penderfyniad ar dy ran di."

Dwi'n symud fy mysedd, yn arwyddo un gair bach.

Ofn.

"Wrth gwrs bod arnot ti ofn, 'machgen i," ma Mam yn dweud. "Roedd dy dad yn ofni bob tro bydde fe'n mynd bant gyda'r Cyfeillion, yn ofni beth fydde fe'n gorfod wynebu, yn ofni na fydde fe'n dod 'nôl aton ni. Ma Pritch yn actio'n ddewr, ond ti ddim yn meddwl bod arno fe ofn hefyd? Dyna sy'n gwneud arwr, Manawydan – wynebu'r pethe yna rwyt ti'n eu hofni ond yn eu gwneud nhw beth bynnag.

Ond cofia, sdim cywilydd os wyt ti'n gwneud y penderfyniad i beidio mynd gyda Pritch ac Osian. Beth bynnag wyt ti'n ei benderfynu, dyna yw'r peth iawn i ti neud."

Dwi'n eistedd, yn dal llaw Mam yn dynn, am amser hir. Yn meddwl.

Mi fydde fe gymaint haws i aros yma gyda Mam. I anghofio am Pritch, am Andreas, am y Cyfeillion a'r Marchogion, am y Pair Dadeni.

Ond beth am yr holl nosweithiau dros y blynyddoedd, yn gorwedd yn y gwely a syllu ar y nenfwd, yn dychmygu cyfle i ddod i nabod Dad? Yn dyheu i gael gwbod mwy amdano fe, i glywed gan y bobol oedd yn ei nabod e? Fyddwn i'n gallu byw gan wbod 'mod i 'di gwrthod y cyfle? Ac i beth? I fynd 'nôl i'r ysgol, lle does neb yn sylwi 'mod i yna hyd yn oed? Chware gwyddbwyll dros y we gyda phobol dwi ddim yn eu nabod? Treulio gweddill fy mywyd yn edrych dros fy ysgwydd am Farchogion fel Andreas?

Dwi ddim isie mynd. Ond dwi ddim chwaith isie edrych 'nôl mewn blynyddoedd ac ystyried beth fyddai wedi digwydd petawn i 'di cymryd y cyfle i ddysgu mwy am Dad, a'i neud e'n falch ohona i. Y cyfle i fod yn rhywbeth mwy – i fod yn arwr.

Dwi'n edrych i lygaid Mam, ac ma hithau'n gwenu'n drist, yn deall 'mod i wedi neud penderfyniad.

Does gen i ddim dewis. Ma'n rhaid i fi fynd.

19

Chwarter awr yn ddiweddarach, mae Glenda yn eistedd ar ei phen ei hun yn y stafell fyw. Ers i Llwyd farw roedd hi'n gwybod y byddai'r diwrnod yma'n dod, ond nawr roedd e yma ac roedd popeth yn digwydd mor sydyn. Roedd rhan ohoni ar dân eisiau rhedeg i stafell Manawydan a'i stopio rhag pacio ei fag, a mynnu ei fod yn aros fan hyn, gyda hi, ond roedd hi'n gwybod taw gadael oedd y peth gorau i Manawydan nawr. Gadael, a gobeithio y byddai'n dod 'nôl rhyw ddydd.

Mae drws y stafell fyw yn agor a Pritch yn cerdded i mewn, a sefyll yn lletchwith o flaen Glenda.

"Beth ddwedi di wrth... Hywel, ife? Am be ddigwyddodd heno, ac am lle ma Manawydan wedi mynd?" mae'n gofyn.

"Y gwir, Pritch," mae Glenda'n ateb. "Ma Hywel yn ame fod rhywbeth am y gorffennol, am Llwyd, dwi ddim yn ei ddweud wrtho fe. Dwi ddim yn gwbod os neith e gredu popeth, ond dwi ddim yn mynd i weud celwydde wrtho fe. Sdim isie i ti boeni, ma fe'n ddyn da, Pritch. Wna i ofyn iddo fe gadw'r cwbwl yn gyfrinachol, a mi neith e." Mae Glenda yn stopio i sychu ei thrwyn. "Be wnei di gyda'r ddau yna sy wedi'u clymu lan?"

"Andreas a Bleddyn? Gewn nhw ddod gyda ni am y tro. Wneith Osian fynd â nhw yn garcharorion 'nôl i Fosgad. Wnewn ni drio cael cymaint o wybodaeth ag y gallwn ni mas ohonyn nhw, a wedyn falle cynnig eu cyfnewid nhw am y

Cyfeillion mae'r Marchogion yn cadw fel carcharorion. Ond paid poeni, dwi ddim yn meddwl ddown nhw'n ôl fan hyn eto. Manawydan maen nhw isie, wnawn nhw ddim dy drafferthu di eto os yw e gyda ni ar Fosgad."

Mae Glenda yn rhoi chwerthiniad bach wrth glywed hyn.

"Sdim ots 'da fi amdana i, Pritch. Am Manawydan dwi'n poeni. Wnest ti fethu gwarchod Llwyd, a wna i ddim maddau i ti am hynna. Ond Duw a dy helpo di os wyt ti'n methu gyda Manawydan hefyd."

Mae Pritch yn ochneidio.

"Petawn i'n gallu newid pethe – 'mod i wedi marw a bod Llwyd yma gyda ti – byddwn i'n ei neud e heb feddwl. Y cwbwl alla i neud nawr yw gwarchod Manawydan ore galla i, a dwi'n addo i ti dyna be wna i. Ond ma isie i ti ddeall fod Manawydan yn mynd i ddysgu, yn hwyr neu'n hwyrach, sut fuodd Llwyd farw. Y stori gyfan."

Mae'r dagrau'n dod i lygaid Glenda eto.

"Bydd isie i ti ei warchod e bryd hynny hefyd," mae'n sibrwd.

20

Mae'n anodd neud sens o bopeth sy 'di digwydd dros y bedair awr ar hugain ddiwetha.

Amser yma ddoe ro'n i yn yr ysgol, yn eistedd yng nghornel y ffreutur yn bwyta sosej a bîns, a heddi dwi ar gwch pysgota, yn torri trwy'r tonnau ac yn gweld ynys Fosgad, cartre'r Cyfeillion, yn ymddangos drwy'r niwl.

Fe wnaethon ni ffarwelio ag Osian neithiwr. Fe gymerodd e fan ddu Bleddyn ac Andreas oedd wedi ei pharcio y tu allan i'r tŷ ar Fwlch y Gad, gyda'r ddau Farchog wedi eu clymu yn y cefn, gan addo y bydde fe'n ein gweld ni ar Fosgad ar ôl casglu un arall o'r Cyfeillion o Ynys Môn.

Wnes i a Pritch yrru i'r cyfeiriad arall, i dŷ ar lan y môr y tu allan i Abergwaun.

"Mae'n hwyr i groesi i'r ynys nawr," esboniodd Pritch ar y ffordd. "Arhoswn ni gydag un o'r Cyfeillion dros nos, a hwylio draw i Fosgad ben bore fory."

Rhaid fod Pritch wedi sylwi ar y penbleth ar fy wyneb i wrth glywed hyn.

"Does dim pob un o'r Cyfeillion yn byw ar yr ynys," dywedodd. "Ma'r rhan fwyaf yn byw ar y tir mawr, a ma ganddon nhw deuluoedd, a swyddi. Dyna oedd dy dad yn neud, ac Osian hefyd. Ond ma pawb yn gwneud eu ffordd i Fosgad nawr. Ma'n rhaid i ni benderfynu sut i stopio Gweuflyn a'u Farchogion."

* * *

Roedd yn hwyr erbyn i ni gyrraedd y tŷ yn Abergwaun, a ches i fy nghyflwyno i'r perchennog.

"Dyma Eifion, o deulu Dylan Ail Ton, Manawydan. Eifion Casgen i'w ffrindiau, Morthwyl Fosgad i'w elynion."

"Shwt wyt ti, Manawydan?" cyfarchodd Eifion, ei law anferth yn amgáu fy un i, ac yn ei gwasgu'n galed. "Duw, ti'n edrych jyst fel Llwyd, on'd yw e, Pritch?"

Dyn anferth, boliog a chyhyrog, gyda mwstásh trwchus debyg i un Hywel yw Eifion, ond ei ddillad ddaliodd fy sylw'n fwy na dim – crys porffor llachar, trowsus gwyn a phâr o fŵts cowboi lledr. Mynnodd Pritch 'mod i'n mynd yn syth i'r gwely yn y stafell sbâr, lle wnes i dreulio'r noson yn troi a throsi, a gwrando ar fwmian lleisiau Pritch ac Eifion lawr grisiau.

Fe wnes i gwympo i gysgu yn y diwedd, a threulio'r noson yn breuddwydio am Andreas yn chwerthin wrth ddal cyllell at wddw Mam tra bod Bleddyn Bach yn fy stopio i rhag ei hachub hi. Fe ges i fy nihuno gan sŵn cnocio ar ddrws y stafell wely, a fe gymerodd hi sawl eiliad i fi gofio lle o'n i. O ie – wedi gadael gatre, mewn tŷ dierth, ac ar y ffordd i ynys yng nghanol unman, dyna i gyd.

Agorodd y drws a cherddodd merch mewn hwdi du gyda logo clwb syrffio arno i'r stafell gan gario cwpanaid o de mewn un llaw a brechdan bacwn yn y llall. Ma ganddi wallt hir du wedi ei glymu'n ôl, a dwi'n amau ei bod hi tua'r un oed â fi, ond mae'n anodd dweud – fe alle hi fod dipyn yn hŷn.

"Brecwast," dywedodd, yn ddiangen. "A ma Pritch a Dad yn dweud ein bod ni'n gadael mewn chwarter awr. O, a gyda llaw, Alys dwi." Gwenodd, cyn troi a gadael y stafell gan gau'r drws eto.

* * *

Erbyn hyn dwi'n sefyll ar flaen cwch pysgota bach sy'n torri trwy ewyn Môr yr Iwerydd, yn gwylio ynys Fosgad yn dod yn agosach. Ma'r glaw wedi cilio rhywfaint ers neithiwr, ond ma'r oerfel yn brathu, a dwi'n falch o fy nghot drwchus.

Ma Alys yn ymuno â fi, ac yn sefyll yn dawel am funud neu ddwy yn syllu ar yr ynys.

"Anhygoel, on'd yw e?" mae'n dweud o'r diwedd. "Dyw hi ddim yn ymddangos ar unrhyw fap, ac oni bai bod ti'n cael dy arwain yna gan un o'r Cyfeillion, wnei di fyth ei gweld hi. Ma 'na ryw hen swyn ar y lle, sy'n stopio unrhyw un arall rhag dod o hyd iddo fe."

Hyd yn oed tasen i'n gallu siarad, fyswn i ddim yn gwybod beth i ddweud i hynna.

Mae Eifion yn cerdded heibio, yn ei grys tenau er gwaetha'r oerfel, ac yn rhoi clap mor drwm ar fy ysgwydd i ma 'mhengliniau i'n gwegian.

"Bron yna nawr, Manawydan!" mae'n dweud, cyn cerdded i ffwrdd yn canu rhyw hen gân werin ar dop ei lais.

"God, ma fe mor embarassing," ma Alys yn dweud, wrth dynnu hwd ei hwdi dros ei phen. Mae'r ddau ohonon ni'n gwylio'r ynys yn agosáu yn araf bach am dipyn, cyn i Alys dorri'r tawelwch. "Wyt ti wir ddim yn siarad?" mae'n gofyn.

Dwi'n ysgwyd fy mhen.

"Byth?"

Na, byth.

"Beth am hyn 'te?" Gyda hynny, mae Alys yn dechre arwyddo gyda'i dwylo.

Wyt ti'n deall hyn? mae'n dweud.

Dwi'n edrych arni am dipyn cyn ateb.

Ti'n gallu arwyddo?

Mae'n gwenu, ac yn rhoi chwerthiniad bach.

"Ydw, tipyn bach – dyna sut o'n i'n siarad gyda Nain ar ôl iddi fynd yn fyddar. Fuodd hi farw sbel 'nôl, ro'n i'n poeni 'mod i 'di anghofio sut i neud."

Dwi'n gwenu ar Alys, ac yn sydyn dwi'n teimlo fymryn bach yn fwy gobeithiol am beth sydd o'n blaene ni.

21

Mae'r pedwar teithiwr – Pritch, Manawydan, Alys ac Eifion – yn camu o'r cwch pysgota i'r cei, ac yn edrych o'u cwmpas ar Fosgad.

Mae'r harbwr lle mae'r pedwar yn sefyll mewn bae naturiol, a'r ynys yn ymestyn ei breichiau allan i'r môr i greu amddiffynfa naturiol rhag y gwynt a'r tonnau.

O'u blaenau, tu hwnt i'r harbwr, mae yna bentref sy'n edrych fel pentref pysgota cyffredin, gyda chasgliad o dai bychan, prydferth wedi'u pentyrru blith draphlith ar ben ei gilydd, a strydoedd bach cul yn gwau eu ffordd rhwng y cwbl. Mae Manawydan yn craffu ac yn gweld un adeilad sy'n edrych fel tafarn, a chasgliad o siopau amrywiol – siop bysgod, becws, ac un sy'n gwerthu rhyw fath o offer adeiladu. Mae strydoedd y pentref yn brysur, gyda phobl yn cerdded yma a thraw mewn cotiau trwchus, yn sgwrsio neu'n gwthio cartiau llawn nwyddau, ac ambell un yn edrych yn chwilfrydig i weld pwy yw'r teithwyr sy'n sefyll ar y cei.

Tu hwnt i'r pentref mae tir yr ynys yn codi'n sydyn yn graig anferth, ac wedi'i adeiladu i mewn i'r graig mae un o'r adeiladau rhyfeddaf welodd Manawydan erioed. Mae'n edrych fel plasty, castell ac eglwys yn un, gyda thyrrau, a cherfluniau wedi eu gosod yn y wal, a phorth anferth, yn ddigon mawr i yrru lori drwyddo.

Cyn i Manawydan allu gofyn i Alys am yr adeilad rhyfedd,

mae dyn bach yn rhedeg i lawr un o strydoedd y pentref ac yn anelu am y cei. Wrth iddo ddod yn agosach mae Manawydan yn sylwi ei fod yn gwisgo trowsus byr a chrys-T, er gwaetha'r tywydd oer. Mae ei wynt yn ei ddwrn erbyn iddo gyrraedd y pedwar teithiwr, a diferyn o chwys yn rhedeg i lawr croen tywyll ei dalcen.

"Pritch!" mae'n cyfarch yn gynnes, ei acen ogleddol yn ymestyn yr 'i' yn yr enw. "Croeso'n ôl! Ac Eifion! Heb dy weld di ers dipyn!" Mae ei wyneb yn difrifoli. "O'dd ddrwg iawn gin i glywed am Seiriol – druan ag o. Oes syniad gynno chdi be ddigwyddodd?"

Mae Eifion yn gollwng ei fag, sy'n taro'r llawr yn drwm, cyn tynnu'r dyn bach tuag ato a'i gofleidio.

"Grêt i weld ti eto, Sbarc, a diolch i ti. Yr unig beth dwi'n siŵr amdano fe yw taw'r Marchogion sy tu ôl i'w farwolaeth e. Aros di nes 'mod i'n cael gafael ar yr un laddodd e... ond wnewn ni drafod hynna wedyn." Mae'n troi a thynnu Alys tuag ato, gan ddal i afael yn dynn yn Sbarc. "Hei, ti'n cofio hon?"

Mae Sbarc yn gwingo ac yn llwyddo i ddianc o afael Eifion, gan edrych ar Alys gyda gwên fawr. Mae Manawydan yn gweld fod Sbarc yn belen o egni, yn symud o un droed i'r llall a methu aros yn llonydd.

"Ydw tad, ydw, wrth gwrs. Mi wyt ti 'di tyfu ers i fi dy weld di ddiwetha! Dwi'n dy gofio di'n beth bach, yn mynd o gwmpas y lle a... "

"Haia Sbarc," mae Alys yn torri ar ei draws, gan ddechrau gwrido, a phwyntio at Manawydan. "Dyma Manawydan Jones."

"Manawydan!" Mae Sbarc yn camu ato ac yn ei gofleidio fel hen ffrind. "Croeso, croeso i ynys Fosgad. Arglwydd, mae o'n edrych jyst fel Llwyd, tydy Pritch?" Heb aros am ateb, mae Sbarc yn gollwng Manawydan ac yn clapio ei ddwylo. "Rŵan gwrandewch, mae'n ddrwg gen i'ch brysio chi, ond ma 'na gyfarfod yn y Tŷ Mawr. Pritch ac Eifion, maen nhw isio chi yno'n syth. Manawydan, tyrd efo fi. Bydd Pritch yn aros yn y Tŷ Mawr, ond bydd o'n brysur iawn, felly dwi wedi cael gafael ar dŷ bach i chdi fan hyn yn y pentref. Byddi di'n rhannu efo fy mab i, Morgan. Wneith o helpu chdi i setlo mewn. Iawn?"

"Sbarc," mae Eifion yn gofyn. "Tybed oes lle i Alys yn y tŷ 'na hefyd? Fel wedest ti, byddwn ni'n brysur iawn, a dwi'n siŵr bydde well ganddi hi gael cwmni yn hytrach na bod ar ei phen ei hun yn y Tŷ Mawr?"

Mae Alys yn gwenu'n llydan, a Sbarc yn rhoi clap i'w ddwylo.

"Wrth gwrs, wrth gwrs, ma 'na stafell sbar! Alys a Manawydan, dowch hefo fi, awn ni draw yno rŵan!"

Heb aros, mae Sbarc yn brysio i ffwrdd, wrth i'r pedwar teithiwr ymbalfalu am eu bagiau. Mae bag Eifion wrth draed Manawydan, ac mae hwnnw'n mynd i'w godi er mwyn ei basio i'r dyn mawr, ond er gwaetha ei ymdrechion gorau dyw'r bag ddim yn symud modfedd.

"Gad i fi gymryd hwnna, Manawydan," mae Eifion yn cynnig, a gydag un fraich mae'n ei godi a'i daflu dros ei ysgwydd gan ddal i sgwrsio gyda Pritch.

Mae Manawydan yn syllu arno'n gegrwth, cyn troi ac arwyddo cwestiwn at Alys.

"Be sy gyda fe yn y bag?"

Mae Alys yn gwenu.

"Ma 'na reswm pam ma'r Marchogion yn ei alw fe'n Morthwyl Fosgad. Ond dere, well i ni ddal lan 'da Sbarc!"

22

Mae Ditectif Saunders yn cerdded drwy swyddfa agored yr adran dditectifs i'w stafell breifat, a chwpan arall o goffi chwilboeth yn ei law.

"Syr?" Samson Price sy'n galw o'i ddesg.

"Price, i'n swyddfa i, os gweli di'n dda," mae Saunders yn ateb yn frysiog. Mae gwres y coffi yn dechrau llosgi ei fysedd eto.

Mae'r sarjant yn ei ddilyn i'w stafell ac yn cau'r drws.

"Syr, eisiau dweud oeddwn i ein bod ni…"

"Aros funud, Price." Mae Saunders yn gosod y coffi ar ei ddesg yn ofalus. "Ro'n i'n meddwl neithiwr am y fan yna oedd yn achos Seiriol Simmonds – yr un ddu, o'r CCTV, sy'n eiddo i gwmni Marchog Du? Wel, ma gen i rhyw gof fod achos arall wedi bod flynyddoedd yn ôl, yn ymwneud â'r un cwmni. Llofruddiaeth dyn o'r enw Llwyd Jones. Wnei di gael gafael ar ffeil yr achos i weld oes yna fanylion perthnasol ynglŷn â'r cwmni? Perchennog, cyfeiriad ac yn y blaen?"

Mae Samson Price yn tynnu darn o bapur sgrap a beiro o'i boced, ac yn ysgrifennu'r enw Llwyd Jones arno.

"Iawn, syr."

Mae Saunders wedi pwyso yn agos at y cwpan ac yn chwythu dros wyneb y coffi i'w oeri digon i'w yfed, pan mae'n sylwi nad ydy Sarjant Price wedi gadael.

"Oes unrhyw beth arall, Price?" mae'n gofyn.

"Wel oes, syr. Isie dweud oeddwn i fod Eifion Bellamy wedi diflannu."

Mae Saunders yn mentro cymryd cegaid bach o'r coffi i wneud yn siŵr ei fod wedi oeri digon, cyn eistedd yn ei gadair.

"Eifion Bellamy?" mae'n gofyn.

"Ie, syr. Cefnder Seiriol Simmonds, yr un o Abergwaun, yr un wnaeth ein helpu ni i ddod o hyd i'w enw fe? Roedd cwpwl o gwestiynau gyda ni iddo fe, ond dyw e ddim yn ateb ei ffôn symudol, a phan lwyddon ni siarad gyda'i wraig e dwedodd hi ei fod e wedi mynd i ffwrdd ben bore 'ma."

Mae Saunders yn crychu ei dalcen.

"Wel, ydy hynny'n broblem fawr?" mae'n gofyn yn ddiamynedd. "Siarada gyda fe pan fydd e'n ôl."

"Ond dwedodd ei wraig falle na fydd e'n ôl am wythnose."

Mae Saunders yn ochneidio, yn blino ar y problemau di-baid mae Samson Price yn eu cyflwyno. A fydde fe'n ormod i ofyn am newyddion positif am unwaith?

"Wel, i ble mae e wedi mynd?"

"Doedd ganddi hi ddim syniad, syr."

"Pam aeth e i ffwrdd 'te?" mae Saunders yn gofyn drachefn.

"Doedd hi ddim yn gwybod hynny chwaith."

Mae Saunders yn cymryd llymaid meddylgar o'i goffi wrth ystyried hyn. Petai e'n mynd i ffwrdd am wythnosau, prin iawn y byddai wedi cael gadael heb roi syniad i Mrs Saunders i ble roedd e'n mynd a pham. Ac mae'r amseru yn rhyfedd hefyd – diflannu ddyddiau'n unig ar ôl deall fod ei gefnder wedi cael ei lofruddio.

"Dal ati i drio cael gafael arno fe," mae Saunders yn dweud. "Ma 'na rywbeth rhyfedd yn digwydd fan hyn."

23

*T*ra bod Pritch ac Eifion yn gadael i gyfeiriad Tŷ Mawr tu ôl i'r pentref, ma Sbarc yn ein harwain ni o'r cei ac i dŷ bach sydd wedi ei beintio'n las golau, ddwy stryd yn ôl o'r harbwr.

"Dyma ni – 7, Stryd yr Efail," ma fe'n dweud, gan agor y drws. Ry'n ni'n cerdded yn syth mewn i stafell fyw agored, gynnes, gyda thân yn llosgi'n braf yn y lle tân bach. Ma 'na fwrdd isel yng nghanol y llawr wedi ei orchuddio â chasgliad o lyfrau trwchus, a dwy hen soffa ledr, gyfforddus yr olwg y naill ochr a'r llall iddo. Ma gweddill y stafell yn wag, heblaw am bentwr o focsys yn erbyn y wal bella.

Ar y soffa agosa ma bachgen tua un ar bymtheg oed yn gorwedd, yn astudio tudalenne melyn y llyfr clawr caled sydd yn ei ddwylo. Ma fe dipyn yn dalach na Sbarc, ei groen yn fwy golau, ac mae'n gwisgo pâr o sbectols trwchus, ond does dim amheuaeth eu bod nhw'n dad a mab.

"Morgan! 'Nes i ofyn i chdi orffen y bocsys, ac i gael trefn ar y lle 'ma!" ma Sbarc yn cwyno, cyn troi ata i ac Alys. "Ga i ymddiheuro ar ran y diogyn 'ma? Ro'n i'n gobeithio fysa fo 'di cael y lle 'ma'n barod i chi, ond yn amlwg mae o 'di bod yn brysur iawn." Ma fe'n edrych yn gyhuddgar ar Morgan, sy'n dal i orwedd ar y soffa. "Wel, mi fyddwn i'n licio aros i'ch helpu chi i setlo, ond yn anffodus rhaid i fi fynd i'r Tŷ Mawr rŵan. Alys, gwna'n siŵr fod Morgan yn codi o'r soffa 'na a rhoi trefn ar y lle 'ma, wnei di? Ac os oes angen unrhyw beth arnoch chi, jyst dewch i fyny i'r Tŷ Mawr i ofyn. Mwynhewch!"

Gyda hynny, ma Sbarc yn diflannu, a'r drws yn cau tu ôl iddo.

Ma Morgan yn cau'r llyfr ac yn codi'n hamddenol o'r soffa, gan rowlio ei lygaid.

"Sori am Dad. Mae o mor *stressed* drwy'r amser. *So*, ti'n aros 'ma hefyd, Alys?" mae'n gofyn yn yr un acen ogleddol â Sbarc, gan gerdded draw aton ni.

"Iep! Ma'n mynd i fod yn grêt! Ers pryd ti 'di symud mewn?"

"Dim ond ers ddoe. Do'n i ddim yn gwbod pryd yn union oeddach chi'n cyrradd. Ro'n i fyny efo dad yn y Tŷ Mawr cyn hynny." Ma fe'n troi i fy wynebu i. "Haia. Morgan dwi, ond ma pawb yn 'y ngalw fi'n Mogs." Mae'n estyn ei law.

"Dyw Manawydan ddim yn siarad, Mogs," ma Alys yn esbonio, wrth i fi ysgwyd ei law. Fel arfer dyw pobol ddim yn gwybod sut i ymateb i hyn, ond ma Mogs yn codi ei ysgwyddau a dweud "Ocê", fel tase fe'r peth mwya naturiol yn y byd. "Be ti'n darllen, Mogs?" ma Alys yn gofyn wrth gerdded draw at y soffa. "Dewiniaeth yn y 14eg ganrif. *Www, cyffrous!*"

Ma Mogs yn rowlio ei lygaid ar y gwawdio.

"Fyswn i ddim yn disgwyl i chdi ddeall, Alys. Reit 'ta, gewch chi ddewis eich stafelloedd, a wedyn beth am i ni gael rhywfaint o drefn ar y lle 'ma, ia?" ma Mogs yn dweud, gan wthio ei sbectol lan ei drwyn a gwenu'n llydan. "Siŵr bod 'na focs o CDs a rhywbeth i'w chwara nhw yn un o'r bocsys 'na. Y cynta i'w ffeindio fo sy'n cael dewis ar be 'dan ni'n gwrando!"

Dwi'n oedi cyn dilyn Mogs ac Alys lan y grisiau. Wrth eu clywed nhw'n sgwrsio a chwerthin, dwi'n sylweddoli 'mod i ar drothwy rhywbeth nad ydw i wedi ei gael ers amser hir iawn.

Ffrindiau.

24

Ar ôl treulio'r prynhawn gyda Mogs ac Alys yn cael trefn ar y tŷ, mae Manawydan yn eistedd ar ei wely ac yn syllu allan drwy'r ffenest. Er gwaetha cynnwrf a phrysurdeb y bedair awr ar hugain ddiwetha roedd yn teimlo'n syndod o egnïol.

Wrth iddo fe a'i ffrindiau newydd weithio i ddadbacio'r holl focsys yn y tŷ y prynhawn hwnnw, arwyddodd Manawydan i Alys i ofyn iddi am ei chysylltiad hi a Mogs gyda'r Mabinogi.

"Wel, digwydd bod, ma 'na gysylltiad rhwng teulu Mogs a'n un i, o'n bell, bell yn ôl," esboniodd Alys. "Ti'n gweld, yn ôl hanes y Mabinogi, roedd dynes o'r enw Arianrhod, a gafodd hi efeilliaid – dau fachgen o'r enw Dylan a Lleu."

"Doedd Arianrhod ddim be fysa chdi'n ei alw'n fam naturiol," dywedodd Mogs, wrth lwytho pentwr o blatiau i gwpwrdd yn y gegin.

"Ha!" chwarddodd Alys. "Na, ti'n iawn! Cyn gynted ag y galle hi fe nath hi droi ei chefn ar y bechgyn. Doedd neb arall i edrych ar eu hole nhw, felly fe aeth Dylan, y mab hyna, i fyw gyda'i hen ewythr Math. Ond y bore gafodd e'i fedyddio yn y môr – dyna oedden nhw'n neud yr adeg yna – dyma fe'n neidio i mewn i'r tonnau a nofio i ffwrdd, a dyna lle treuliodd e weddill ei fywyd."

"Cafodd o'r enw Dylan Ail Ton ar ôl hynny, ti'n gweld," esboniodd Mogs. "Ar ôl tonnau'r môr. Un o deulu Ail Ton ydy

Alys. Ma nhw – wel, rheini sydd â'r Gallu, o leia, fel Eifion ac Alys – i gyd wedi etifeddu'r gallu yma i nofio. Dwi'n cofio Eifion Casgen yn nofio'r holl ffordd i'r tir mawr ac yn ôl mewn diwrnod, a dringo o'r dŵr ar y diwedd fel tasa fo'n ddim byd."

Gwenodd Alys gyda balchder wrth glywed y clod yma gan Mogs.

"Beth am y brawd arall?" arwyddodd Manawydan yn chwilfrydig.

"A ie, Lleu, neu Lleu Llaw Gyffes i roi ei enw llawn," atebodd Alys. "Wel, pan aeth Dylan at Math fe aeth Lleu i fyw gyda'r dewin Gwydion…"

"Y dewin mwya pwerus yn y Mabinogi," torrodd Mogs ar ei thraws. "Rêl lejynd."

"Ie, wel, mi fyddet ti'n dweud hynny," dywedodd Alys gyda gwên. "Gan ei fod e'n gyndaid i ti."

"Hei, dim fy mai i yw 'mod i'n rhan o linach fwya nerthol ac urddasol y Mabinogi, ti'n gwbod!"

"Hmmm, nerthol ac urddasol falle, ond ma digon o gracpots 'di bod dros y blynyddoedd hefyd. Y Dewin Cai, er enghraifft…"

"Ia, wel, roedd hynny ganrifoedd yn ôl, Alys, dydy Manawydan ddim…" ceisiodd Mogs newid llwybr y sgwrs, ond mynnodd Alys gario mlaen.

"Cai Hanner-Call fydden nhw'n ei alw fe, ondife? Oedd yn meddwl ei fod e wedi neud mas o wydr a'n gwrthod gadael i neb gyffwrdd â fe?"

"Ia, wel," mwmiodd Mogs o dan ei anadl, gan edrych i ffwrdd. "Ma gweithio efo swynion cryf yn gallu gadael ei effaith ar rai pobol. Edrych di ar Edith Taran…"

"O ie, ma honna yn *nyts*," atebodd Alys. "Un o'r Marchogion," trodd i esbonio i Manawydan, gan droelli ei bys yn erbyn ochr ei thalcen. "Off ei phen."

"Ond ta beth am hynny," meddai Mogs. "Oedda chdi'n deud wrth Manawydan am Lleu…"

"Ie, iawn. Felly aeth Lleu i fyw gyda Gwydion, a dyfodd e'n ddyn mawr, cryf, a milwr penigamp. Beth bynnag, pan o'dd e'n hŷn nath Gwydion ddefnyddio'i swyn i greu gwraig iddo allan o flodau, y ddynes brydfertha welest ti erioed, o'r enw Blodeuwedd, ac am sbel roedd Lleu a Blodeuwedd yn hapus gyda'i gilydd. Ond wedyn dyma milwr o'r enw Gronw Pebr yn troi lan, a nath e a Blodeuwedd gwympo mewn cariad."

Oedodd Alys ar y pwynt yna, ond roedd Manawydan yn awyddus i glywed mwy.

"Beth ddigwyddodd wedyn?" arwyddodd gyda'i ddwylo.

"Wel… fe nath Blodeuwedd a Gronw Pebr gynllwynio i ladd Lleu i'w gael e mas o'r ffordd. "

"Do, ond efo help Gwydion fe ddaeth o'n ôl," torrodd Mogs ar ei thraws i amddiffyn ei gyndaid. "A helpu Lleu i ladd Gronw Pebr fel dial."

Gan arwyddo'n frysiog, dywedodd Manawydan sut daeth Andreas o deulu Gronw Pebr i'w gipio fe o noson cynt, a bod Osian ar ei ffordd i Fosgad gyda fe a Bleddyn Bach.

Gwgodd Mogs wrth glywed hyn.

"Ma pawb o deulu Gronw Pebr yn meddwl eu bod nhw'n well ac yn fwy golygus na phawb arall. Edrych ar ôl eu hunain, a neb arall, naethon nhw erioed."

Nodiodd Manawydan i gytuno, ac ailafael yn y bocs roedd wrthi'n ei ddadbacio, pan gafodd ei daro gan syniad, ac arwyddodd gwestiwn arall i Alys. Ochneidiodd hithau, a throi at Mogs i gyfieithu.

"Ma Manawydan yn gofyn, os wyt ti'n un o deulu Gwydion, wyt ti'n gallu gwneud hud a lledrith?"

Goleuodd llygaid Mogs, a lledodd gwên dros ei wyneb.

"O *jeez…*" sibrydodd Alys iddi hi'i hun.

"Wel, wrth gwrs, Manawydan!" dywedodd Mogs, gan godi ar ei draed yn barod i berfformio. "Fysa chdi'n licio cael blas bach?"

Nodiodd Manawydan yn gyffrous.

"Wel, yn gynta, gad i fi esbonio fod swynion go iawn yn wahanol i'r math o beth weli di mewn ffilms. Newid natur pethe 'dan ni'n neud. Fedra i ddim creu coeden allan o ddim byd, ond fe alla i newid natur coeden sydd yn bodoli'n barod – gneud iddi golli dail, neu symud ei changhennau, petha fel'na. Reit 'ta…" Edrychodd Mogs o gwmpas y stafell, cyn pwyntio at y tân oedd yn llosgi'n braf yn y grât. "Ocê, cadw lygad ar y fflama, iawn?"

Caeodd ei lygaid a safodd gyda'i freichiau allan i'r ochr, a dechrau mwmian yn dawel. Yn araf bach, newidiodd lliw y fflamau o oren, i borffor ac yna i wyrdd. Wrth i lais Mogs godi rhuodd y fflamau a llosgi'n uwch fel bod y tri'n teimlo'r gwres yn eu hwynebau, cyn lleihau a diffodd yn llwyr.

Syrthiodd Mogs yn ôl ar y soffa, y chwys yn diferu o'i dalcen, tra bod Manawydan yn syllu ar y lle tân yn gegrwth.

"Wrth i fi fynd yn hŷn bydd yr hud yn tyfu hefyd. Dyna sy'n digwydd efo dewiniaid," meddai Mogs, gan anadlu'n ddwfn.

"Wel, ti 'di gwella ers y tro diwetha i fi dy weld di," cyfaddefodd Alys, y syndod yn amlwg ar ei hwyneb. "Ond ti'n sylweddoli bod rhaid i ni gynnau'r tân eto nawr? A mae'n well i ni gario mlân gyda'r dadbacio neu fyddwn ni yma drwy'r nos… Www, beth yw hwn?"

Tynnodd rywbeth trwm o waelod un o'r bocsys a'i roi ar y bwrdd.

"Hei, neis," dywedodd Mogs, gan eistedd lan eto. "Set gwyddbwyll. Ti'n chwara, Manawydan?" Nodiodd Manawydan yn frwdfrydig, gan droi un o'r darnau anarferol yn ei law. Roedd pob un yn edrych yn hen, fel petaen nhw wedi eu crefftio â llaw, amser maith yn ôl.

"Grêt, gawn ni gêm nes mlaen 'ta. Alli di ddim fod yn waeth chwaraewr nag Alys, o leia."

Cododd Alys ei phen a crychu ei thalcen ar Mogs.

"Ma gwyddbwyll mor boring," meddai. "Gwastraff amser, pan allet ti fod tu fas yn yr awyr iach. Ti'n hoffi nofio, Manawydan? Neu redeg? Beicio?"

Rowliodd Mogs ei lygaid.

"Ma Alys yn un o'r ffrîcs ffitrwydd 'ma."

"A ma Mogs yn un o'r gîcs 'ma sy jyst yn darllen drwy'r amser."

"Pwy ti'n galw'n gîc?"

"Pwy ti'n galw'n ffrîc?"

Parhaodd y dadlau, y jocian a'r chwerthin drwy'r prynhawn nes, yn y diwedd, roedd pob bocs wedi ei wagio. Trefnwyd y bwrdd gwyddbwyll rhwng y ddwy soffa yn barod am gêm, roedd hen ddartfwrdd yn hongian ar y wal gyferbyn â'r tân, a cherddoriaeth yn chwarae'n uchel o'r peiriant CDs yn y gornel. Wrth i'r awyr tu allan dywyllu, eisteddodd Manawydan ar y soffa, yn flinedig ond yn hapus yn ei gartref newydd.

25

Mae Samson Price yn eistedd wrth ei ddesg yng nghornel swyddfa agored yr adran dditectifs, yn pori trwy gynnwys y ffeil denau o'i flaen. Mae rhif yr achos – FG-290872-1A – wedi ei ysgrifennu'n daclus ar y clawr, ac ar dop pob tudalen yn y ffeil. Braslun o'r achos yw'r dudalen gynta, yn rhoi manylion marwolaeth amheus dyn canol oed o'r enw Llwyd Jones. Mae'r llun sydd wedi ei glipio at y dudalen yn dangos dyn mewn crys a thei, gyda gwallt coch blêr, yn eistedd mewn bwyty. Mae'n ymlacio, gydag un benelin ar fraich ei gadair a'r llall ar y bwrdd bwyd, wedi hanner troi i wynebu'r camera. Er ei fod e'n gwenu mae ei lygaid yn syllu'n ddwys, ac mae Samson yn cael y syniad fod hwn yn ddyn oedd yn cymryd pethau o ddifri.

Yn ôl y gwahanol adroddiadau yn y ffeil, roedd nyrs ifanc o'r enw Yasmin Aziz yn cerdded adref o'i gwaith yn gynnar un bore Sul, ar lwybr oedd yn mynd heibio i stad ddiwydiannol yn ardal Splott. Fe ddywedodd hi wrth yr heddlu iddi weld dau ddyn yn sefyll ar ben to warws yn sgwrsio. Wrth iddi wylio dyma un o'r dynion yn troi ei gefn ar y llall ac yn cerdded i sefyll ar ymyl y to, ac er nad oedd Yasmin Aziz yn gallu clywed y sgwrs, dywedodd iddi gael y teimlad fod y ddau ddyn yn ffraeo.

Ac yna, heb rybudd, fe welodd yr ail ddyn yn agosáu at y cynta a'i wthio'n galed yn ei gefn, nes ei fod e'n disgyn dros ochr y to. Arhosodd yr ail ddyn yn ddigon hir i edrych dros yr ochr lle diflannodd y dyn cynta, cyn troi a cherdded yn ôl dros y to yn hamddenol.

Ffoniodd Yasmin Aziz y gwasanaethau brys yn syth, ond er i'r car heddlu a'r ambiwlans gyrraedd o fewn munudau roedd y corff a oedd yn gorwedd ar y concrit oer o flaen y warws yn amlwg wedi marw. Aeth yr heddlu ati i chwilio'r adeilad, oedd ar agor ac yn gwbl wag, ond doedd dim golwg o unrhyw un arall yno, a gan ei bod hi'n fore Sul doedd prin neb arall ar gyfyl y stad ddiwydiannol i weld beth oedd wedi digwydd.

Ar ôl ymchwilio i fanylion y warws, dysgodd yr heddlu taw cwmni o'r enw Marchog Du oedd yn berchen arno. Fe gysylltwyd â'r cwmni, a daeth dyn o'r enw Simon Bishop i'r warws o fewn yr awr. Un o gyfarwyddwyr y cwmni oedd Bishop, ac roedd y llun ohono yn yr adroddiad yn dangos dyn tal wedi'i wisgo'n drwsiadus, gyda gwallt hir golau wedi ei glymu'n ôl. Dywedodd Bishop nad oedd e'n adnabod Llwyd Jones nac yn deall sut iddo fe fod ar y to, na chwaith pam fod y warws ar agor o gwbl ar fore Sul.

"Ma 'na bobol yn dod mewn a mas o fan hyn trwy'r amser, rhaid fod rhywun 'di anghofio cau lan yn iawn. Falle taw fi o'dd e, hyd yn oed. Sdim lot o ots, gan fod dim byd 'ma i ddwyn ar hyn o bryd," dywedodd Bishop. "Falle'i fod e'n ddigartref ac yn chwilio am rywle i gysgu, ma 'na dipyn ohonyn nhw o gwmpas y lle."

Roedd tôn yr adroddiad yn awgrymu nad oedd yr heddlu yn credu bod y cyfarwyddwr yn bod yn gwbl onest, gan fod sawl cofnod ohono'n cael ei wahodd am gyfweliadau pellach ynglŷn â'r achos, ond glynodd hwnnw'n gadarn at ei stori. Dangoswyd llun o Bishop i Yasmin Aziz ond roedd hithau'n bendant nad fe oedd yr ail ddyn ar do'r warws.

"Nage, sori. O'dd e'n bell i ffwrdd, ond o'dd y dyn weles i yn fyrrach, gyda gwallt tywyll," ymddiheurodd wrth y ditectifs.

Mae yna adroddiad byr yn y ffeil yn trafod cefndir cwmni Marchog Du, ond does dim rhyw lawer o wybodaeth. Cwmni yn prynu a gwerthu nwyddau amrywiol, gan gynnwys dodrefn cegin ac offer cadw'n heini, oedd Marchog Du yn ôl eu cofnodion. Esboniodd Simon Bishop fod y warws yn wag ar y diwrnod bu farw Llwyd Jones gan eu bod nhw'n aros am lond lori o ddodrefn gardd i gyrraedd yn fuan, ond nododd un ditectif ei amheuon nad oedd golwg cael ei ddefnyddio'n aml ar y lle.

Roedd y tîm ditectifs wedi gwneud rhywfaint o ymchwil ar gefndir Llwyd Jones hefyd. Dyn o bentref Llandiem, ar gyrion Aberystwyth, gyda gwraig a phlentyn ifanc. Roedd yn gweithio fel plymwr, ac yn ôl ei wraig roedd wedi bod yn gweithio ar seit adeiladu yng ngogledd Lloegr, a heb fod adre ers wythnos cyn iddo fe farw. Doedd ganddo ddim gelynion, meddai hi. Neb fyddai eisiau ei frifo.

Mae'r casgliad ar ddiwedd yr adroddiad yn fras iawn. Heb amheuaeth fe gafodd Llwyd Jones ei lofruddio ond doedd dim byd i awgrymu gan bwy. Doedd dim tystiolaeth fforensig, dim llygad-dystion heblaw am Yasmin Aziz, a dim rheswm amlwg pam fyddai unrhyw un eisiau lladd Llwyd Jones. Ar bapur roedd yr achos yn dal i fod ar agor, ond heb unrhyw dystiolaeth newydd fyddai neb yn gweithio arno am y tro.

Mae Samson Price yn cau'r ffeil ac yn eistedd yn ôl yn ei gadair. Er fod dirgelwch marwolaeth Llwyd Jones yn ddiddorol, doedd dim yn yr achos yna fel petai'n berthnasol i farwolaeth Seiriol Simmonds, y corff yn yr afon. Yr unig beth roedd Samson wedi'i ddysgu oedd fod Marchog Du yn arfer bod yn berchen ar warws yn y brifddinas flynyddoedd yn ôl, ond roedd yn weddol siŵr fod y stad ddiwydiannol yna yn Splott wedi ei dymchwel, ac archfarchnad yno erbyn hyn.

Mae Price yn ochneidio, a phenderfynu mynd i brynu cacen o'r ffreutur. Cyn hynny mae'n dihuno ei gyfrifiadur a gweld fod ganddo un e-bost heb ei ddarllen, o'r adran draffig. Roedd Price wedi cysylltu â nhw y diwrnod cynt i ofyn a fyddai modd defnyddio'r rhwydwaith camerâu i gadw llygad am fan ddu Marchog Du, ac mae'n clicio i agor y neges.

Sarjant Price,

Ymatebaf i'ch cais yn gofyn i ni eich hysbysu os yw'r cerbyd gyda'r rhif cofrestru a nodwyd yn ymddangos ar un o'r camerâu ar ein rhwydwaith.

Fe allaf gadarnhau fod ein systemau wedi adnabod y cerbyd ar ôl iddo ymddangos ar gamera wedi ei leoli ar yr A44 yng Ngheredigion am 19:26 neithiwr. Roedd y cerbyd yn gyrru tua'r dwyrain, i gyfeiriad pentref Llandiem.

Gobeithio bydd y wybodaeth yma o ddiddordeb i chi, ac fe wnawn ni eich hysbysu chi os fydd y cerbyd yn ymddangos eto.

Llandiem?

Mae Samson Price yn agor y ffeil ar y ddesg o'i flaen, ac yn troi at y daflen sy'n amlinellu cefndir Llwyd Jones. Ie, dyna fe – un o Landiem oedd hwnnw. Ac mae'n eitha posib taw dyna lle mae ei wraig a'i blentyn yn byw o hyd.

Fel pob ditectif da dyw Samson Price ddim yn credu mewn cyd-ddigwyddiadau, a gan anghofio am y trip i'r ffreutur am y tro mae'n codi'r ffeil o'i ddesg ac yn croesi'r swyddfa agored i gnocio ar ddrws Ditectif Saunders.

26

Ar ôl penderfynu nad oedd ganddyn nhw amynedd i baratoi swper ar ôl yr holl waith tacluso a trefnu, cytunodd Manawydan, Alys a Mogs i gerdded i neuadd Tŷ Mawr, lle fyddai bwyd yn cael ei baratoi bob nos.

Roedd strydoedd cul ynys Fosgad yn dywyll, gyda dim ond un neu ddau golau stryd gwan ynghyn ar y ffordd i Dŷ Mawr.

"Ma'r trydan ar yr ynys yn cael ei greu gan felina gwynt a phaneli solar," mae Mogs yn esbonio wrth gerdded. "'Dan ni'n gwbwl hunangynhaliol fan hyn, sti."

Wrth agosáu at Dŷ Mawr mae Manawydan yn rhyfeddu eto ar ei faint. Mae'n rhaid ei fod e dair gwaith yn dalach na'i gartref ym Mwlch y Gad, ac mae'r porth anferth yn cael ei oleuo gan ddwy ffagl fawr sy'n llosgi'n llachar yn y nos.

"Porth Bendigeidfran yw enw hwn," mae Alys yn dweud, wrth i'r tri gerdded i mewn. "Ma fe'n fawr i ddangos fod croeso i bawb yma, ond hefyd i dy atgoffa di pa mor fach wyt ti pan ti'n sefyll ar ben dy hunan."

Mae'r porth yn arwain at gwrt mawr caeedig, wedi ei oleuo gan fwy o ffaglau. Mae sawl cyntedd yn arwain o'r cwrt i'r naill ochr a'r llall, ond o'u blaenau mae set o risiau llydan, crand, yn codi i'r llawr nesa. Mae yna sŵn sgwrsio a chwerthin, ac aroglau bwyd sy'n tynnu dŵr o ddannedd Manawydan, yn dod o dop y grisiau, ac mae'r tri yn eu dringo'n gyflym.

Mae Manawydan yn syllu'r gegrwth ar yr olygfa sydd o'i

flaen wrth gyrraedd top y grisiau. Mae pâr o ddrysau derw trwchus led y pen ar agor, yn arwain i neuadd fwyta enfawr, gyda chwe bwrdd hir yn mynd o un pen y stafell i'r llall. Mae'r waliau wedi eu gorchuddio gan baneli pren tywyll, gyda chymysgedd o luniau a hen arfau yn hongian ym mhob man. Uwch ei ben mae tri siandelïer pren, pob un yn dal dwsinau o ganhwyllau, yn taflu goleuni cynnes, ysbrydol i'r stafell.

Mae'r byrddau yn hanner gwag, gyda phobl o bob lliw a llun yn eistedd yno – hen ac ifanc, dynion a menywod. Mae Manawydan yn gweld Pritch yn eistedd ben pellaf y bwrdd ar ochr chwith y stafell, yn sgwrsio'n ddwys gydag Eifion a rhywun arall doedd e ddim yn ei adnabod – dyn tenau, gyda phatshyn du dros un llygad.

Mae'r tri yn croesi'r stafell i'r gegin, ac mae Manawydan yn teimlo'n anghyffyrddus wrth i sawl un droi a syllu wrth iddyn nhw gerdded heibio. Mae Mogs yn amlwg yn adnabod staff y gegin brysur yn dda, ac o fewn dim mae'r tri yn cario llond platiaid o gyw iâr, tatws rhost, llysiau a grefi yr un i un o'r byrddau canol, gydag addewid o ddarn o gacen driog i ddilyn.

"Wel 'ta," mae Mogs yn dweud, ei geg yn llawn taten rost anferth. "Ti'n edrych mlaen at y Profion, Manawydan? Faint wyt ti'n wbod amdanyn nhw?"

Mae Manawydan yn codi ei ysgwyddau fel ateb. Dim lot.

"Dim ond pum munud ma fe 'di bod 'ma," mae Alys yn dweud, yn tynnu wyneb wrth weld Mogs yn gwthio mwy o fwyd eto i'w geg. "Gad iddo fe setlo'n iawn gynta, ma digon o amser i baratoi am y Profion. A gyda llaw, ma grefi 'da ti ar dy wyneb."

"Digon o amser?" mae Mogs yn ateb, heb drafferthu i sychu'r hylif brown sy'n diferu o gornel ei geg. "Ma nhw'n tyff, y Profion. Ma rhaid iddyn nhw fod fel'na, i ddangos os ydy'r Gallu efo chdi. Ma nhw i fod i herio pob rhan ohona chdi – cymeriad, meddwl, cryfder, popeth. Fydd isio chdi ymateb dan bwysa, meddwl yn gyflym, y math yna o beth. Ella bo chdi 'di'u gweld nhw'n hawdd, Alys, ond dyna'r peth anodda i fi neud erioed! Do'n i'm yn gallu credu 'mod i wedi pasio yn y diwedd, a deud y gwir."

"Na, 'nes i'u ffeindio nhw'n anodd hefyd, ond y cwbwl dwi'n gweud yw, beth am i ti adael hyn i Pritch, neu…" mae Alys yn dweud, ond mae Mogs yn ei hanwybyddu ac yn cario mlaen.

"Mae'n bwysig bo chdi'n cymryd y Profion o ddifri. Un cyfle gei di, ti'n gweld – os wyt ti'n methu, sdim ots be wnei di, chei di fyth gyfle arall i ymuno â'r Cyfeillion. Mae ar ben arna chdi – *finito*. Ond hefyd, ma isio chdi fod yn ofalus. Dydy'r Profion ddim yn chwara plant. Dyna pam nath Dad erioed drio – roedd o'n gwbod nad oedd y Gallu ganddo fo. Ma pobol wedi cael eu hanafu'n wael, a hyd yn oed wedi marw, yn trio gneud y Profion heb fod ganddyn nhw'r Gallu."

"Dyw hynna ddim yn wir, Mogs, ti jyst yn codi ofn ar Manawydan nawr…" mae Alys yn torri ar ei draws.

"Mae o yn wir!" mae Mogs yn ateb yn syth. "Ti'm yn cofio'r boi yna o deulu Culhwch fab Celyddon? Brian oedd ei enw fo? Fuodd o farw wrth gymryd rhan yn y Profion."

"Cyd-ddigwyddiad oedd hynna," mae Alys yn dweud, ond mae yna nodyn o ansicrwydd yn ei llais. "Roedd e lot hŷn, a gyda fe galon wan beth bynnag."

"Wel, fyse 'nghalon i'n wan hefyd taswn i'n gorfod wynebu…" Ond cyn i Mogs orffen ei frawddeg mae dyn ifanc, yn ei ugeiniau cynnar, a'i wallt melyn wedi'i dorri'n fyr, yn cerdded at y lle mae'r tri yn eistedd.

"Ti yw Manawydan Jones?" mae'n gofyn mewn llais uchel.

Mae Manawydan yn nodio.

"Dy dad di oedd Llwyd Jones?"

Mae'n nodio eto, ac mae'r ateb yn digio'r dyn ifanc, sy'n codi ei law a phwyntio'i fys i wyneb Manawydan.

"Alla i ddim credu dy fod di'n dangos dy wyneb fan hyn. Rhag dy gywilydd di. Mae'n ddigon gwael fod Pritch yn ei lordio hi o gwmpas y lle, ond i fab Llwyd Jones eistedd yn y Neuadd Fawr…"

Tra bod Manawydan yn methu deall beth oedd yn digwydd, mae Mogs wedi sefyll ar ei draed a throi i wynebu'r dieithryn.

"Nid rŵan ydy'r amser, Arthur," meddai.

"Aros di mas o hyn, Mogs."

Mae Alys yn codi ar ei thraed nawr.

"Gad lonydd iddo fe, Arthur, dyw e ddim…" mae'n dechrau.

"Cau dy geg, Alys, nath neb ofyn dy farn di," mae'r dyn ifanc yn poeri.

Mae Mogs yn cymryd cam yn agosach ato, fel bod y ddau wyneb yn wyneb.

"Paid siarad â hi fel'na…" meddai mewn llais tawel, peryglus.

Mae Arthur yn chwerthin yn ei wyneb, ac yn pwyso'n agosach.

"Wwwww, Morgan Majic! Be ti'n mynd i neud am y peth? Tynnu cwningen o het?"

Mae Manawydan wedi'i rewi yn ei unfan, yn ansicr beth sy'n digwydd a sut i'w stopio, ac mae'n gweld o gornel ei lygad fod dwrn Mogs yn cau'n dynn, yn barod i'w daflu i wyneb Arthur. Mae'r rhan fwyaf o'r neuadd wedi sylwi ar y ddadl rhwng Mogs ac Arthur erbyn hyn, a sŵn y sgwrsio wedi tawelu wrth i bawb aros i weld beth sy'n mynd i ddigwydd nesa.

"Be sy'n mynd mlân fan hyn 'te?" Llais awdurdodol Pritch sy'n torri trwy'r tawelwch, ac mae Manawydan yn troi i'w weld yn cerdded yn bwrpasol tuag at y bwrdd. "Morgan, eistedda a gorffen dy fwyd. Arthur, cer o 'ma. Ma digon yn mynd mlân heb i ni gael trafferth ymysg ein gilydd."

Mae Arthur yn syllu'n filain ar Manawydan am eiliad neu ddwy, cyn troi ar ei sawdl a cherdded i ffwrdd.

"Manawydan," mae Pritch yn dweud, wrth i Mogs eistedd i lawr. "Ddo i i dy weld di ben bore fory. Ma cwpwl o bethe sy isie i ni drafod."

27

Mae Ditectif Saunders yn codi o'i wely yn ddistaw bach ac yn cerdded i'r stafell sbâr yn ei byjamas. Yno yn aros amdano mae ei ddillad am y dydd – siwt, crys, tei, sanau a sgidiau. Mae'n cau'r drws yn dawel cyn troi'r golau mlaen. Roedd Mrs Saunders wedi gwneud yn glir y noson gynt, os oedd yn rhaid i'w gŵr godi am hanner awr wedi pump y bore, nad oedd hi eisiau clywed smic o sŵn ganddo wrth iddo adael y tŷ, ac roedd Ditectif Saunders yn awyddus i beidio gweld beth fyddai'n digwydd petai'n ei dihuno hi.

A bod yn gwbl onest, doedd dim rheswm iddo fynd i Landiem. Yn y swyddfa ym Mae Caerdydd y dyle fe fod, yn gweithio ei ffordd trwy'r mynydd o waith papur ar ei ddesg ac yn cadw llygad ar yr holl achosion roedd ei adran yn ceisio eu datrys. Ond unwaith y cnociodd Samson Price ar ddrws ei swyddfa ac esbonio fod y fan ddu sy'n berchen i gwmni Marchog Du wedi ei gweld yn Llandiem penderfynodd Saunders yn syth ei fod am fynd yno ei hun. Roedd wedi bod yn blismon ers dros bum mlynedd ar hugain, ac roedd ganddo deimlad greddfol nad cyd-ddigwyddiad oedd hyn.

Yn anffodus roedd ganddo gyfarfod yng Nghaerdydd gyda'r Dirprwy Brif Gwnstabl yn y prynhawn, felly byddai rhaid cyrraedd 'nôl o Landiem cyn hynny. Byddai angen rhywun gydag e i gymryd nodiadau ac ati, a gan taw Samson Price ddaeth o hyd i'r cysylltiad, gofynnodd Saunders iddo ddod i'w gasglu o'i gartref am chwech y bore.

Mae Saunders wedi gwisgo ac yn gorffen darn o dost, gan fod yn ofalus nad oedd yn cael unrhyw jam ar ei dei, pan mae cloch y drws yn canu. Mae'r ding-dong yn swnio fel petai'n atseinio drwy'r tŷ tawel wrth iddo frysio i'r drws cyn i Price ei ganu eilwaith.

"Ie, diolch, Price," mae'n sibrwd yn flin, ar ôl rhwygo'r drws ar agor. "Cer di i'r car, fydda i 'na nawr."

Mae Saunders yn hel ei got o'r bachyn y tu ôl i'r drws, ac yn teimlo yn ei bocedi – ffôn, waled, allweddi a cherdyn warant. Yn hapus fod popeth ganddo, mae'n camu allan i awyr ffres y bore, ac mae drws y tŷ yn cau gyda chlep swnllyd y tu ôl iddo.

Heb aros i weld ydy'r sŵn wedi dihuno ei wraig, mae Saunders yn brasgamu i lawr y llwybr at gar Samson Price, ac yn gorchymyn iddo ddechrau gyrru i gyfeiriad Llandiem.

28

*D*aeth Pritch i'm nôl i ben bore. Codes i'n gynnar a mynd am dro
o gwmpas y pentref i drio dod i nabod y lle, ac erbyn i Pritch
gnocio ar ddrws y tŷ ar Stryd yr Efail ro'n i'n eistedd ar y soffa yn
gorffen fy mrecwast. Roedd Mogs yn gorwedd ar y soffa arall unwaith
eto, yn darllen rhyw hen lyfr trwchus am hanes dewiniaeth, tra bod
Alys wedi mynd mas i redeg.

"Ewn ni am dro, Manawydan?" ma Pritch yn gofyn, er ei fod yn
swnio mwy fel gorchymyn na chwestiwn.

Ma Pritch yn cerdded i ben Stryd yr Efail, ac yna mlân i gyrion y
pentref, lle mae'n ymuno â llwybr cul, igam-ogam, sy'n ein harwain
ni lan y llethr serth wrth ochr Tŷ Mawr. Ry'n ni'n cerdded am hanner
awr a mwy, a sŵn y pentref wedi hen ddiflannu. Ma'r llwybr yn
mynd yn fwy garw, yn codi'n serth ac yna'n disgyn am yn ail, cyn
diflannu'n gyfan gwbwl, a'n gadael ni'n cerdded dros graig foel.

Ma syniad yn fy nharo i – ydy hyn rhywbeth i wneud â'r Profion?
Ma geirie Mogs yn atsain yn fy meddwl – un cyfle gei di... chei di
fyth gyfle arall i ymuno â'r Cyfeillion. Ma 'nghoese i'n dechre llosgi
wrth gerdded yn gyflym lan llethr serth arall, ond dwi'n benderfynol
o beidio siomi Pritch wrth stopio.

Ond wedyn yn sydyn reit, ry'n ni'n cyrraedd crib y llethr, ac mae'r
olygfa'n neud i fi anghofio popeth am fy nghoese i. Ry'n ni'n sefyll
ar silff o garreg gul sydd yn ymestyn ar hyd clogwyn tal, rhyw ddeg
metr o gopa'r clogwyn, a hanner can metr o leia yn uwch na lefel y
môr. Mae'n ddiwrnod clir heddi, a gallwn weld am filltiroedd dros y

môr, gydag amlinelliad y tir yn bell ar y gorwel. Pa dir yw hwnna, tybed? Cernyw? Gorllewin Cymru?

Pan dwi'n troi at Pritch yn y gobaith y bydd e'n esbonio pam ei fod e 'di dod â fi yr holl ffordd lan y clogwyn 'ma, dwi'n gweld ei fod e'n eistedd ar fainc bren sydd wedi ei gosod ar wyneb y clogwyn, ar gefn y silff gul, yn edrych mas dros y môr.

"Dy dad a fi adeiladodd y fainc 'ma, flynyddoedd yn ôl," ma fe'n dweud. "Dyma lle bydden ni'n dod i gael rhywfaint o dawelwch, i feddwl neu i baratoi." Ma fe'n dawel am sawl munud – yn meddwl am Dad, falle? Dwi'n teimlo pwl o eiddigedd fod ganddo fe ddigon o atgofion amdano i lenwi cymaint o amser.

Ar ôl tipyn ma fe'n estyn i'w got ac yn tynnu llyfr nodiade a phensil mas, a'u gosod nhw ar y fainc.

"Eistedda," ma Pritch yn dweud. "Ma'n rhaid fod gyda ti lot o gwestiyne. Ysgrifenna nhw yn hwn, a wna i drio eu hateb."

Dwi'n eistedd ar y fainc ac yn codi'r llyfr a'r pensil. Ma gen i gant a mil o gwestiyne, ond ar yr eiliad yna mae'n meddwl i'n wag. Yn y diwedd dwi'n sgrifennu rhywbeth, ac yn pasio'r llyfr i Pritch i'w ddarllen.

Pryd fydda i'n dechrau'r Profion?

Ma gwylan yn hedfan yn agos i'r clogwyn, yn symud yn ddiog ar yr awel wrth i Pritch ei ddarllen, a gwenu.

"Ma Morgan ac Alys wedi bod yn trafod y peth gyda ti, dwi'n cymryd? Wel, mi fyddan nhw'n digwydd cyn hir, Manawydan – mewn rhyw wythnos falle. O be dwi'n deall bydd sawl un arall yn cael eu profi ar yr un pryd. Ma hynna'n anarferol, ond ma'r sefyllfa gyda'r Pair Dadeni yn datblygu bob dydd, felly ma angen cymaint o Gyfeillion â phosib arnon ni." Ma Pritch yn oedi. "Ond gwranda – ma 'na rai sydd â disgwyliadau mawr amdanat ti, yn enwedig o ystyried taw ti yw mab Llwyd Jones. Ond ma isie i ti anghofio am hynna. Y cyngor gore alla i roi yw i ti droedio dy

*lwybr dy hunan. Dyna oedd Llwyd yn ei neud, a dyna fydde fe
isie i ti neud."*

Ma'r cwestiwn nesa yn barod gen i.

Beth fydd y Profion?

Ma Pritch yn gwenu.

*"Sdim syniad 'da fi. Dyw aelodau o'r un teulu ddim yn cael bod
yn rhan o'r broses brofi. A hyd yn oed petawn i'n gwbod fyddwn
i ddim yn dy helpu di. Ma rhaid i ti wynebu'r Profion ar ben dy
hunan." Ma'n rhaid fod y siom yn amlwg ar fy wyneb i. "Ond fe alla
i ddweud ei fod e'n bwysig dy fod di'n barod ac yn talu sylw drwy'r
amser. Ma angen i ti fod yn gyfrwys, a dy feddwl di i fod yn chwim,
ac yn fwya pwysig, rhaid i ti gredu yn dy hunan."*

*Dwi'n cael y teimlad 'mod i ddim yn mynd i gael mwy o wybodaeth
gan Pritch am y Profion, ond ma gen i gwestiwn arall dwi ar dân i
glywed yr ateb iddo fe.*

Pa fath o berson oedd Dad?

Ma Pritch yn cymryd amser hir i ddarllen y chwech gair.

*"Roedd Llwyd, dy dad, yn berson... cymhleth," ma Pritch yn
ei ddweud o'r diwedd. "Roedd e'n frawd mawr i fi, ac ro'n i'n ei
garu fe ond, i fod yn onest, doedd e ddim wastad y person hawsa
i ddod mlân ag e. Ma'n rhaid i ti ddeall, doedd ein plentyndod ni
ddim fel dy un di. Ro'n ni'n gwbod o oed ifanc am y Cyfeillion,
a nath ein tad – dy dad-cu di – ddod â ni yma i Fosgad a'n profi
ni am y Gallu cyn gynted ag y galle fe. Wnaeth y ddau ohonon
ni basio, ond roedd Llwyd ar lefel wahanol. Roedd e'n gallu neud
pethe yn blentyn naw mlwydd oed allen i ddim eu neud nawr hyd
yn oed. Roedd e fel tase fe'n gweld y byd yn wahanol i bawb arall,
yn meddwl yn gyflymach, mor gryf ac mor ddewr. Ond er gwaetha
hynny, ro'n i'n cael y teimlad nad oedd e wir isie hyn i gyd... y
Gallu, y Cyfeillion, y Mabinogi. Beth oedd e isie oedd byw bywyd
mwy... normal. Ti'n gweld, ma 'na rai yma, ar Fosgad, yn meddwl*

taw'r Cyfeillion yw'r peth pwysica yn y byd, fod defnyddio'r Gallu i ymladd a gwarchod tegwch a chyfiawnder yn fraint ac yn gyfrifoldeb o'r eitha. Ma'n rhaid i ti gael pobol fel'na, ond doedd Llwyd ddim yn un ohonyn nhw. Yr unig bryd alla i gofio fe'n gwbwl hapus oedd pan oedd e gyda dy fam a ti, yn neud y pethe ma teuluoedd arferol yn eu neud. Dyna oedd byd Llwyd, ac wrth i amser fynd yn ei flaen fe ddechreuodd e bellhau o Fosgad. Roedd 'na rai ymysg y Cyfeillion yn meddwl bod Llwyd yn gwastraffu ei Allu, yn osgoi ei gyfrifoldeb a... wel, gad i ni ddweud nad oedd e'n dod mlân gyda phawb yma."

Ma hyn yn dipyn i gymryd i mewn. Dwi'n barod wedi dechre teimlo fel rhan o'r Cyfeillion, yn teimlo'r gysylltiad gyda Dad, ond ma clywed ei fod e'n barod i droi ei gefn arnyn nhw i fod gyda fi a Mam yn ysgytwol. Dwi'n estyn am y papur eto, a sgrifennu cwestiwn arall.

Sut fuodd e farw?

Ma Pritch yn ochneidio.

"Disgyn o do warws wnaeth e. Neu, i fod yn fanwl, cael ei wthio. Ti 'di clywed fi'n sôn am Gweuflyn, arweinydd y Marchogion? Wel, fe oedd yn gyfrifol am ladd Llwyd. A creda di fi, ers y diwrnod hynny dwi wedi bod yn chwilio amdano fe, i gael dial. Ond ma fe fel ysbryd. Dim ond cylch bach o'r Marchogion sy'n gwybod pwy yw e a sut ma fe'n edrych. Ma fe 'di bod yn arwain y Marchogion ers blynyddoedd, a does neb wedi ei fradychu fe erioed - ma pawb yn ei ofni fe gormod. Ond dwi'n addo i ti, wna i ddim stopio nes 'mod i wedi dial am farwolaeth Llwyd."

Ma golwg bryderus yn croesi wyneb Pritch.

"Ma Andreas a Bleddyn Bach yn y cylch yna, a ro'n i'n gobeithio cael rhywfaint o wybodaeth ganddyn nhw ar ôl i Osian ddod â nhw'n ôl i'r ynys, ond – a cadw hyn dan dy het – does neb wedi clywed gan Osian ers gadael Llandiem echddoe, a ma ambell un yn dechre poeni amdano fe. Os nad yw e'n cyrradd cyn hir bydd well i ni anfon cwpwl o'r Cyfeillion i chwilio amdano fe."

Dwi'n teimlo'n stumog i'n tynhau, yn gobeithio bod y dyn cyfeillgar gyda'r gwallt llwyd yn iawn.

Ry'n ni'n aros ar y fainc am dipyn, fi'n sgrifennu cwestiyne a Pritch yn eu hateb nhw, a'r gwylanod yn troelli yn y gwynt o'n blaenau ni.

"Edrych," ma Pritch yn ei ddweud ar ôl ateb pob cwestiwn allen i ofyn, ac estyn i boced ei got ledr. "Ma rhywbeth gyda fi i ti fan hyn." Mae'n tynnu amlen o'i boced ac yn syllu arni am dipyn. "Ma hon 'di bod gyda fi ers blynyddoedd maith. Sai'n gwbod beth sydd ynddi, ond i ti ma hi. Wrth dy dad."

Yn sydyn alla i ddim anadlu.

"Ma'n rhaid fod Llwyd wedi sylweddoli ei fod e mewn perygl cyn iddo fe farw, a nath e roi hon i fi, a gofyn i fi'i chadw hi'n saff. Ddwedodd e wrtha i am roi'r amlen i ti cyn i ti gael dy brofi os... os doedd e ddim o gwmpas."

Ma Pritch yn estyn yr amlen tuag ata i. Ma 'nwylo i'n ysgwyd wrth i fi afael ynddi, a'i hastudio. Dim ond un gair sy 'di'i sgrifennu ar y blaen.

Manawydan

Er 'mod i ar dân isie ei hagor hi, ma'n teimlo fel rhywbeth preifat, rhywbeth – yr unig beth – sydd i fi a Dad a neb arall, a dwi ddim isie ei hagor hi o flaen neb, dim hyd yn oed Pritch.

"Paid poeni. Aros nes dy fod di ar ben dy hunan i ddarllen e," ma Pritch yn dweud, wedi deall pam 'mod i'n oedi. "Dere, well i ni fynd 'nôl."

Ma'r ddau ohonon ni'n codi o'r fainc, a dwi'n rhoi'r llythyr yn ofalus ym mhoced fy jîns. Ma'r olygfa o 'mlân i'n llenwi fy llygaid i – y môr glas yn ymestyn at y gorwel ac yn disgleirio yn yr haul a dwi'n ystyried nad yw hi wedi newid ers cannoedd, falle miloedd, o flynyddoedd. Pryd oedd y tro diwetha i Dad edrych allan dros yr olygfa yma, tybed? A oedd e'n gwbod erbyn hynny ei fod e'n mynd i farw? Oedd y llythyr yn fy mhoced i wedi ei sgrifennu'n barod?

Ry'n ni'n cerdded 'nôl i'r pentref mewn tawelwch, y gwynt yn chwibanu o'n cwmpas, a'r gwylanod yn crawcian uwch ein pennau.

29

Mae Ditectif Saunders mewn hwyliau gwael wrth gyrraedd Llandiem. Roedd y ffyrdd troellog o Gaerdydd, a gyrru afreolaidd Samson Price, wedi gwneud iddo deimlo'n eitha sâl, a bu'n rhaid iddo dreulio hanner awr olaf y siwrnai â'i lygaid ar gau, yn anadlu'n ddwfn.

"Dyma ni, syr," mae Price yn ei ddweud o'r diwedd, wrth barcio'r car tu allan i rif 14, Bwlch y Gad.

"Diolch byth am hynny," sibryda Saunders yn dawel, gan ddadglicio ei wregys diogelwch.

"Drychwch, mae'n edrych fel tasen nhw 'di cael rhywfaint o drafferth 'ma." Mae Price yn pwyntio at ddyn gyda mwstásh trwchus a bol mawr, sy'n defnyddio morthwyl a hoelion i drwsio fframyn drws rhif 14.

"Diddorol iawn," meddai Saunders, gan ddringo o'r car. "Dere i ni weld be sy 'di bod yn mynd mlân 'ma. A gad i fi neud y siarad."

Mae'r dyn gyda'r mwstásh yn stopio ei waith wrth weld y ddau dditectif yn agosáu at y tŷ.

"Alla i'ch helpu chi?" mae'n gofyn, gyda golwg amheus ar ei wyneb a'r morthwyl yn ei law o hyd.

"Ditectif Saunders, Sarjant Price, Heddlu Caerdydd." Mae'r dyn mwstásh yn astudio'r ddau gerdyn gwarant sy'n cael eu cynnig yn ofalus. "A ga i ofyn pwy ydych chi?"

"Hywel Edwards. Fan hyn dwi'n byw."

Mae Saunders yn plethu ei dalcen mewn penbleth.

"Ro'n i'n meddwl fod Glenda Jones yn byw fan hyn?" gofynna, gan obeithio nad oedd y siwrnai'n mynd i fod yn wastraff.

"Ydy, mae hi. Ond Glenda Edwards yw hi nawr, ers iddi ailbriodi. Beth y'ch chi eisiau?"

Mae Saunders yn anwybyddu'r cwestiwn.

"Wedi cael rhywfaint o drafferth?" mae'n gofyn, gan bwyntio at y drws.

Dydy Hywel ddim yn ateb yn syth, ond yn edrych ar ei forthwyl, ac yna ar y fframyn roedd yn ei drwsio.

"Dim byd mawr," mae'n dweud o'r diwedd. "Wedi cael ein cloi mas ddoe, a 'di gorfod rhoi cic i'r drws i fynd i mewn. Ond beth y'ch chi isie gyda Glenda? Oes rhywbeth wedi digwydd?"

"Ry'n ni'n gweithio ar achos difrifol," mae Saunders yn penderfynu esbonio. "Mae'n bosib fod cysylltiad gyda hen achos – yn benodol, marwolaeth gŵr cyntaf eich gwraig. Fydde modd i ni siarad â hi?"

Mae Hywel yn dal i edrych yn amheus, ond ar ôl eiliad neu ddwy mae'n gwahodd y ddau dditectif i'r tŷ, ac yn eu harwain i'r gegin lle mae dynes ganol oed, gyda'i gwallt du wedi ei glymu'n ôl mewn cynffon flêr, yn eistedd.

"Glenda, dyma Ditectif Saunders a Sarjant Price, o Heddlu Caerdydd." Mae Hywel yn mynd i sefyll ar bwys ei wraig, gan fwytho ei chefn.

"Heddlu?" Mae Glenda troi ei phen yn sydyn, ac mae'r ddau ditectif yn sylwi ar ei llygaid coch, fel petai wedi bod yn crio. "Oes rhywbeth wedi digwydd?"

"Ydych chi'n adnabod rhywun o'r enw Seiriol Simmonds, Mrs Edwards?" mae Saunders yn gofyn. Mae'n astudio ymateb y ddau o'i flaen yn ofalus, ond does dim i awgrymu fod yr enw yn canu cloch gyda'r naill na'r llall.

"Na, dwi ddim yn meddwl. Pwy yw e?" mae Glenda yn ateb ar ôl edrych ar Hywel.

"Yn anffodus fe gafodd corff Seiriol Simmonds ei dynnu o afon Taf sawl diwrnod yn ôl, ac mae amgylchiadau ei farwolaeth yn amheus. Alla i ddim rhoi gormod o fanylion i chi nawr, ond mae'n bosib fod yna rhyw gysylltiad gyda marwolaeth eich gŵr cynta chi. Ydych chi'n siŵr nad yw'r enw'n gyfarwydd?"

Mae Glenda yn ysgwyd ei phen, a Hywel yn codi ei ysgwyddau.

"Beth am gwmni o'r enw Marchog Du?"

Wrth glywed yr enw mae Glenda yn syllu ar Saunders am dipyn, cyn ateb yn ofalus.

"Dwi'n meddwl taw nhw oedd yn berchen ar y warws lle fuodd Llwyd farw. Ond tu hwnt i hynny sdim syniad gyda fi amdanyn nhw. Edrychwch, ma'n ddrwg 'da fi os y'ch chi 'di dod ar siwrne wastraff, ond dwi wir ddim yn meddwl alla i'ch helpu chi, a dwi'n hwyr i'r gwaith fel mae, felly os nad oes unrhyw beth arall…"

Wrth weld Glenda yn codi o'i chadair mae calon Saunders yn suddo wrth sylweddoli ei fod ar fin dychwelyd i Gaerdydd yn waglaw. Mewn ymdrech i gadw'r sgwrs i fynd mae'n sylwi ar lun o fachgen mewn iwnifform ysgol, gyda llond pen o wallt coch, ar y wal.

"Eich mab chi yw hwnna, ie?" mae'n gofyn gan bwyntio at y llun. "Fydde modd i ni gael gair gydag e, gan ein bod ni wedi dod yr holl ffordd yma?"

Mae'r dagrau'n codi i lygaid Glenda yn syth wrth glywed sôn am ei mab, a'i gwefus yn crynu.

"Dyw Manawydan ddim 'ma," mae Hywel yn ateb yn gyflym, gan dynnu ei wraig yn agos. "Ma fe wedi mynd ar drip cyfnewid gyda'r ysgol i Ffrainc tan ddiwedd y tymor, peth munud ola. Dim ond ddoe aeth e, a ma Glenda'n gweld ei isie fe yn barod, on'd wyt ti, cariad?"

Mae pobol sydd â chysylltiad â'r achos yma yn tueddu i ddiflannu, mae Saunders yn meddwl wrtho'i hun. "Oes ffordd i gael gafael arno fe?" mae'n gofyn.

"Mi fyddan nhw'n symud o gwmpas tipyn," ateba Hywel. "A dyw Manawydan ddim yn siarad, chi'n gweld, felly fydde ddim gwerth i chi ei ffonio fe. Y peth gore yw i gysylltu gyda'r ysgol, nhw fydd yn gallu rhoi'r manylion i chi. Tecwyn Phillips yw'r prifathro, mi fydd e'n gallu'ch helpu chi. Nawr, os nad oes unrhyw beth arall…?"

30

*D*wi'n eistedd ar y gwely, yn syllu ar y llecyn bach o fôr dwi'n gallu gweld drwy ffenest fy stafell i. Dyma pam ddewises i'r stafell 'ma. Er ei bod hi'n llai o dipyn na'r ddwy arall galla i edrych allan dros y môr, i gyfeiriad gatre.

Ar ôl gadael Pritch fe ddes i'n syth yn ôl fan hyn, gan obeithio y byddwn i'n cael tipyn o lonydd i ddarllen y llythyr gan Dad. Fues i'n gorwedd ar y gwely yn syllu ar yr amlen am amser hir, yn ysu i'w hagor ond eto'n rhy nerfus i neud.

Yn y diwedd fe wnes i ei rhwygo ar agor a thynnu un darn o bapur allan ohoni. Ma'r papur wedi melynu tipyn dros amser, ac mae'r sgrifen arno yn fach ond yn flêr, fel petai wedi ei sgrifennu ar frys..

Annwyl Manawydan,

Os wyt ti'n darllen hwn mae'n golygu 'mod i wedi marw, a dy fod ti ar drothwy cael dy brofi am y Gallu. Mae'n ddigwyddiad mawr yn dy fywyd di – efallai y digwyddiad mwya i gyd – ac mae'n torri fy nghalon i feddwl na fydda i yna wrth dy ochr di.

Falle nad wyt ti'n cofio rhyw lawer amdana i. Y peth pwysica i ti wybod yw 'mod i'n dy garu di'n fawr iawn, Manawydan. Paid byth amau nac anghofio hynny. Os wyt ti eisiau clywed amdana i, y person gorau i ofyn, heblaw dy fam, yw Pritch. Dwi'n gobeithio ei fod e'n edrych ar dy ôl di. Buodd e'n frawd da i fi erioed – llawer gwell na fues i iddo fe – a dwi'n siŵr fydd e'n ewythr llawn cystal i ti.

Fe wnei di glywed amdana i gan bobol eraill hefyd, dwi'n siŵr. Bydd rhain canu clod ac eraill yn fy niawlio. Bydd yn ofalus pwy wyt ti'n ei gredu. Y gwir yw, does neb yn berffaith, ond beth bynnag wyt ti'n ei glywed dwi eisiau i ti wybod 'mod i wedi ceisio gwneud y peth iawn bob tro. Dyw'r byd ddim yn lle du a gwyn, Manawydan, a does neb yn fwy llwyd na Llwyd Jones.

A nawr, mae eisiau i ti feddwl yn ofalus am beth sydd o dy flaen di. Rwyt ti ar groesffordd, rhwng byw dy fywyd dy hun ac ymuno â'r Cyfeillion. Bydd sawl un yn rhoi pwysau arnot ti, ac efallai â disgwyliadau uchel ar dy gyfer di, ond troedia dy lwybr dy hun. Ti yn unig sy'n gallu dewis beth sydd orau i ti.

Bydd ddewr.
A chofia, bydda i gyda ti am byth.
Dad

Fe gymerodd hi sawl cynnig i fi gyrradd y diwedd. Roedd y dagre yn fy llygaid i'n ei gwneud hi'n amhosib i weld y sgrifen flêr yn glir. Ar ôl ei ddarllen sawl gwaith fe wnes i orwedd ar y gwely, y llythyr yn dynn yn fy llaw, a chwestiynau yn troelli yn fy mhen. Pam ei fod e'n derbyn ei fod e'n mynd i farw? Os o'n i mor bwysig iddo fe, os oedd e'n fy ngharu i, pam na wnaeth e'n siŵr ei fod e o gwmpas?

Pam na wnaeth e ymladd, brwydro i fod yma gyda fi o hyd? A pham sgrifennu llythyr mor fyr? Rhaid ei fod e 'di ystyried y byddwn i isie gwbod popeth amdano fe, pob manylyn bach, heb orfod mynd i ofyn i Pritch?

Ond erbyn hyn, ar ôl eistedd yn edrych ar y môr am... faint? Oriau, mae'n rhaid. Erbyn hyn mae'n meddwl i'n fwy llonydd, a ma gen i fwy o gwestiynau i Pritch pan ddaw'r cyfle.

Dwi'n codi'r llythyr a'i roi'n ôl yn ei amlen yn ofalus. Ydy, mae'n llythyr byr, ond ma'n fwy nag oedd gen i ddoe. Hyd yn oed petai'n gant tudalen byddwn i isie mwy. Man cychwyn yw hwn – y cam cynta ar y siwrne i ddod i nabod Dad.

31

Mae'r wythnos nesaf yn pasio'n gyflym ar ynys Fosgad, a Manawydan yn mwynhau yng nghwmni Alys a Mogs.

Roedd y tri wedi syrthio i drefn naturiol. Byddai Alys yn codi'n gynnar i fynd i redeg neu i nofio, ac yn fuan fe ymunodd Manawydan â hi, gan redeg o gwmpas yr ynys neu fentro i ddŵr oer y môr – er nad oedd e wedi bod yn un mawr am gadw'n heini erioed. Ond gyda'r Profion ar y gorwel penderfynodd y dylai wneud cymaint â phosib i baratoi. Ar ôl dychwelyd byddai Mogs yn codi o'i wely – roedd yn gwrthod ymuno yn yr ymarfer corff ar unrhyw amod – a byddai'r tri yn sgwrsio dros frecwast hamddenol, a gwrando ar yr un orsaf roedd eu radio bach yn gallu codi'r signal, gorsaf cerddoriaeth gyfoes o Iwerddon o'r enw Flame FM.

Roedd yn ofynnol i bob aelod o'r Cyfeillion wneud o leia ddwy awr o waith arfog bob dydd – sesiynau i ddatblygu techneg a gallu gyda chleddyfau, bwa a saeth, gwaywffyn ac ati – ac ar ôl brecwast byddai'r tri yn ymlwybro i'r maes ymarfer y tu allan i'r pentref gyda Mogs yn grwgnach pob cam o'r ffordd.

"Ma hyn yn wastraff amser, pan allwn i fod yn darllen ac yn ymarfer swynion," byddai'n dweud, wrth i Alys rowlio ei llygaid.

Er fod Manawydan wedi gorfod dechrau ei hyfforddiant gyda chleddyfau pren, a bwa a saeth plentyn, cafodd ei synnu fod ganddo allu naturiol gyda'r arfau. O fewn dyddiau roedd yn gallu glanio saeth mewn targed ar bellter o ugain llath yn gyson, ac erbyn y pedwerydd diwrnod roedd yn curo Mogs gyda chleddyf yn hawdd.

Ond roedd ymladd yn erbyn Alys, oedd yn cymryd y cwbl lot yn fwy difrifol, yn fater arall. Byddai Alys yn neidio fel gwenci o'i gwmpas, yn osgoi ei gleddyf yn ddiymdrech gan weiddi cyngor a sylwadau: "Aros ar flaene dy draed! Cadw'r cleddyf lan! Paid taro'n rhy gynnar!" heb dorri chwys, a tharo'r cleddyf o'i law drosodd a throsodd.

"Paid poeni," sibrydodd Mogs un diwrnod, wrth i Manawydan eistedd ar y llawr, yn anadlu'n galed ar ôl sesiwn arall gydag Alys. "Ma hi cystal â bron unrhyw un ar yr ynys."

O bryd i'w gilydd byddai Manawydan yn cymryd hoe i wylio rhai o'r Cyfeillion hŷn yn ymarfer eu gwaith arfog. Un diwrnod gwelodd e Eifion Casgen yn cerdded i'r maes gyda morthwyl maint einion dros ei ysgwydd, cyn sefyll deg llath o flaen bwgan brain wedi ei wisgo fel Marchog a thaflodd y morthwyl tuag ato. Chwalodd y bwgan brain yn ddarnau mân, ac aeth gwellt a phren i bob cyfeiriad, a gadawodd y morthwyl dwll dwfn yn y tir caled. Fe aeth Eifion mlaen i chwalu chwech bwgan brain arall, un ar ôl y llall, cyn rhoi ei forthwyl ar y llawr, codi bwa saeth trwm, ac anfon dwsinau o saethau i galon targed pren ben pella'r maes ymarfer.

Ar ôl gorffen cododd ei forthwyl dros ei ysgwydd eto a cherdded i ffwrdd, gan stopio i weiddi, "Haia, cariad bach! Popeth yn iawn?" at Alys, oedd ben pella'r maes.

"God, mor *embarrassing*," oedd ei hymateb hithau, gan gochi ac anwybyddu ei thad.

Ar ôl dychwelyd i Stryd yr Efail am ginio byddai'r tri yn mynd allan i gerdded ar hyd a lled yr ynys, nes fod Manawydan yn teimlo ei fod yn adnabod y lle cystal ag unrhyw un. Daeth i ddeall fod Fosgad yn ynys siâp hirgylch, ddim yn annhebyg i gragen crwban, gyda darn wedi ei gnoi allan ar un pen. O fewn y darn coll yma roedd y bae a'r pentref, a fyddai'n cael eu gwarchod rhag y tywydd gwaethaf gan garreg gadarn yr ynys yn codi i'w amgylchynu. Roedd gweddill yr ynys yn un graig fawr, yn codi i uchder o ryw ddau gan metr yn ei ganol ac yna'n disgyn yn raddol i'r ochrau, cyn gorffen mewn clogwyni uchel yn disgyn yn serth i'r môr.

"Y clogwyni ydy amddiffynfa naturiol ora'r ynys," esboniodd Mogs wrth i'r tri gerdded un prynhawn. "Hyd yn oed tasa'r Marchogion yn gallu cyrraedd 'ma – a dydyn nhw ddim, am fod rhaid i ti fod yn Gyfaill i ddod o hyd i'r ynys – yr unig ffordd i mewn fysa trwy'r bae, ac ma hwnnw'n cael ei warchod ddydd a nos. Ym mhob man arall ma'r creigia'n stopio cychod rhag dod yn rhy agos, a'r clogwyni'n rhy serth i'w dringo heb help."

"Heblaw am Gei Bach, wrth gwrs," dywedodd Alys, oedd yn cerdded o'u blaenau.

"Pffff," atebodd Mogs. "Fysa'n haws iddyn nhw drio dringo dros y clogwyni." Gan weld nad oedd Manawydan yn deall, trodd Mogs ato i esbonio. "Ma 'na un llecyn ar ochr ddwyreiniol yr ynys o'r enw Cei Bach, ac os wyt ti'n ofalus iawn gei di un cwch bach yn ddigon agos i'r clogwyn i allu dringo i mewn i'r twneli. Ti'n gweld, ma 'na rwydwaith anferth o dwneli o dan yr ynys, sy'n cris-croesi am filltiroedd – y Labyrinth. Mae o'n afiach o le, yn llawn llygod mawr ac ystlumod, a ma 'na stori fod sarff anferth yn byw 'no hefyd..."

"Sdim sarff yn y Labyrinth, Mogs," torrodd Alys ar ei draws. "Ti'n gwbod taw stori yw honna i gadw plant bach rhag mentro i'r twneli."

Cododd Mogs ei aeliau ar Manawydan.

"Ella... ella ddim," meddai yntau. "Beth bynnag, ma un twnnel yn y Labyrinth yn arwain i Gei Bach, ond ma giât fawr arno sy'n cael ei gwarchod drwy'r amser. A hyd yn oed tasa rhywun yn cael trwy'r giât fysa fo'n siŵr o fynd ar goll yn y twneli. Maen nhw'n anferth, a does neb yn gwbod i ble ma pob un yn mynd."

Er fod Manawydan yn mwynhau treulio'r prynhawn yn archwilio pob cornel o'r ynys gyda'i ffrindiau, roedd hefyd wrth ei fodd yn cyrraedd 'nôl i'r tŷ bach clyd ar Stryd yr Efail, gyda'i soffas cyffyrddus a'i dân coed cynnes. Gan amlaf byddai'r tri yn paratoi swper gan siarad a gwrando ar y radio yn y tŷ. Roedd Mogs yn ystyried ei hun yn dipyn o gogydd, ac yn gallu creu peis cig fyddai'n tynnu dŵr o'r dannedd, a lasagne oedd bron cystal ag un Glenda. Un tro daeth Eifion Casgen am fwyd, a threulio'r noson gyfan yn adrodd straeon, canu gyda'r caneuon ar y radio ac yn bwyta dwy waith cymaint â phawb arall. Dro arall daeth Sbarc â bwyd i bawb o'r Tŷ Mawr, a threulio'r noson yn parablu'n ddi-baid ac yn symud o gwmpas yn ei sedd tra bod Emma, mam Mogs, yn eistedd yn dawel ar ei bwys, yn atgoffa'i gŵr i gymryd cegaid o fwyd bob nawr ac yn y man. Oni bai am hynny, treuliai'r tri ffrind eu nosweithiau ar y soffas gyda'u platiau bwyd ar eu côl, yn gwylio ffilm o gasgliad estynedig o DVDs Mogs ar ei chwaraeydd bach, cyn noswylio'n gynnar, wedi blino'n lân.

Ond er gwaetha'r amseroedd braf, roedd dau beth wedi chwerwi'r wythnos ddiwethaf i Manawydan.

Yn gyntaf, aeth y dyddiau heibio heb sôn am Osian yn dychwelyd o'r tir mawr. Daeth neges gan y Cyfaill yn Ynys Môn roedd Osian ar ei ffordd i gwrdd ag e, i ddweud nad oedd e wedi cyrraedd, ac roedd si ar led ar yr ynys fod y Marchogion wedi ei gipio rywsut, yn enwedig gan fod Bleddyn Bach a Andreas yn cael eu cludo yn y fan ar y pryd.

Yr ail gwmwl ar y gorwel oedd Arthur, y bachgen wnaeth aflonyddu ar y tri ffrind yn neuadd fwyta Tŷ Mawr ar noson gyntaf Manawydan ar Fosgad. Dysgodd taw Arthur oedd mab ieuengaf Aneirin, un o arweinwyr y Cyfeillion: "Aneirin Blaidd ma pobol yn ei alw fo, ond fo roddodd y ffugenw iddo fo'i hun," dywedodd Mogs. Roedd Arthur a'i dad o deulu Pryderi fab Pwyll, ac yn byw mewn stafelloedd crand yn Tŷ Mawr gyda Telor a Gwyndaf, brodyr hŷn Arthur. O bryd i'w gilydd byddai'r tri ffrind yn gweld Arthur a'i frodyr yn cerdded drwy'r pentref, a byddai'n syllu'n fileinig ar Manawydan bob tro, gan fynd mor bell â phoeri ar y llawr wrth iddo gerdded heibio un tro. Roedd y rheswm y tu ôl i'r dicter yma yn ddirgelwch i Manawydan, ac er gwaetha ei ymdrechion i ofyn pam fod Arthur wedi cymryd yn ei erbyn e a'i dad i'r fath raddau, roedd Alys a Mogs bob tro'n osgoi rhoi ateb clir. Erbyn diwedd yr wythnos penderfynodd Manawydan y byddai'n crybwyll y peth gyda Pritch y tro nesa byddai'n cael y cyfle, ond ar ddiwedd ei wythnos gyntaf ar yr ynys digwyddodd rhywbeth i wthio pob ystyriaeth o Arthur o'i feddwl.

Daeth cnoc ar ddrws y tŷ ar Stryd yr Efail wrth i Manawydan, Mogs ac Alys eistedd gyda'u swper. Heb aros am wahoddiad cerddodd Sbarc i mewn, yn dal i wisgo trowsus byr a chrys-T er gwaetha'r oerfel.

"Manawydan," dywedodd yn frysiog, gan anwybyddu'r ddau arall. "Ma 'na gyhoeddiad wedi bod heno. Ma isio i chdi fod i fyny yn Tŷ Mawr, o flaen y llun o Gwilym Dda, am saith o'r gloch bora fory." Edrychodd Manawydan yn syn ar Sbarc, cyn troi at Mogs ac Alys am esboniad.

"Y-o!" dywedodd Alys, gan roi ei phlât i lawr ar y bwrdd isel. "Ti'n gwbod be ma hyn yn feddwl."

Teimlodd Manawydan ei geg yn sychu, a'i fol yn tynhau.

"Ma'r Profion yn dechre."

32

Treulies i'r nos yn troi a throsi, yn trio dychmygu a thrio peidio dychmygu'r Prawf oedd o 'mlân i. Erbyn iddi wawrio ro'n i wedi rhoi'r gore i'r syniad o gysgu, ac yn eistedd yn y gwely yn gwylio'r haul yn codi dros y gorwel, a llythyr Dad yn fy llaw i. Dwi ddim angen ei ddarllen e bellach – galla i adrodd pob gair o 'nghof – ond dwi'n hoffi ei ddal e, a gwbod bod Dad wedi ei gyffwrdd e yr holl flynyddoedd 'nôl.

Ma Alys a Mogs wedi codi'n gynnar hefyd ac yn aros amdana i yn y stafell fyw, er fod Sbarc 'di esbonio neithiwr na fydden nhw'n cael dod lan i Dŷ Mawr gyda fi.

"Wele'n gwawrio ddydd i'w gofio," ma Mogs yn ei ddweud gyda gwên wan. Galla i weld ei fod e bron mor nerfus â fi. "Tisio unrhyw beth cyn i ti fynd? Rhywbeth i fwyta?"

Dwi'n ysgwyd fy mhen. Alla i ddim meddwl am fwyd nawr. Alla i ddim meddwl am unrhyw beth ond dechre ar y Prawf.

"Ocê. Wel…" Am unwaith does gan Mogs ddim i'w ddweud, ond mae Alys yn cerdded ata i ac yn fy nghofleidio i.

"Bydd yn ofalus, Manawydan," mae'n sibrwd.

Ma Mogs yn croesi'r stafell ac yn rhoi ei fraich o 'nghwmpas i hefyd.

"Pob lwc i ti, boi. Welwn ni chdi ar y diwedd."

Ma 'na lwmp yn fy ngwddw wrth i fi gofleidio'r ddau, cyn agor y drws i Stryd yr Efail, a dechre ar y ffordd i Dŷ Mawr. Mae'n fore gwyntog, a'r cymyle uwchben yn dywyll a bygythiol. Ma strydoedd y pentref yn dechre prysuro, a sawl un dwi wedi dod i'w hadnabod nhw yr wythnos ddiwetha yn dymuno pob lwc wrth i fi gerdded pasio.

Mae bron yn saith o'r gloch wrth i fi gerdded drwy borth Tŷ Mawr, dringo'r grisiau crand a cherdded i'r neuadd fwyta. Ma criw bach wedi ymgynnull ym mhen pella'r stafell, yn sefyll o dan lun o ddyn mewn clogyn ffwr trwchus. Ma'r dyn yn eistedd ar orsedd fawr, gyda chleddyf yn ei law a chi anferth wrth ei draed, ac wrth i fi agosáu dwi'n darllen y geiriau 'Gwilym Dda' wedi eu cerfio i waelod y ffrâm grand.

O flaen y llun dwi'n gweld Sbarc a'i gefn ata i, yn sgwrsio'n ddwys gyda dyn a dynes. Dwi ddim yn nabod y dyn, ond ma'r ddynes yn edrych yn gyfarwydd, a dwi'n siŵr 'mod i wedi ei gweld hi'n gweithio gyda'i gwaywffon ar y maes ymarfer yn ystod yr wythnos. Gerllaw, ar un o'r meinciau, ma criw o bedwar – dau fachgen a dwy ferch – yn eistedd yn dawel, pob un yn edrych yn nerfus. Ro'n i bron ag anghofio fod Pritch 'di dweud y bydde sawl un ohonon ni'n cael ein profi ar yr un pryd.

Wrth i fi agosáu at y criw bach ma'r ddynes sy'n siarad â Sbarc yn fy ngweld i ac yn codi ei llaw.

"A, Manawydan, ti yma. Grêt. Mae'n ddrwg gen i ein bod ni heb gwrdd yn iawn eto. Seren ydw i." Mae ganddi wallt syth, tywyll, wedi ei dorri mewn bòb llym, ac mae'n siarad gydag acen Albanaidd sydd mor gryf ma'n rhaid i fi ganolbwyntio i'w deall hi. "Ti'n nabod Sbarc yn barod, a dyma Rhun." Dyn bach, tipyn yn hŷn na Sbarc a Seren, yw'r trydydd yn y grŵp. Mae ei gefn wedi crymanu, a mae'n pwyso'n drwm ar ffon gerdded. Ma fe'n edrych arna i a gwenu, gan ddangos bylchau mawr rhwng y llond llaw o ddannedd melyn yn ei geg. "Fel gweli di, ry'n ni'n profi criw ohonoch chi ar yr un pryd, sydd braidd yn anarferol, ond os ei di draw i ymuno â'r pedwar arall ar y fainc yna, ry'n ni'n aros am un arall cyn i ni allu cychwyn... O, a dyma fe, ar y gair."

Dwi'n troi i weld pwy sy'n cyrraedd, ac ma 'nghalon i'n suddo i waelod fy sgidie. Yn croesi'r neuadd ac yn syllu'n flin arna i, ma Arthur, mab Aneirin Blaidd.

"Reit, Arthur a Manawydan, eisteddwch os gwelwch yn dda. A nawr fod pawb yma, ga i eich croesawu chi yn swyddogol i'ch Profion."

Dwi'n eistedd ar y fainc gyda'r gweddill, mor bell â phosib wrth Arthur. Ma'r pedwar arall yn ein hanwybyddu, ac yn syllu'n dawel ar Seren.

"Nawr, dwi'n siŵr eich bod chi wedi clywed pob math o straeon am y Profion, ond dyma yw'r gwir. Mae'r Profion yn galed. Mae'r Profion yn beryglus. Fyddwch chi ddim i gyd yn pasio. A dweud y gwir, mae'n eitha posib na fydd neb yn pasio." Ma Seren yn troi i wynebu llun y dyn ar yr orsedd. "Gwilym Dda, un o arweinwyr mwyaf adnabyddus y Cyfeillion, sefydlodd y Profion yn y bedwaredd ganrif ar ddeg, ac ers hynny mae pob darpar-Gyfaill wedi dechrau ei siwrnai o'r union fan yma. Mae'r cewri i gyd – Yr Heliwr, Elan Aur, Gethin Galon Haearn – wedi bod yn eich sefyllfa chi ac wedi mynd yn eu blaenau i fod yn Gyfeillion o fri. Nawr dyma'ch tro chi. A chofiwch, os ydych chi'n methu, does dim cyfle arall."

Ma Seren yn edrych i'n llygaid ni i gyd, i wneud yn siŵr fod pawb wedi deall y neges.

"Iawn 'te," mae'n cario mlân, ar ôl sawl eiliad o dawelwch. "Gwnewch yn siŵr eich bod chi'n gwrando'n ofalus ar ganllawiau'r dasg. Peidiwch â derbyn unrhyw gymorth gan unrhyw un arall, neu fe fyddwch chi'n cael eich diarddel. Ac un peth olaf, ac ma hyn yn bwysig. Allwch chi ddim gadael yr ynys cyn diwedd y Profion. Os ydych chi'n gadael, fyddwch chi'n methu yn syth. A nawr, os wnewch chi ddilyn Sbarc fan hyn, fe wneith e fynd â chi i ddechrau'r Prawf. Yn enw Gwilym Dda, pob bendith i chi i gyd."

Ma Rhun yn troi i wynebu'r fainc gyda golwg ddifrifol ar ei wyneb, ac yn siarad am y tro cynta.

"Byddwch chi ei angen e."

33

Mae Manawydan, Arthur, a'r pedwar arall yn codi ac yn dilyn Sbarc allan o'r neuadd, drwy borth Tŷ Mawr a thrwy'r pentref at yr harbwr. Er fod y chwech yn cerdded mewn tawelwch i gychwyn, erbyn diwedd y daith fer mae ambell sgwrs fach nerfus wedi cychwyn ymysg y grŵp.

Ar wahân i Arthur mae Manawydan yn gyfarwydd â dau o'r lleill. Gwennan, merch dal, drawiadol, yn ei hugeiniau cynnar a gwallt melyn cyrliog, yw'r gyntaf, ac roedd Manawydan yn digwydd bod yn cerdded heibio'r harbwr pan gyrhaeddodd hi a'i mam ddeuddydd yn ôl.

"O deulu Arianrhod. Ti'n cofio'r stori amdani hi'n troi ei chefn ar Dylan a Lleu?" sibrydodd Mogs wrth i Gwennan a'i mam gerdded drwy'r pentref. "Ma'r rhieni yn ddiawledig o oer tuag at eu plant yn y teulu. Sbia, dyw ei mam hi'n talu dim sylw iddi o gwbwl."

Bachgen byr, sgwâr, o'r enw Elgan yw'r ail mae Manawydan yn ei adnabod. Tua'r un oed ag e, mae gan Elgan fochau coch a gwên ddireidus, a chyn iddo gyrraedd Fosgad roedd yn chwaraewr rygbi addawol, yn chware prop i dîm ieuenctid Llanelli.

"Bant â ni 'te!" meddai Elgan, heb siarad â neb yn benodol. "Arthur, ti'n teimlo'n nerfus?"

Mae Arthur yn troi ei ben ac yn gwgu.

"Fydda i'n iawn," mae'n ateb yn ddiamynedd. "Poena di amdanat ti dy hun."

Heb golli'r wên ar ei wyneb, mae Elgan yn codi ei ysgwyddau ac yn troi ei sylw at y ddau aelod o'r criw dyw Manawydan ddim yn eu hadnabod.

"Rhai newydd y'ch chi, ife?" mae Elgan yn gofyn, gan gerdded rhwng y ddau. O weld y tebygrwydd, mae'n amlwg taw brawd a chwaer ydyn nhw, ac mae'r bachgen yn nodio, ei wyneb yn welw.

"Ie, newydd gyrraedd neithiwr," mae'r ferch yn ateb. "Siân ydw i, a dyma Dyfrig. O deulu Culhwch fab Celyddon."

"Hei, a fi hefyd!" mae Elgan yn dweud. "Ma hynna'n ein gwneud ni'n... beth? Cefndryd neu rywbeth? Honna draw fan'na yw Gwennan o deulu Arianrhod ferch Dôn, dyna Arthur o deulu Pryderi, a hwn fan hyn yw Manawydan, o deulu... wel, Manawydan fab Llŷr."

"Manawydan?" mae Dyfrig yn siarad am y tro cyntaf, gan droi i syllu. "Ti yw mab Llwyd Jones?"

Mae Manawydan yn nodio, ond cyn i Dyfrig ddweud mwy mae'r grŵp yn dod i stop wrth ochr yr harbwr, o flaen cwch hwylio bach sy'n codi a gostwng ar y tonnau. Mae Eifion Casgen yn sefyll ar y cwch, ac yn rhoi winc i Manawydan, sy'n ateb gyda gwên.

"Reit 'ta, reit 'ta," mae Sbarc yn annerch y grŵp, gan symud o un droed i'r llall. "Pawb ar y cwch. Peidiwch â phoeni, dy'n ni ddim yn mynd yn bell."

Mae'r cwch bach yn hwylio'r criw allan o'r harbwr, ac yna'n troi'n sydyn, gan ddilyn yr arfordir nes stopio o flaen clogwyn serth, ar ben pella'r ynys o'r pentref. Mae Manawydan yn craffu, ac yn gweld ysgol raff denau yn arwain o waelod y clogwyn i'r top. Mae ei galon yn suddo.

"Reit, reit," meddai Sbarc, gan drio sefyll ar y cwch. "Dyma ni. Mae'ch prawf cynta chi yn brawf o gryfder a dewrder." Mae'r criw yn gwrando yn ofalus, ond mae pob un erbyn hyn yn syllu ar y clogwyn o'u blaenau. "Ry'n ni tua dau gan metr o'r lan, ac ma'r clogwyn yna ychydig yn fwy na tri deg metr o uchder. Ma'n rhaid i chi nofio o fan hyn i'r clogwyn, dringo'r ysgol i'r top, a dilyn y llwybr dros yr ynys ac yn ôl i'r pentref. Does dim rhaffau, a dim byd i'ch dal chi os dach chi'n cwympo. Wneith Eifion fan hyn drio eich achub chi os dach chi'n mynd i drafferth yn y môr, ond fydd hynny'n meddwl eich bod chi wedi methu. Fyddwch chi'n mynd un ar y tro, a bydd gan bawb awr a hannar i gyrradd yn ôl i neuadd Tŷ Mawr. Os dach chi'n methu gorffen, neu'n cymryd yn hirach na'r awr a hanner, yna ma'r Profion ar ben i chi, felly fyddwn i'n awgrymu eich bod chi'n brysio. O, a bydd angen i chi wisgo un o'r rhein yr un hefyd."

Mae'r criw yn troi i weld Sbarc yn pwyntio at gist agored, sy'n cynnwys chwech cleddyf trwm.

"Bydd gynnoch chi wain fydd yn gadael i chi gario'r cleddyf ar eich cefn. Peidiwch poeni, does dim disgwyl i chi ei ddefnyddio fo ond mae'n bwysig eich bod chi'n arfer cario a gofalu am eich arf. Unrhyw gwestiyna?"

Does dim smic gan y grŵp, ond wrth edrych o gwmpas mae Manawydan yn gweld bod Dyfrig yn edrych yn fwy sâl fyth, a bod y cochni wedi diflannu o fochau Elgan.

"Iawn 'ta. Fyddwn ni'n gadael i un ohonoch chi fynd bob ugain munud. Arthur, ti sy gynta."

Mae Arthur yn codi, a heb edrych ar neb mae'n cymryd y cleddyf a'r wain gan Sbarc ac yn eu gwisgo ar ei gefn. Mae'n rowlio ei ysgwyddau sawl gwaith i gael popeth yn gyffyrddus.

"Barod?" mae Sbarc yn gofyn.

"Wrth gwrs 'mod i'n barod," daw'r ateb.

"Wel... iawn 'ta, ffwrdd â chdi."

Mae calon Manawydan yn ei geg wrth weld Arthur yn anadlu mewn ac allan yn ddwfn dair gwaith, cyn plymio i'r tonnau llwyd a dechrau nofio'n gryf am y clogwyn. Os yw'r cleddyf ar ei gefn yn achosi trafferth dyw Arthur ddim yn dangos hynny, ac mae ei freichiau'n troi gyda rhythm cyson wrth iddo dorri'n ddi-baid drwy'r dŵr. Wrth gyrraedd gwaelod y clogwyn mae'n ymestyn ei fraich i afael yng ngwaelod yr ysgol raff, sy'n chwipio allan o'i afael y tro cyntaf, ond mae Arthur yn dal yn dynnach ar ei ail ymdrech ac yn llusgo'i hun yn araf o'r tonnau.

Mae'r ysgol yn troi o ochr i ochr yn y gwynt cryf, gan daro Arthur yn erbyn y clogwyn sawl gwaith, ond mae'n dringo'n araf ac yn bendant, gan aros i gymryd hoe bob munud neu ddau, a llacio ei freichiau, un ar y tro.

"Mae o'n edrych yn dda," mae Manawydan yn clywed Sbarc yn mwmian at Eifion, a hwnnw'n cytuno.

Mae Arthur yn agosáu at frig y clogwyn pan mae Sbarc yn troi at Gwennan ac yn estyn ei chleddyf iddi.

"Reit, chdi sy nesa," mae'n dweud. Heb oedi mae Gwennan ar ei thraed, yn gwisgo'r cleddyf ac wedi neidio i'r tonnau, yn gwthio ei ffordd ymlaen yn gryfach nag Arthur hyd yn oed. Mae hwnnw wedi hen ddiflannu dros dop y clogwyn erbyn i Gwennan dynnu ei hun o'r dŵr ar yr ysgol raff, ac mae hithau'n dechrau dringo yn fwy pwyllog, gan wneud yn siŵr fod ganddi afael tynn gyda phob cam, ac yn stopio'n fwy aml nag a wnaeth Arthur. Er gwaetha hynny mae wedi cyrraedd dros hanner ffordd erbyn i Sbarc siarad eto.

"Elgan," mae'n dweud, gan estyn y cleddyf i'r chwaraewr rygbi. Mae hwnnw'n oedi cyn codi, yn syllu ar y cleddyf am dipyn, cyn dringo o'i sedd ar goesau sigledig. Mae angen help Sbarc arno i wisgo'r cleddyf, ac yna mae'n sefyll ar ochr y cwch yn syllu i lawr ar y tonnau sy'n tyfu drwy'r amser wrth gael eu chwipio gan y gwynt. Yn y diwedd mae Sbarc yn mynd ato ac yn sefyll am dipyn, yn sibrwd yn ei glust. Mae Elgan yn nodio sawl gwaith ac yna, ar ôl edrych i fyny at yr awyr, mae'n disgyn yn flêr i'r môr.

Rhywsut, gyda'i freichiau a'i goesau yn chwyrlïo yn aneffeithiol yn erbyn y dŵr, ac er gwaetha'r cerrynt yn ei lusgo ar lwybr igam-ogam, a'r tonnau'n ei wthio i lawr o'r golwg sawl gwaith, mae Elgan yn llwyddo i gyrraedd gwaelod y clogwyn, a gafael yn yr ysgol. Mae'n hongian, ei goesau yn y tonnau o hyd, am funud gyfan cyn dod o hyd i'r egni i ddechrau tynnu ei hun lan yr ysgol, un cam poenus ar y tro. Mae'n llwyddo i ddringo'r deg metr cyntaf yn araf bach, ond yna mae'r gwynt yn rhuo'n gryf, yr ysgol yn troi'n sydyn, ac mae Manawydan yn gwylio gydag arswyd wrth i Elgan golli ei afael. Yn araf bach mae'n disgyn yn ôl o'r ysgol, ac yn troi yn yr awyr wrth iddo gwympo, ei gorff yn bownsio wrth daro'r clogwyn ar y ffordd i lawr cyn disgyn i'r môr wyneb i waered.

Mae Manawydan yn syllu'n anobeithiol ar y man lle disgynnodd Elgan, ond gyda'r tonnau'n chwyddo mae'n amhosib ei weld yn unman. Mae'n ymwybodol o symudiad cyflym ar ochr bella'r cwch, ac wrth droi mae'n gweld Eifion yn diflannu i'r môr, fel ei gyndaid Dylan Ail Ton ganrifoedd ynghynt, yn plymio'n ddwfn fel ei fod yn nofio o dan y tonnau i gyfeiriad y clogwyn.

Mae Sbarc yn syllu am dipyn i gyfeiriad lle diflannodd

Elgan, cyn ochneidio a throi at weddill y criw, gan godi ei ysgwyddau'n ymddiheuriol.

"Mi fydd o'n iawn, gobeithio. Ond mae'n rhaid i'r Profion fynd yn eu blaena. Manawydan, chdi sy nesa."

34

Ma'r cleddyf yn teimlo'n drwm wrth i Sbarc helpu fi i'w wisgo. Dwi'n rowlio'n ysgwyddau, fel weles i Arthur yn ei neud, nes bod y wain yn eistedd yn fwy cyffyrddus, a dwi'n troi at Sbarc.

"Barod?" ma fe'n gofyn.

Nagw. Wrth gwrs 'mod i ddim. Ma hyn yn nyts. Ma Elgan newydd gwympo o'r clogwyn, falle wedi anafu, falle wedi marw. Ma'r tonnau'n fwy nag erioed. Ma'r môr yn llwyd, mor dywyll ma fe'n edrych bron yn ddu.

Ond yna dwi'n meddwl am lythyr Dad, yn gorwedd ar y gwely, yn y tŷ ar Stryd yr Efail, a'r un llinell ar y diwedd.

Bydd ddewr.

"Barod?" ma Sbarc yn gofyn eto.

Bydd ddewr.

Ma Elgan yn y dŵr rhywle, falle alla i ei helpu fe.

Dwi'n camu at ochr y cwch. Yn edrych dros yr ochr. Ac yn neidio. Panig.

Yr oerfel yn gwasgu'r awyr o fy ysgyfaint i.

Pwysau'r cleddyf yn fy nhynnu i lawr i'r düwch.

Dwi'n gorfodi fy hun i arafu ac ymlacio. Ti wedi arfer gyda'r oerfel ar ôl bod yn nofio gydag Alys. Tria anghofio am y cleddyf.

Gan gymryd golwg i neud yn siŵr 'mod i'n anelu yn syth am y clogwyn, dwi'n dechre nofio. Ma'r tonnau yn fy ngwthio i i bob cyfeiriad, yn ei gwneud hi'n anodd gweld lle dwi'n mynd, ond dwi'n *gorfodi'n hun i wthio un fraich, yna'r llall, yn symud fymryn yn agosach bob tro. Jyst paid stopio. Fyddi di'n iawn os dwyt ti ddim yn stopio.*

Ma'n ysgwyddau i'n llosgi, a gwain y cleddyf yn cnoi i'r croen ar waelod fy nghefn, ond dwi'n dal i wthio mlân, yn codi fy mhen bob nawr ac yn y man i edrych am y clogwyn, a chwilio am Elgan. Dwi'n penderfynu os ydw i'n ei weld e mi fydda i'n mynd i'w helpu, hyd yn oed os ydy hynna'n meddwl 'mod i'n methu'r dasg.

Ma'r ysgol raff yn ymddangos ac yna'n diflannu o fy mlân i tu ôl i'r tonnau, yn dod tamed bach yn agosach bob eiliad. O'r diwedd ma hi o fewn cyrraedd, a dwi'n estyn fy llaw amdani, ond ma 'mysedd i mor oer nes eu bod nhw bron methu gafael. Mae'n cymryd tri chynnig i dynnu'n hunan o'r dŵr, a'r peth cynta dwi'n ei wneud yw rhwbio'r dŵr hallt o'm llygaid i ac edrych o gwmpas am Elgan. Does dim sôn amdano yn y tonnau, ond wrth edrych yn ôl at y gorwel dwi'n gweld Sbarc yn helpu i dynnu swp diymadferth, llonydd o freichiau Eifion, i mewn i'r cwch.

Ma'r sioc a'r oerfel yn fy nharo i ar yr un pryd, a dwi'n dechre crynu. Ma'r clogwyn yn edrych fel petai'n ymestyn am filltiroedd uwch fy mhen i, ond sdim dewis ond cario mlân nawr. Un cam ar y tro, dwi'n symud i ffwrdd o'r tonnau islaw a dechre dringo'n araf. Ma'r ysgol yn symud gyda phob awel ysgafn, ac yn chwipio'n annisgwyl pan mae'r gwynt yn cryfhau.

Paid edrych lawr.

Paid stopio.

Caria mlân.

Ar ôl tua pum munud dwi'n cael pwl o beswch, ac yn chwydu llond stumog o ddŵr hallt. Ma 'nhrwyn i'n rhedeg, fy llygaid i'n dyfrio a chroen fy nwylo'n llosgi, ond dwi'n dal i fynd, un cam ar y tro.

Does gen i ddim syniad pa mor uchel ydw i pan mae fy nhraed i'n llithro o'r ysgol. Am eiliad dwi'n hongian gerfydd fy mysedd, yn cicio'r awyr. Yna, ma blaen un esgid yn gafael mewn hollt yn y graig, ac ma hynny'n ddigon i fi dynnu'r ysgol yn agos a dringo'n uwch.

Dwi'n gwrthod gadael i fy hunan edrych lan na lawr, a dwi'n canolbwyntio'n llwyr ar y cam nesa, felly pan dwi'n cyrraedd top y clogwyn mae'n dipyn o sioc. Dwi'n tynnu fy hunan lan ac yn disgyn ar y llawr, yn gorwedd ac anadlu'n drwm, cyn troi i edrych 'nôl at y cwch. Ma'r pellter i'r môr islaw yn gwneud i fi deimlo'n benwan, ond fe alla i weld bod rhywun – Dyfrig dwi'n meddwl – yn agosáu at waelod y clogwyn. Sdim syniad 'da fi faint o amser sy 'di pasio. Hanner awr falle? Awr i gyrraedd y pentre, 'te. Am y tro cynta dwi'n dechre teimlo'n hyderus.

Ar ôl codi'n ofalus a chamu i ffwrdd o'r clogwyn dwi'n ymuno â'r llwybr sy'n arwain trwy ganol yr ynys ac yn dechre rhedeg yn araf bach. Ma'r cleddyf yn anghyffyrddus ar fy nghefn i, ond cyn hir dwi'n dod o hyd i rythm, ac yn gwneud nodyn yn fy meddwl i ddiolch i Alys am y sesiynau rhedeg.

Ma'r tirlun yn wag i bob cyfeiriad. Craig fawr lwyd yw'r ynys, gydag ambell batshyn o wair neu glawdd bach yn tyfu fan hyn a fan draw. Does dim golwg o Gwennan, ac ma'n rhaid fod Arthur yn agos at orffen erbyn hyn. Heb unrhyw un nac unrhyw beth arall i ddenu fy sylw dwi'n meddwl eto am Elgan druan.

Pa hawl oedd gan Seren, Sbarc a Rhun i roi ei fywyd e mewn perygl? Ein bywyde ni i gyd, o ran hynny. Ac i beth? Ma'r atgof o'i gorff llipa yn cael ei dynnu o'r môr yn dod yn ôl eto ac eto. Ydw i wir isie bod yn rhan o rywbeth sy'n ystyried hynna'n ocê?

Ma'r dicter yn codi a chodi, a dwi'n gwthio'n hunan i redeg yn gyflymach ac yn gyflymach, nes i fi bron â pheidio gweld y dyn yn camu allan i'r llwybr o gysgod pentwr o greigiau. Ma fe'n sefyll, yn amlinell dywyll yn erbyn y cymyle llwyd, ei glogyn du wedi'i dynnu amdano i'w warchod rhag y gwynt, a mwgwd yn cuddio ei drwyn *a'i geg. Ond y peth sy'n denu fy sylw i'n bennaf yw'r cleddyf mawr yn ei law. Ma fe'n ei godi a'i bwyntio'n syth ata i, a dyna pryd dwi'n sylwi ar y gwaed sy'n diferu o'r llafn.*

35

Mae Ditectif Saunders yn gwthio'r adroddiad ar ei ddesg o'r neilltu, yn codi ar ei draed, ac yn edrych allan drwy'r ffenest. Mae'n fore diflas, y gwynt yn chwipio a'r glaw yn dechrau disgyn yn drwm ar yr hewl tu allan.

Er fod pentwr o achosion newydd yn cyrraedd ei ddesg bob bore, mae'n cadw'r adroddiad am farwolaeth Seiriol Simmonds yr yr afon yn Llandaf wrth law ac yn ei ddarllen o leiaf unwaith y diwrnod. Mae'n wythnos bellach ers i Price ac yntau wneud y siwrne i Landiem i gyfweld â chyn-wraig Llwyd Jones. Siwrne wast, heb ddysgu unrhyw beth.

Wel, dim cweit unrhyw beth. Fe wnaethon nhw ddysgu fod Manawydan Jones wedi diflannu'n sydyn o'i gartref, fel wnaeth Eifion Bellamy, sydd hefyd yn rhan o'r achos. Cyd-ddigwyddiad? Mae Saunders yn pendroni.

Falle.

Falle ddim.

Roedd Saunders wedi cysylltu gyda'r ysgol yn Aberystwyth i siarad gyda'r prifathro, Tecwyn Phillips. Fe wnaeth e gadarnhau stori Glenda Jones – fod y bachgen wedi mynd ar drip cyfnewid estynedig. Popeth yn iawn felly. Ond eto... Ond eto...

Doedd Saunders ddim eisiau cyfaddef, ond roedd trywydd llofrudd Seiriol Simmonds wedi mynd yn oer. Doedd dim sôn am y fan ddu ers wythnos bellach, dim tystion i'r llofruddiaeth, ac roedd Price wedi methu dod o hyd i unrhyw wybodaeth am gwmni Marchog Du. Roedd y Dirprwy Brif Gwnstabl yn rhoi pwysau arno i symud yr achos o'r neilltu a chanolbwyntio ar faterion arall. Yn un peth, roedd pentwr o'r adroddiadau ar ei ddesg yn ymwneud â chyrff yn cael eu datgladdu o'u beddau, nid yn unig yng Nghaerdydd, ond dros y wlad i gyd.

Ond roedd rhywbeth yn stumog Saunders, rhyw reddf oedd wedi datblygu dros gyfnod o flynyddoedd yn yr heddlu, yn gwneud iddo feddwl fod rhywbeth mwy yn mynd ymlaen gydag achos Seiriol Simmonds.

Ond beth?

36

M^{*a'r dyn dieithr yn cymryd cam yn agosach, ac er ei fod e'n}
gwisgo mwgwd fe alla i weld ar ei lygaid ei fod e'n gwenu.

"Un bach arall, ife?" *ma fe'n gofyn, mewn llais annisgwyl o
wichlyd.* "Doedd dy ffrindie di ddim yn lot o her, falle alli di neud
yn well?"

*Dyna pryd dwi'n gweld pâr o goesau yn ymestyn o du ôl y pentwr
o gerrig, yn gorwedd wyneb i lawr. Arthur? Gwennan? Mae'n
amhosib dweud. Dwi'n syllu i lygaid y dieithryn, wedi rhewi yn fy
unfan. Does dim ond craig foel i bob cyfeiriad, dim unman i ddianc,
a hyd yn oed petawn i'n rhedeg mi fydde'r dyn 'ma, pwy bynnag yw
e, yn siŵr o 'nal i, a finne 'di blino cymaint yn barod.*

"Ma'n ffrindie i wedi cymryd y pentre yn barod, a siŵr o fod wedi
cymryd Tŷ Mawr erbyn hyn." *Ma'n rhaid ei fod e'n gweld yr ofn yn
fy llygaid i.* "Ie wir, ynys Fosgad, wedi disgyn i ddwylo'r Marchogion
o'r diwedd. Mawr fydd ein gwobr ni gan Gweuflyn. A sdim syndod,
os taw dyma'r gore sy gyda'r Cyfeillion i gynnig."

*Gyda hynny mae'n troi, yn rhoi cic i'r coesau sy'n gorwedd ar y
llawr, a chwerthin.*

*Ac yn sydyn reit, ma'r ofn sydd wedi bod yn fy mharlysu i'n toddi
i ffwrdd, a rhywbeth arall yn rhuo i mewn i gymryd ei le.*

Dicter.

*Dicter fod y dyn 'ma wedi cymryd bywydau Gwennan ac Arthur.
Dicter ei fod e'n gweithio ar orchymyn Gweuflyn, y dyn sy'n gyfrifol
am gipio Dad oddi wrtha i. Dicter fod Alys, a Mogs, a Pritch, a*

phawb arall mewn perygl. Dicter dros yr aberth wnaeth Elgan, hyd yn oed.

Dwi'n tynnu'r cleddyf o'r wain ar fy nghefn. Ma fe'n teimlo'n lot trymach na'r rhai bues i'n ymarfer gyda nhw. Ma'r dieithryn yn chwerthin, ond dwi'n sylwi ei fod e'n cymryd cam yn ôl.

"Dere mlân 'te," ma fe'n dweud yn dawel.

Dwi'n neidio mlân, fy nghleddyf yn canu'n swnllyd yn erbyn llafn gwaedlyd ei gleddyf e. Dwi'n sylweddoli bron yn syth fod gen i ddim gobaith o ennill. Ma'r dyn 'ma'n well nag Alys hyd yn oed, yn gryfach ac yn fwy profiadol, yn symud yn gyflymach, yn ymosod yn sydyn ac yn disgyn yn ôl cyn i fi allu ymateb. Ond dwi'n dal i wthio mlân, y dicter yn berwi tu fewn i fi, yn torri trwy'r awyr gyda'r cleddyf. Am eiliad dwi'n meddwl 'mod i'n dechre cael y gore arno fe, yn ei wthio'n ôl, ond yna, gydag un symudiad chwim, ma'i gleddyf e'n ymddangos o unman, yn taro fy un i o fy llaw, ac yna mae ei lafn yn gwthio yn erbyn fy ngwddw.

Dyma fe 'te.

Y diwedd.

Dwi'n cau fy llygaid.

Ac yna...

Dim byd.

Dwi'n teimlo'r cleddyf yn symud i ffwrdd, ac wrth agor fy llygaid dwi'n gweld y dieithryn yn symud yn ôl.

"Da iawn, Manawydan," ma fe'n dweud, wrth dynnu ei fwgwd. "Ma angen ymarfer arnot ti, ond 'nest ti'n dda."

Yna, gyda syndod, dwi'n gweld y coesau tu ôl y pentwr o gerrig yn symud ac yn codi, ac mae Seren yn ymddangos, ei gwallt yn chwythu'n flêr yn y gwynt.

"Pwylla nawr, Manawydan. Cofia taw pwrpas y Prawf yma oedd i brofi cryfder a dewrder," mae'n dweud, wrth i fi edrych arni'n gegrwth. "Mae'n hawdd ymladd pan ti'n siŵr o ennill. Mae'n cymryd

dewrder i wneud be wnest ti. Nawr coda dy gleddyf, a gorffen yr her.
Dyle fod digon o amser gyda ti i gyrraedd Tŷ Mawr. Pob lwc."

Twyll? Twyll oedd y cwbwl?

Dwi'n sefyll yn stond, yn syllu ar Seren a'r dyn yn y clogyn du
am dipyn.

Yna, heb syniad beth arall i neud, dwi'n troi, codi'r cleddyf a
dechre rhedeg yn araf i lawr y llwybr unwaith 'to.

37

Mae sŵn sgwrsio yn dod o gyfeiriad y neuadd fwyta wrth i Manawydan ddringo'n gloff lan y grisiau crand. Mae ei gefn yn brifo o gario'r cleddyf, ei fysedd yn friwiau i gyd ar ôl crafu yn erbyn y clogwyn, a'i geg yn sych ar ôl llyncu cymaint o ddŵr hallt, ond mae'r rhyddhad o fod ar fin gorffen yn gwthio hynny o'i feddwl.

Mae'n camu i'r neuadd, a'r peth cyntaf mae'n ei glywed yw llais cyfarwydd Mogs yn torri drwy'r sgwrsio.

"Manawydan!"

Mae Mogs ac Alys yn rhedeg draw ato ac yn ei gofleidio, yn siarad dros ei gilydd.

"Ti 'di pasio!"

"A gyda amser i sbario!"

"Shwd oedd e?"

"O'n i'n gwbod fysa chdi'n iawn..."

"Da iawn ti, Manawydan," meddai'r llais dyfnach sy'n torri drwy'r twrw, a breichiau Pritch yn lapio'u hunain o'i gwmpas yn dynn. Mae arogl ei siaced ledr yn llenwi ffroenau Manawydan, a phan mae'n cael ei ryddhau o'r gofiaid mae'n edrych i lygaid Pritch ac yn eu gweld nhw'n sgleinio gan ddagrau. "Fydde Llwyd mor falch ohonot ti. Nawr, cer i eistedd, a gad i fi gymryd hwnna."

Mae'n estyn ei law am y cleddyf, ac mae Manawydan yn ei basio draw yn ddiolchgar.

"Dere," mae Alys yn dweud, gan lapio blanced drwchus dros ei ysgwyddau. "Dere i eistedd ar bwys y tân, ma'n rhaid dy fod di'n oer. Mogs, cer i ofyn am siocled poeth o'r gegin, wnei di?"

Mae Manawydan yn gadael i Alys ei arwain at fainc ar bwys y tân agored anferth, y gwres yn tywallt allan ohono ac yn cynhesu'r neuadd fawr. Mae'r blinder yn dechrau ei daro nawr, a'i goesau yn gwegian. Ar y ffordd mae'n pasio Rhun, sy'n nodio arno.

"Llongyfarchiadau," meddai yn ei lais crafog, cyn troi a pheswch yn galed i'w lawes.

Mae Manawydan yn disgyn yn drwm ar y fainc, ac yn dal ei ddwylo allan o'i flaen, yn gwerthfawrogi gwres y tân. Yn fuan mae'n teimlo croen ei fysedd yn pigo wrth gynhesu, a gyda hynny mae'n dod yn fwy ymwybodol o'r boen sy'n dod o'r holl friwiau ar ei ddwylo. Wrth edrych o gwmpas, mae'n gweld sawl wyneb cyfarwydd yn y neuadd. Mae Arthur yn eistedd ar un o'r meinciau eraill yn sgwrsio'n glòs gyda Gwennan ac yn anwybyddu ei frodyr, Telor a Gwyndaf, sy'n siarad a chwerthin yn swnllyd gyda dyn dipyn yn hŷn na nhw. Mae'r dyn yn gwisgo sawl cadwyn aur drwchus am ei wddf, a llond ei fysedd o fodrwyon drud yr olwg. Rhaid taw hwn yw Aneirin Blaidd, tad y tri brawd, mae Manawydan yn meddwl. Does dim golwg o fam Gwennan ar gyfyl y lle.

Ar bwys y drws, gyda'u cefnau at y stafell, mae dau o bobl yn sefyll mewn tawelwch. Mam Elgan yw'r gyntaf, yn cnoi ei hewinedd wrth gadw llygad barcud ar y grisiau sy'n arwain i'r neuadd, ond mae'r llall yn ddieithr.

"Dewi, tad Dyfrig a Siân yw hwnna," mae Alys yn sibrwd wrth weld Manawydan yn ei wylio. "Druan â fe, ma fe ar bige'r drain i'w gweld nhw'n ôl yn saff."

"Dyma chdi," mae Mogs yn ailymddangos, gan wthio cwpan mawr o siocled poeth i ddwylo Manawydan. "So, deuda wrtha ni 'ta, oedd o'n anodd? Roedd o'n swnio'n anodd. Naeth Rhun roi syniad o beth oedd y dasg cyn i chdi gyrradd. Beth oedd y darn gwaetha? Y môr neu'r clogwyn?"

Mae Manawydan yn rhoi ei gwpan i lawr ac yn arwyddo pump llythyren yn gyflym at Alys. Mae hithau'n crychu ei thalcen.

"Be ddwedodd o?" mae Mogs yn gofyn.

"Elgan," ateba Alys, gan edrych o gwmpas y neuadd. "Dy'n ni heb ei weld e. Dyw e ddim 'di cyrraedd 'nôl eto."

Mae Manawydan yn ysgwyd ei ben, ac yn frysiog yn ceisio esbonio beth ddigwyddodd ar y clogwyn. Mae gofid yn llenwi wyneb Alys, ac mae ei llaw yn codi i'w cheg wrth glywed sut disgynnodd Elgan i'r môr. Ar ôl i Manawydan orffen mae Alys yn rhannu'r hanes gyda Mogs, ac mae'r ddau yn troi heb feddwl i edrych ar fam Elgan, sy'n dal i syllu ar y drws.

"Wel… dwi'n siŵr ei fod o'n iawn," mae Mogs yn dweud, er nad yw ei lais yn swnio'n siŵr o gwbl.

"Ie, paid poeni," mae Alys yn cytuno. "Does neb yn gallu nofio fel Dad, fydd e 'di neud yn siŵr fod Elgan yn iawn." Mae eiliad neu ddwy o saib. "Ond beth bynnag, yfa dy siocled cyn iddo fe oeri."

Gyda gwres y tân a'r siwgwr yn y ddiod gynnes mae Manawydan yn dechrau teimlo ei egni'n dychwelyd, ac yn fuan mae'n arwyddo'r atebion i gwestiynau di-ri ei ffrindiau i Alys, sy'n eu cyfieithu i Mogs. Mae'r ddau yn cytuno fod hwn yn brawf arbennig o anodd, ac yng nghanol trafodaeth i drio cofio prawf mwy anodd, mae cri yn dod o gyfeiriad y drws. Mae'r tri yn troi i weld Siân, yr olaf o'r criw i adael y cwch, yn cerdded trwy'r drws, yn llusgo'r cleddyf ar y llawr, a'i thad yn rhedeg ati ac yn ei chofleidio.

Wrth i Mogs ac Alys gymeradwyo gyda phawb arall, mae Manawydan yn crychu ei dalcen. Doedd dim golwg o Dyfrig eto. Oedd Siân wedi llwyddo i basio ei brawd, er gwaetha'r bwlch o ugain munud? Neu oedd rhywbeth wedi digwydd i Dyfrig, fel ddigwyddodd i Elgan druan?

Mae ei ateb yn dod hanner awr yn ddiweddarach, pan mae Seren yn cerdded i'r neuadd gyda Dyfrig ar y naill ochr ac, er mawr rhyddhad i Manawydan, Elgan ar yr ochr arall. Mae gan Elgan rwymyn trwchus am ei ben, ac mae'n edrych braidd yn simsan ar ei draed, ond mae'n llwyddo i wenu ar ei fam wrth iddi frysio draw ato a rhoi ei breichiau amdano. Mae tad a chwaer Dyfrig yn gwneud yr un peth, er fod hwnnw'n syllu ar y llawr, y siom yn amlwg ar ei wyneb.

"Ffrindiau," mae Seren yn galw, ac mae'r neuadd yn distewi. "Ffrindiau, roedd heddiw'n ddiwrnod mawr, ac yn brawf heriol. Llongyfarchiadau i Arthur, Gwennan, Manawydan a Siân am fod yn llwyddiannus. Mae eich taith chi i ymuno â'r Cyfeillion yn mynd yn ei flaen. Ond, yn anffodus, ac er gwaetha eu hymdrechion dewr, mae'n rhaid i Elgan a Dyfrig ffarwelio â'r Profion. Ar adegau fel hyn mi fydda i'n cofio geiriau Gwilym Dda, sefydlwr y Profion, a ddywedodd..."

Ond cyn i Seren fynd dim pellach mae sgrech yn rhwygo drwy'r neuadd, a phawb yn troi'n sydyn i weld Gwennan a'i llaw at ei cheg, yn pwyntio at y drws gyda bys crynedig, at y person sy'n dringo yn simsan i fyny'r grisiau. Mae'n edrych fel petai ar fin disgyn sawl gwaith, cyn cerdded yn araf o'r cysgodion i'r golau sy'n llifo o ddrws y neuadd fawr.

Mae Manawydan yn adnabod y crys-T du gyda'r fellten wen arno, er fod hwnnw'n goch gan waed nawr, a'r gwallt cyrliog llwyd yn fframio wyneb sydd yn gymysgedd o friwiau a chleisiau.

"Osian!" mae Manawydan yn clywed llais Pritch yn galw.

Mae Osian yn stopio ac yn sefyll yn syth, gan wynebu'r stafell.

"Gyfeillion… " mae'n dweud mewn llais gwan. Mae ei wefusau'n dal i symud, ond does dim geiriau yn dianc, ac yna mae Osian yn syrthio yn swp i'r llawr.

38

Ma tridiau wedi pasio ers diwedd y prawf cynta.

Echddoe ro'n i'n brifo dros bob man – ysgwydde, dwylo, cefn, coese – a wnes i dreulio'r bore cyfan yn y gwely a'r prynhawn yn chwarae gwyddbwyll 'da Mogs ar y soffa.

Ddoe doeddwn i ddim llawer gwell ond fe wnes i orfodi'n hun i adael y tŷ, ac i fynd am dro o gwmpas y pentre. Fe ges i fy stopio sawl gwaith gan bobol yn fy llongyfarch i, ac yn dymuno'n dda ar gyfer y Prawf nesa, ond ro'n i'n arbennig o falch i glywed un llais yn fy ngalw i.

"Manawydan!"

Elgan oedd yna, gyda bag mawr ar ei gefn, yn cerdded i gyfeiriad yr harbwr. Roedd y rhwymyn wedi mynd o'i ben, ond roedd lwmp mawr ar ei dalcen yn cleisio'n lliw porffor tywyll, a sawl pwyth yn dal y briw ar gau. Bydd hynna'n siŵr o adael tipyn o graith.

"Haia, boi," meddai Elgan wrth groesi'r stryd, ei fam yn aros amdano ar gornel y ffordd, ei bag hithau wrth ei thraed ac yn dal i gnoi ei gewin. "Jyst isie gweud hwyl fawr – fi ar fy ffordd gatre. Bach yn siomedig 'mod i mas o'r Profion, ond fi'n meddwl bod Mam yn ddigon hapus, a dweud y gwir. A fi'n edrych mlân i ga'l mynd 'nôl i chware rygbi, unwaith bydd hwn 'di gwella." Pwyntiodd at ei dalcen gyda gwên. "Ond beth bynnag, jyst isie dweud pob lwc o'n i, a bydd yn ofalus. O, a cadw lygad ar yr Arthur 'na – sai'n meddwl bo fe'n hoffi ti lot." Ymestynnodd ei law, a wnes i afael ynddi'n dynn. Ro'n

i'n mynd i weld isie Elgan. "Hwyl fawr i ti, boi." Ac i ffwrdd ag e i gyfeiriad yr harbwr, gan godi ei law mewn ffarwél.

Erbyn heddi dwi'n dechre teimlo tipyn yn well, ac yn cytuno i fynd mas i redeg gydag Alys cyn brecwast.

"Dim yn bell, a dim yn gyflym," dwi'n arwyddo cyn gadael. "Ma popeth yn dal i frifo."

Pan ry'n ni'n cyrraedd 'nôl i'r tŷ rhyw hanner awr yn hwyrach dwi wedi blino'n lân, ond yn teimlo'n well o gael ymestyn y coesau eto. Dwi'n cerdded i'r stafell fyw, yn chwythu'n drwm, ac mae Mogs yn edrych arna i dros dop ei lyfr.

"Golwg uffernol arna chdi!" ma fe'n dweud. "O, a ti newydd golli Pritch. Nath o ofyn os alla chdi fynd lan i'w weld o yn Tŷ Mawr rhywbryd bore 'ma."

Pritch? Dwi heb ei weld e ers diwedd y Prawf, ers iddo fe redeg at Osian a helpu ei gario fe i'r feddygfa fach yn Tŷ Mawr. O be dwi wedi clywed gan Sbarc ac Eifion ma Osian ar ddi-hun ac yn siarad, ond does neb yn dweud beth ddigwyddodd iddo fe cyn cyrraedd Fosgad.

Dwi'n ymolchi'n gyflym ac yn cerdded i Tŷ Mawr, ond wrth gerdded drwy'r porth dwi'n sylweddoli nad oes gen i unrhyw syniad ble na sut i ddod o hyd i Pritch. Wrth i fi sefyll a phendroni beth i neud nesa, dwi'n gweld wyneb cyfarwydd yn brysio lawr y grisie mawr tuag ata i gyda phentwr o bapure dan un fraich a tharian anferth yn y llall.

"Manawydan!" ma Sbarc yn fy nghyfarch i gyda gwên. "Yma i weld Pritch wyt ti? Nath o ofyn i fi gadw llygad amdana chdi. Mae o fyny yn ei stafell. Ti'n gwbod lle mae o?"

Dwi'n ysgwyd fy mhen.

"Reit, ocê, ti'n mynd i fyny... o, ti'n gwbod be, mae'n haws i fi ddangos i chdi. Tyrd efo fi."

A gyda hynna ma Sbarc yn gosod y papure a'r darian yn ofalus i un ochr cyn brasgamu i ffwrdd, a finne ar ei ôl e, fy nghoesau'n cwyno am orfod symud yn gyflym eto. Ma Sbarc yn dringo'r grisiau mawr, ond yn hytrach na chario mlân yn syth i'r neuadd fwyta mae'n troi ac yn cerdded i lawr cyntedd llydan, gyda charped coch trwchus ar y llawr. Ma 'na ffenestri cul yn edrych i lawr dros y pentre ar naill ochr y cyntedd, a sawl drws pren trwm ar yr ochr arall, ond ma Sbarc yn anwybyddu'r rheini ac yn cario mlân i ben y cyntedd, lle ma fe'n agor y drws pellaf un. Tu hwnt i'r drws ma grisie troellog wedi eu gwneud o'r un garreg â'r walie.

"Fyny fan hyn ma stafell Pritch – yr ail ddrws ar y dde pan ti'n cyrraedd y top," ma Sbarc yn esbonio. "Ti'n iawn ar ben dy hun?"

Heb aros am ateb mae Sbarc yn troi a brysio ffwrdd yn ôl ar hyd y cyntedd, a dwi'n dechre dringo, yn falch o gael wynebu'r grisiau serth ar fy nghyflymder fy hun yn hytrach na trio dal i fyny 'da Sbarc.

Ma fy nghhoese i'n llosgi fwy fyth ar ôl y ddringfa hir i'r top, a dwi'n rhoi cnoc ar bren trwm yr ail drws ar y dde. Ma sŵn esgidie yn agosáu o'r ochr arall, a'r drws yn gwichio'n swnllyd wrth i Pritch ei agor, sy'n gwenu wrth fy ngweld i'n sefyll 'ma.

"A, Manawydan, ddest ti o hyd i fi 'te, gwych. Dere mewn, eistedda."

Ma Pritch yn fy ngwahodd i i'r stafell fawr, gyda sawl ffenest hir ar y wal bella. Wrth gamu draw dwi'n gweld bod yr olygfa o'r ffenestri yn drawiadol, yn edrych i lawr dros doeau'r pentre ac allan dros yr harbwr i ehangder y môr. Mae'n ddiwrnod braf heddi, a'r haul yn cael ei adlewyrchu ar wyneb y môr gan lenwi'r stafell â golau cynnes, braf.

Does dim lot o ddodrefn yn y stafell – gwely mewn un cornel, a desg yn y cornel arall. O'r pentyrre gwahanol o bapure sydd ar y ddesg dwi'n amau taw dyna lle roedd Pritch yn eistedd cyn i fi gyrradd, ond nawr ma fe 'di disgyn yn hapus i un o bâr o gadeiriau esmwyth sy wedi eu gosod o gwmpas y lle tân, er fod hwnnw heb ei gynnau. Ma fe'n amneidio i fi gymryd y gadair arall, a dwi'n eistedd.

"Reit 'te, y peth cynta yw i fi ymddiheuro am beidio dod i siarad â ti cyn heddiw. Ma pethe 'di bod yn wyllt yma ers i Osian gyrraedd 'nôl, a… wel, ta waeth am hynny, llongyfarchiadau eto ar basio'r Prawf. Roedd hwnna'n un anodd, a diolch byth na chafodd neb ei anafu'n waeth."

Dwi'n codi ac yn nôl darn o bapur plaen a phensil o'r ddesg, ac yn sgrifennu rhywbeth cyn ei basio draw at Pritch.

"Beth ddigwyddodd i Dyfrig?" ma fe'n darllen. "Dyfrig? O, mab Dewi. Braidd yn anffodus a dweud y gwir. Fe lwyddodd e gyda'r nofio a'r clogwyn, ac mi fydde fe wedi cyrraedd 'nôl mewn digon o bryd ond pan gwrddodd e â Meilir gyda'i glogyn du a'i gleddyf fe aeth e i banig llwyr, a thrio rhedeg i ffwrdd. Alli di ddim ei feio fe, a dweud y gwir. Meilir yw un o'r milwyr cryfa sy gyda ni, sy'n rhyfedd, gan ei fod e'n treulio'r rhan fwyaf o'i amser yn gweithio fel ficer mewn eglwys yn Llandudno. Ond dyna ni. Roedd e'n brawf o ddewrder, a doedd dim dewis gyda Seren ond diarddel Dyfrig. Ma fe wedi pwdu braidd am y peth, a'n gweud fod y cwbwl yn annheg, ond sdim pawb yn gallu pasio. O leia mae Siân, ei chwaer e, wedi cyrraedd y dasg nesa – ddim bod hynny'n lot o gysur i Dyfrig."

Dwi'n estyn am y papur eto, ac yn sgrifennu cwestiwn arall.

"Beth ddigwyddodd i Osian?" ma Pritch yn darllen, ac yn pwyso'n ôl yn ei gadair. "A, ie. Ma hynna'n fwy cymhleth." Ma fe'n syllu i'r lle tân gwag am dipyn, yn llunio'i ateb. "Ti'n cofio i Osian adael tŷ dy fam yn y fan, a Bleddyn ac Andreas yn y cefn? Wel, yn ôl Osian, tua awr ar ôl gadael Llandiem fe lwyddodd y ddau i fynd yn rhydd rywsut. Fe ddigwyddodd popeth mor gyflym, chafodd Osian ddim cyfle i ymladd 'nôl, ac o fewn dim roedd e wedi ei glymu lan yng nghefn y fan ac yn cael ei yrru i bencadlys y Marchogion, ym mynyddoedd Eryri. Roedd e'n garcharor tan ryw bedwar diwrnod yn ôl, pan gymerodd ei gyfle i ymladd ei ffordd allan a dianc, a dychwelyd i Fosgad. Ma fe wedi ei anafu, ac wedi blino, ond bydd e'n iawn."

Ma Pritch yn stopio, ond dwi'n cael yr argraff fod mwy i'r stori.

"Y broblem fwya," ma fe'n parhau ar ôl tipyn, "yw bod Osian wedi clywed y Marchogion yn dweud eu bod nhw wedi llwyddo i gael gafael ar drydydd darn y Pair Dadeni – y Darn Du. Roedd hwnnw wedi ei roi yng ngofal un o hen deuluoedd Gwynedd, a'r gyfrinach o lle gafodd e'i guddio wedi ei basio o un genhedlaeth i'r nesaf dros y canrifoedd. Cwpwl o wythnose'n ôl daeth Gweuflyn o hyd i'r teulu a herwgipio'u baban bach o'i grud – doedd dim dewis gyda'r teulu ond rhannu'r gyfrinach i gael y bachgen bach yn ôl."

Ma Pritch yn ochneidio a rhwbio ei lygaid, cyn cario mlân.

"Mae'r Darn Gwyrdd gyda nhw eisoes, ac fe wnaethon nhw ddefnyddio Seiriol, cefnder Eifion, i nôl y Darn Glas o waelod y môr, cyn ei ladd e. Dim ond rhywun o deulu Dylan Ail Ton fyddai'n gallu nofio mor ddwfn a chodi rhywbeth mor drwm. Ond ma hynny'n golygu taw dim ond y darn sydd yma ar yr ynys, y Darn Coch, sydd angen arnyn nhw i roi'r pair yn ôl at ei gilydd. Ac yn waeth na hynny, fe glywodd Osian fod yna gynllun i gipio'r darn hwnnw o Fosgad. Dyw'r manylion ddim gyda fe yn anffodus, ond roedd e'n cael yr argraff fod y Marchogion yn hyderus y bydd eu cynllun yn gweithio." Ma Pritch yn ochneidio. "Ac ma hynny wedi arwain i ambell un ddweud y dylen ni symud y Darn Coch o Fosgad, a'i guddio fe rhywle arall. Sy'n nonsens, wrth gwrs – does unman mor ddiogel â'r ynys… ond ma pobol yn dechre mynd yn nerfus. Unwaith ei fod e'n teimlo'n gryfach ma Osian isie mynd 'nôl i'r Tir Mawr i drio dod o hyd i fwy o wybodaeth, a ma sawl Cyfaill arall yn neud yr un peth."

Ma Pritch yn syllu i'r lle tân eto, a dwi'n gweld fod pwysau popeth sy'n digwydd yn drwm ar ei ysgwyddau.

"Ond beth bynnag, sdim isie i ti boeni am hynny," ma fe'n dweud yn sydyn, gan wenu arna i. "Fe wnest ti'n dda yn y Prawf cynta, ond ma isie i ti ganolbwyntio ar yr un nesa. Ma'n siŵr fydd hwnnw'r un mor anodd. Bydd Seren yn rhoi cyfle i chi wella a chryfhau, a ma isie i ti ddefnyddio'r amser yma i baratoi. A chofia, dyw pob Prawf ddim i wneud â chryfder a dewrder. Gwna'n siŵr dy fod di'n dysgu am hanes y Cyfeillion hefyd. Y mwya rwyt ti'n gwybod am ein cyndeidiau ni, y mwya fyddi di wedi paratoi am beth sydd o dy flân di."

Dwi'n estyn am y papur am y trydydd tro, ac yn sgrifennu'r cwestiwn sy 'di bod yn fy mhoeni i ers dyddie.

Pam ma Arthur yn fy nghasáu i gymaint?

Ma Pritch yn cymryd y papur, ac wrth ei ddarllen dwi'n gweld ei wyneb yn caledu'n syth.

"Gwranda Manawydan, sdim isie i ti boeni am Arthur, na'r Blaidd, na neb arall. Fe wnewn ni siarad am hyn rhywbryd, ond am y tro ma isie i ti ganolbwyntio ar y Prawf nesa."

Cyn i fi gael cyfle i brotestio ma Pritch yn codi ar ei draed ac yn croesi'r stafell at ei ddesg, a dwi'n cael yr argraff fod y sgwrs ar ben. Yn siomedig ac yn rhwystredig, dwi'n codi i adael, a ma Pritch yn troi, ei wyneb wedi meddalu. Ma fe'n cymryd cam tuag ata i ac yn fy nghofleidio i'n dynn.

"Dwi'n falch iawn ohonot ti, Manawydan. A bydde Llwyd yn falch ohonot ti hefyd," ma fe'n sibrwd, cyn fy ngollwng a throi i ffwrdd. "Wyt ti'n iawn i ffeindio dy ffordd allan?" ma fe'n gofyn, gan glirio ei wddw.

Dwi'n siŵr i fi glywed cryndod o emosiwn yn y llais, a ma gen inne ddeigryn yn fy llygad wrth droi a cherdded am y drws.

39

"Syr? Ma 'na un arall."

Mae PC Gibbons yn sefyll yn nrws swyddfa Ditectif Saunders.

"Un arall o beth, Gibbons?" mae Saunders yn gofyn, wrth bwyso'n ôl yn ei gadair i edrych ar y cwnstabl ifanc.

"Adroddiad arall o ddifrodi beddi, syr. Yn Radyr y tro 'ma."

Mae PC Gibbons yn gosod y ffeil denau ar y ddesg ac yn camu'n ôl.

"Be ddiawl sy'n mynd mlân?" mae Saunders yn gofyn, ei fysedd wedi plethu y tu ôl i'w ben. "Dyma, be, y trydydd wythnos 'ma?"

"Ie, syr. A dau arall wythnos ddiwetha," mae Gibbons yn ateb. "A hynny dim ond yng Nghaerdydd. Mae'r un peth yn digwydd dros y wlad – un ym Machynlleth ddoe, ac un yn y Bala y diwrnod cynt. Pob un yr un peth – y beddau'n cael eu hagor a'r cyrff yn cael eu dwyn."

Mae Saunders yn ysgwyd ei ben. Beth sy'n digwydd i'r byd?

40

Mae'r awyr yn llaith ac yn oer yn y twnnel, ac mae sŵn traed Manawydan yn atsain i fyny ac i lawr y llwybr cul. Mae'n cerdded yn ofalus, ei law ar ysgwydd Sbarc sy'n cerdded cam o'i flaen. Mae'r mwgwd trwchus dros ei lygaid yn ei atal rhag gweld, a'r unig ddewis sydd ganddo yw i ddilyn Sbarc fel ci bach.

Roedd Manawydan wedi treulio'r wythnos ddiwetha yn paratoi ar gyfer yr ail Brawf, er nad oedd ganddo syniad beth oedd yn aros amdano. Yn ogystal ag ailafael yn y sesiynau nofio a rhedeg gydag Alys, fe gynigiodd y Ficer Meilir i'w hyfforddi gyda chleddyf, a buodd Manawydan yn treulio oriau ar y maes ymarfer yn gweithio nes fod y chwys yn diferu oddi arno. Penderfynodd hefyd ddilyn cyngor Pritch, a mynd ati i ddysgu cymaint â phosib am hanes y Cyfeillion a'r Mabinogi. Nawr, wrth gerdded yn y tywyllwch, roedd yn dal i gofio llygaid Mogs yn goleuo pan gyfieithodd Alys ei arwyddion yn gofyn pa lyfrau fyddai orau iddo eu darllen i gael yr hanes cyfan.

"Ty'd efo fi," meddai, a cherdded yn syth allan o'r tŷ ar Stryd yr Efail cyn troi i gyfeiriad Tŷ Mawr gyda Manawydan yn brysio ar ei ôl trwy'r glaw mân. Cerddodd Mogs yn hyderus drwy'r porth mawr a throi i'r chwith yn syth. "Helpa fi i wthio hwn," dywedodd, gan bwyntio at ddrws haearn oedd wedi ei osod yn y wal, a gydag ymdrech fe wthiodd Mogs a Manawydan y drws ar agor a chamu i mewn.

Roedd y ddau yn sefyll ar set o risiau carreg yn troelli tuag i lawr, yn ddigon llydan i bedwar neu bump o bobl gerdded ochr yn ochr yn gyffyrddus. Ond yn wahanol i'r cynteddau golau, cyfforddus a'r neuadd grand, fawreddog, roedd y grisiau yma'n fwy syml o lawer, gyda bylbiau trydan noeth wedi eu gosod ar y waliau, wedi eu cyflenwi gan wifrau oedd wedi eu hoelio'n flêr i'r wal.

"Dros y canrifoedd mae'r Cyfeillion 'di palu i lawr i berfeddion yr ynys," esboniodd Mogs, wrth ddechrau cerdded i lawr y grisiau. "Dim ond y lefelau ucha rwyt ti 'di gweld hyd yma, lle ma'r stafelloedd cysgu a'r Neuadd Fawr. Ond ma 'na fwy na hynny – dipyn mwy. Ma 'na stafelloedd lawr fan hyn does neb wedi bod ynddyn nhw ers degawdau. Ma 'na storfeydd ar gyfer bwyd, diod, arfau – popeth sydd isio arnan ni i fyw ac amddiffyn ein hunain am fisoedd, os nad blynyddoedd. Trwy fan hyn," cyfeiriodd Mogs at ddrws gyda phren trwchus ar ei draws, "ma'r carcharorion yn cael eu cadw." Daeth dyn a dynes, eu breichiau'n llawn papurau a llyfrau, i'w cyfarfod, gan geisio cynnal sgwrs er bod y ddau allan o wynt, a phasio Mogs a Manawydan gyda "helô" cyflym.

Aeth Mogs yn ei flaen i lawr y grisiau troellog, yn troi a throi, nes i Manawydan ddechrau teimlo'n benysgafn, cyn stopio'n sydyn o flaen drws wedi ei osod yn ddwfn yn y wal. Yn y golau llwm craffodd Manawydan i ddarllen y geiriau oedd wedi'u cerfio i'r pren mewn llythrennau trwchus, pigog.

Gorau arf, arf dysg.

"A dyma ni – un o'r llefydd pwysicaf ar yr ynys," meddai Mogs.

Wrth agor y drws tywalltodd golau cynnes, braf, a thon o wres i'r grisiau, a chamodd Manawydan o'r grisiau llwm i'r llyfrgell fwyaf hyfryd a mawreddog a welodd erioed.

I'r chwith roedd cyfres o silffoedd wedi eu gwneud o bren euraidd, yn ymestyn o'r llawr i'r to uchel, a phob un yn llawn llyfrau o bob lliw a llun. Sylwodd Manawydan ar yr ysgolion ar olwynion fyddai'n gadael i ddarllenwyr estyn y cyfrolau o'r silffoedd uchaf, rhywbeth nad oedd wedi ei weld y tu allan i ffilm o'r blaen.

Ar ochr dde'r stafell roedd cymysgedd o ddesgiau a chadeiriau esmwyth wedi eu gosod o gwmpas y lle tân mawr sy'n cynhesu'r stafell eang. Arweiniodd Mogs Manawydan at fwrdd o bren tywyll, sgleiniog.

"Eistedda," dywedodd. "Fydda i'n ôl yn y funud."

Diflannodd Mogs i ganol y silffoedd, a chymerodd Manawydan y cyfle i edrych o'i gwmpas. Er fod sawl un o'r byrddau cyfagos yn y stafell fawr yn cael eu defnyddio doedd dim smic ond am siffrwd papur a phoeri'r pren yn y lle tân. Gwyliodd Manawydan un dyn gyda chorun moel a gwallt gwyn cyrliog yn cario llyfr mawr, trwchus ac yn ei osod yn ofalus ar ei ddesg, cyn eistedd a diflannu y tu ôl i'r pentwr oedd yno yn barod.

Cafodd ei lygad ei ddenu gan y gwaith pren oedd yn amgylchynu'r lle tân. Roedd dwsinau o anifeiliaid wedi eu cerfio'n grefftus ynddo – gwelodd Manawydan bysgod yn nofio, ceffylau yn codi ar eu coesau ôl, a dau faedd mawr yn ymladd tra bod eryr yn troelli uwchben.

Yn fuan dychwelodd Mogs gyda thri llyfr, a'u gosod yn ofalus ar y bwrdd.

"Reit, wneith y rhain y tro i ddechra," dywedodd, gan bwyntio at bob llyfr yn ei dro. "Hwnna yw'r fersiwn gorau o straeon gwreiddiol y Mabinogi – fyddi di'n gwbod darnau ohonyn nhw yn barod – ond darllen hwn gynta. Yr un mawr yna ydy hanes y Cyfeillion dros y canrifoedd, a'r un arall ydy hanes y Marchogion – mae'n bwysig bo chdi'n dallt beth wyt ti'n ymladd yn ei erbyn. Neith rhein dy gadw di'n brysur am rŵan, felly wna i adal i ti fwrw ati. Ysgrifenna unrhyw gwestiynau i lawr a wna i drio eu hateb nhw heno." Clapiodd Mogs ei law ar ysgwydd Manawydan. "Mwynha!"

Dros y dyddiau nesaf glynodd Manawydan i'r un drefn – codi'n gynnar i wneud sesiwn o ymarfer corff gydag Alys, yna'n syth draw i'r maes ymarfer i weithio gyda'r Ficer Meilir, cyn cerdded gyda Mogs i'r llyfrgell a threulio gweddill y diwrnod yn darllen. Amser swper mi fyddai'n dychwelyd i'r tŷ a, dros fwyd, yn gwrando ar Mogs ac Alys yn trafod y rhestr hir o gwestiynau fyddai wedi rhoi at ei gilydd bob diwrnod.

Erbyn y pedwerydd diwrnod roedd ei ben yn troi gyda straeon Bendigeidfran, Pryderi, Branwen, yn ogystal â'r brwydrau gwahanol rhwng y Cyfeillion a'r Marchogion dros yr oesoedd – Brwydr Afon Ddu, Brwydr y Fwyell Fain, Brwydr y Chwech Onnen – nes fod y cwbl yn plethu yn un gawl potsh yn ei feddwl, a phan gerddodd Sbarc i'r stafell fyw a cyhoeddi fod yr ail Brawf yn dechrau'r diwrnod canlynol teimlodd rywfaint o ryddhad wedi ei gymysgu ag ofn.

Erbyn hyn, yn cerdded yn ddall y tu ôl i Sbarc yn ddyfnach a dyfnach i dwneli'r Labyrinth, roedd y rhyddhad yna wedi'i drawsnewid yn ofn, a byddai Manawydan wedi gwneud unrhyw beth i fod yn ôl yng nghynhesrwydd y llyfrgell ddiogel.

41

*R*haid ein bod ni 'di cerdded am chwarter awr o leiaf ers ceg y
Labyrinth. Roedd y tri arall – Arthur, Gwennan a Siân – gyda
ni ar y dechre, ond yn raddol fe ddiflannodd sŵn eu traed nhw wrth
i bawb wahanu ar lwybrau cymhleth yr ogof.

Ma'r pedwar ohonon ni yn gwisgo mygydau dros ein llygaid, ac
yn cael ein harwain i berfedd yr ynys gan un o'r Cyfeillion – Seren
sy'n tywys Arthur, Rhun yn tywys Gwennan, ac Eifion Casgen gyda
Siân.

Pan gyrhaeddodd y pedwar ohonon ni'r Neuadd Fawr am saith
o'r gloch bore 'ma roedd Seren, Rhun a Sbarc yn aros amdanon ni o
flaen y darlun o Gwilym Dda gyda manylion yr ail Brawf.

"Ma hwn yn un syml," dywedodd Seren, er 'mod i'n amau fawr
fod hynny'n mynd i fod yn wir. "Fe gewch chi eich arwain ar wahân
i grombil y twneli o dan yr ynys, a'r dasg yw dod o hyd i'r ffordd
allan. Fe fyddwch chi'n cael cannwyll, ac un cliw. Er mwyn pasio'r
Prawf bydd eisiau i chi fod yn ôl yn y neuadd yma o fewn dwy awr.
Ond mae'n werth cofio bod yr ogofâu yn dywyll iawn, a fydd eich
canhwyllau chi ddim yn parhau am fwy na tua awr, felly peidiwch
gwastraffu amser. A peidiwch, da chi, â gadael i'ch cannwyll
ddiffodd."

Ma Sbarc yn stopio cerdded mor sydyn nes i fi fynd i mewn i'w
gefn e.

"Sori, Manawydan," ma fe'n ymddiheuro. "Ond 'dan ni 'di
cyrradd. Fedri di dynnu dy fwgwd rŵan."

Mae'n cymryd ychydig o amser i'm llygaid arfer â'r golau gwan sy'n dod o fflachlamp Sbarc, ond wrth edrych o gwmpas dwi'n gweld ein bod ni mewn twnnel cul, a'r to ddim mwy na dwy neu dair modfedd o dop fy mhen. Roedd y daith o geg yr ogof yn un mor droellog does gen i ddim syniad bellach lle rydyn ni, a ma cyfyngder y twnnel yn neud i fi deimlo'n eitha clawstroffobig.

Ma Sbarc yn penlinio ar y llawr, ac yn cynnau cannwyll yn ofalus. Unwaith ei fod e'n hapus ei bod hi'n llosgi ma fe'n rhoi gwarchod gwydr drosti, ac yn codi ar ei draed.

"Dyma dy gannwyll di," ma fe'n dweud. "Bydd yn ofalus iawn ohoni – dwyt ti ddim isio bod yn styc lawr fan hyn yn y tywyllwch. A dyma dy gliw di." Dwi'n cymryd y lamp a'r darn o bapur mae'n ei ymestyn ata i. "Ma'n rhaid i fi dy adael di rŵan. Plis paid â 'nilyn i – os ydy'r Gallu efo chdi dylet ti fod â popeth rwyt ti angen i gael allan o 'ma. Pob lwc i chdi, Manawydan."

A beth os nad oes gen i'r Gallu, dwi'n gofyn i fi'n hunan? Sut ddiawl ydw i'n mynd i ddianc o'r ogofâu unwaith fod y gannwyll wedi diffodd?

Ma 'nghalon i'n dechre curo'n gyflymach, a waliau'r twnnel fel petaen nhw'n cau amdana i wrth i Sbarc droi a cherdded i ffwrdd. Dwi'n gwrando ar sŵn ei draed nes eu bod nhw'n diflannu, gan fy ngadael ar ben fy hun, gyda Duw a ŵyr faint o dunnelli o graig yr ynys uwch fy mhen i, heb ddim ond darn o bapur a channwyll i'm helpu i. Dwi'n rhedeg fy nwylo trwy fy ngwallt, yn teimlo'r panig yn cynyddu wrth i eiriau Mogs atsain yn fy nghlustiau i: "Mae o'n afiach o le, yn llawn llygod mawr ac ystlumod, a ma 'na stori fod sarff anferth yn byw 'no hefyd..."

Dwi'n eistedd ar y llawr a gorfodi'n hunan i anadlu'n araf ac yn ddwfn, gan geisio anwybyddu'r ffaith fod y gannwyll yn llosgi i lawr yn araf bach bob eiliad. Dwi'n clywed sŵn traed bach, cyflym yn bellach i lawr y twnnel, sy'n neud i fi neidio, ond dyw gole'r gannwyll ddim yn ymestyn ddigon pell i weld beth sy 'na.

Unwaith 'mod i'n teimlo 'nghalon yn arafu eto dwi'n agor y darn o bapur ac yn ei ddarllen yn y golau gwan. Pedair llinell fer, wedi eu sgrifennu mewn llythrenne bach taclus.

Ar lawr o sgwariau

Yn iaith y Sais

Saif castell gwyn,

Dilyna ei llais.

Dwi'n darllen ac ailddarllen y neges, cyn gosod y papur ar y llawr a chau fy llygaid, yn brwydro i gadw meddwl clir yn erbyn y panig sy'n tyfu tu fewn i fi unwaith eto. Ma 'nghalon yn dechre curo'n galetach wrth ddychmygu'r tywyllwch trwchus fydd o fy nghwmpas, a'r pethau sy'n byw ynddo, pan fydd y gannwyll yn diffodd.

Pwylla.

Beth os ydw i'n crwydro a mynd ar goll? Pa mor hir all rhywun fyw heb fwyd na dŵr?

Pwylla. Meddylia am y pennill. Datrys y cliw.

Cliw.

O rywle, mae delwedd yn neidio i'm meddwl i. Mae'n fore, yng nghegin tŷ Mam yn Llandiem. Dwi'n hwyr i'r ysgol. Ma Hywel yn eistedd yn y gegin ac yn pasio'r papur newydd ata i. Ma'r croesair bron â gorffen, gydag un ateb ar ôl i'w lenwi.

Dyna oedd y ddefod bob bore, a dyna beth yw hwn – cliw croesair. Ti 'di datrys digon ohonyn nhw o'r blân. Agor dy lygaid, a darllen eto.

Ar lawr o sgwariau

Yn iaith y Sais

Saif castell gwyn,

Dilyna ei llais.

Llawr o sgwariau. Castell gwyn. Ma'n rhaid taw bwrdd gwyddbwyll yw'r sgwariau, a'r darn castell yw'r castell gwyn, ife?

Dwi ar dir cyfarwydd nawr, ac yn dechre teimlo'n hyderus.

Ond beth ma'r darn am iaith y Sais yn ei olygu? Rook yw enw darn y castell yn Saesneg, felly Castell Gwyn fyddai White Rook.

Ond beth mae hynna'n ei feddwl?

Dwi'n syllu ar y pennill am sawl munud, yn siŵr fod yr ateb o fewn cyrraedd ond yn methu ei dynnu i'r gole.

Dwi'n troi'n ôl at y ddelwedd yn fy meddwl, o finne'n astudio'r croesair tra bod Hywel yn eistedd wrth y bwrdd, yn yfed ei goffi a syllu allan ar yr adar yn bwydo yn yr ardd.

Adar...

Ma 'na aderyn o'r enw rook, dwi'n cofio Hywel yn dweud – un o deulu'r frân.

White Rook... Brân Wen.

Ma 'nghalon i'n llamu. Branwen! Chwaer Bendigeidfran a Manawydan! Dwi'n siŵr 'mod i'n agosáu at y ffordd allan nawr...

Dilyna ei llais.

Ma'r cyffro yn llifo i ffwrdd cyn gynted ag y cyrhaeddodd, wrth i fi edrych ar y llinell olaf mewn penbleth. Does dim sŵn o gwbwl yn y twnnel – mae'r tawelwch yn gwasgu ar fy nghlustiau i, nes 'mod i'n gallu clywed y gwaed yn llifo yn fy mhen. Pa lais ydw i fod i'w ddilyn?

Yn ymwybodol fod y gannwyll yn llosgi, dwi'n canolbwyntio ar gofio pob peth wnes i ddysgu am Branwen yn y llyfrgell.

Mae'n chwaer i Bendigeidfran a Manawydan, a hanner chwaer i Nisien ac Efnisien.

Priododd Matholwch, brenin Iwerddon, a chafodd y ddau fab o'r enw Gwern.

Pan ddechreuodd y briodas chwerwi fe orfodwyd Branwen i weithio yng nghegin y castell yn pobi bara, a gorchmynnodd Matholwch i'r cigydd ei churo bob dydd.

Tra bod hyn yn digwydd fe wnaeth Branwen ffrind gyda drudwy, a rhoi neges iddo i fynd dros Fôr Iwerddon at ei brawd yng Nghymru, yn erfyn arno i ddod i'w hachub.

Daeth Bendigeidfran â'i fyddin i Iwerddon a bu brwydr enfawr, lle cafodd y Pair Dadeni ei ddinistrio. Er i Branwen oroesi'r frwydr fe dorrwyd ei chalon, a bu farw yn fuan ar ôl cyrraedd yn ôl i Gymru.

Gan deimlo'n rhwystredig 'mod i ddim agosach at yr ateb, dwi'n gorwedd ar lawr y twnnel, yn gwylio fflam y gannwyll yn dawnsio ar y waliau.

A dyna pryd dwi'n sylwi ar rywbeth... fflach o liw lle mae wal y twnnel yn cwrdd â'r llawr. Dwi'n estyn y gannwyll ac yn edrych yn agosach, a gweld llun aderyn ar y wal, dim mwy na modfedd mewn uchder. Mae'n aderyn tywyll gyda phig du, bron yn amhosib i'w weld yn erbyn y wal dywyll, ond ma pwy bynnag wnaeth y llun wedi rhoi darnau bach o liw metalig ymysg y plu, sy'n adlewyrchu golau'r gannwyll.

Dwi'n nabod hwn. Y drudwy, hoff aderyn Hywel, un o'r rhai sy'n dod yn aml i'r ardd yn Llandiem. Yr un aderyn wnaeth gario neges Branwen o Iwerddon at Bendigeidfran.

Llais Branwen.

Dilyna ei llais.

Dwi'n neidio ar fy nhraed, gan godi'r gannwyll. Ma'r symudiad sydyn yn achosi i'r fflam ffrwtian, a dwi'n rhewi, yn siŵr ei bod ar fin diffodd. Am sawl eiliad dwi'n syllu ar y gannwyll, ac yn araf mae'r fflam yn tyfu eto. Gan anadlu allan yn hir, dwi'n edrych eto ar lun y drudwy, cyn dechre cerdded i'r cyfeiriad ma'r aderyn yn edrych.

Dwi'n cerdded yn araf bach, yn ymwybodol fod mwy na hanner y gannwyll wedi ei llosgi erbyn hyn, ond gan astudio waliau'r twnnel yn ofalus gyda phob cam. Ugain llath yn bellach i lawr y twnnel ma 'na ddrudwy arall, y lliw metalig yn adlewyrchu yn y golau gwan unwaith eto. Mewn ugain llath arall mae'r twnnel

yn gwahanu'n ddau, a dwi'n edrych yn ofalus nes dod o hyd
i'r aderyn bach ar wal y twnnel i'r dde. Cyn troi ma symudiad
cyflym yn y twnnel chwith yn dal fy llygad, a dwi'n neidio
wrth weld cynffon drwchus yn diflannu o olau'r gannwyll i'r
tywyllwch.

Ma'r siwrne yn un boenus o araf, a ma 'nghefn i'n brifo o
gerdded wrth blygu, yn astudio gwaelod y wal gyda phob cam.
Ma'r twnnel yn gwahanu, ac yn gwahanu eto, ond bob tro mae'r
drudwy yna i ddangos y ffordd. Ma rhywbeth bach, cyflym yn
hedfan heibio, ei adain yn cyffwrdd yn fy nghlust. Dwi trio 'ngore
i beidio dychmygu pa mor erchyll fydde brysio trwy'r Labyrinth
heb syniad o'r ffordd allan, ac yn diflannu yn ddyfnach a dyfnach
i'r tywyllwch.

Ma'n rhaid 'mod i wedi bod yn cerdded ers dros hanner awr pan
syrthiais i. Ro'n i'n canolbwyntio gormod ar edrych am y drudwy
nesa, ac erbyn i fi deimlo 'nhroed yn taro'n erbyn rhywbeth caled ro'n
i'n cwympo. Fe gofiais i'n rhy hwyr fod angen gwarchod y gannwyll,
ond fe lithrodd honno o 'ngafael i, y gwydr yn chwalu'n deilchion ar
y llawr a'r fflam yn diffodd.

Ma'r tywyllwch fel blanced, yn gwasgu arna i. Dwi'n gwbwl
ddall, yn methu gweld fy llaw fy hun hyd yn oed pan mae'n cyffwrdd
â 'nhrwyn. Mae'n anodd dal fy anadl. Ac yna, yn sydyn, dwi'n
dechre crio.

Crio am fy mod i wedi dod mor agos, a methu.

Crio am fy mod i wedi siomi Pritch, ac Alys, a Mogs.

Crio am fy mod i wedi siomi Dad. Dyma fi, mab Llwyd Jones, yr
un oedd yn meddwl ei fod e'n ddigon da i ymuno â'r Cyfeillion, ond
edrychwch arna i nawr – yn eistedd yn y tywyllwch gyda'r ystlumod
a'r llygod mawr a Duw a ŵyr beth arall, yn gobeithio y bydd rhywun
yn dod i'm hachub i.

Dwi'n troi a dyrnu'r wal galed, eto ac eto, nes 'mod i'n teimlo'r gwaed yn llifo, ond dwi ddim yn teimlo'r boen. Dwi'n taflu fy hun ar y llawr, fy nwylo dros fy wyneb a'r gwaed yn cymysgu gyda'r dagrau.

Ond yna... rhywbeth.

Y mymryn lleiaf o symudiad yn yr awyr. Dwi'n aros yn gwbwl lonydd, yn aros i'w deimlo fe eto.

Ai fi sy'n dychmygu'r peth? Neu oes tamed bach, bach o awel yn dod i lawr y twnnel? A lle bynnag mae awel mae awyr iach... a'r tu allan.

Yn araf, dwi'n codi ar fy nhraed eto, yn ymestyn fy mreichiau allan i gyffwrdd waliau'r twnnel cul, cyn cymryd cam i gyfeiriad yr awel. Yn fuan dwi'n teimlo wal o garreg o fy mlân, a'r llwybr yn gwahanu'n ddau – un twnnel i'r chwith ac un i'r dde. Mae'n cymryd munud gyfan i fi fod yn siŵr fod yr awel yn dod o'r ochr dde, a dwi'n dechre symud yn araf tuag ato eto.

Mae'n amhosib gwbod pa mor hir y bues i'n symud modfedd wrth fodfedd drwy'r twnnel. Mae'n teimlo fel oes, ond dwi'n amau fod dim mwy na pum munud 'di pasio cyn i fi droi un cornel ola a gweld llygedyn o olau ymhell o fy mlân i. Dwi'n cerdded yn gyflymach, yn dal i gyffwrdd ag ochrau'r twnnel, ac mae'r llygedyn yn tyfu'n raddol, nes 'mod i'n gallu gweld amlinelliad y llawr, a siâp fy llaw o flaen fy wyneb.

Dwi'n rhedeg y deg llath olaf allan o'r twnnel, yn ysu am fod y tu allan eto, i fod yn gallu gweld yr awyr a theimlo'r gwynt cryf ar fy wyneb. A phan dwi'n cyrraedd allan i'r awyr iach o'r diwedd dwi isie disgyn ar fy ngliniau a neud dim byd ond gwerthfawrogi'r rhyddid a'r olygfa. Am funud gyfan dwi'n aros ar y llawr, yn anadlu'n ddwfn ac yn edrych lan ar yr awyr, a byddwn i wedi hoffi aros yno am lot hirach. Ond mae'r cloc yn tician, ac ma gen i Brawf i'w orffen.

O edrych o gwmpas dwi'n gweld ambell le cyfarwydd, ac yn

sylweddoli 'mod i ar ochr ddwyreiniol yr ynys, tua milltir o'r pentre. Gydag un ymdrech fawr dwi'n gorfodi fy hunan, unwaith eto, i godi ar fy nhraed a dechre rhedeg.

42

"Pritch, alla i gael gair bach gyda ti?"

Mae Pritch yn ochneidio ac yn troi i wynebu Blaidd. Mae'n sefyll wrth ei ochr, mewn crys sidan drud yr olwg, ei gadwyni aur yn gorwedd yn drwchus ar ei frest a'r golau yn dawnsio ar y modrwyon sy'n addurno ei fysedd tew.

"Aneirin, sut wyt ti? Y bachgen wedi neud yn dda eto heddi," mae'n dweud, gan nodio i gyfeiriad Arthur, sy'n sefyll yn sgwrsio gyda'i frodyr gan gadw llygad barcud ar y drws.

"O, do," mae Aneirin yn ateb. "Ma fe'n fab i'r Blaidd, ti'n gwbod!" Mae Pritch yn rowlio'i lygaid i hyn, ond mae Aneirin wedi troi i edrych ar Arthur. "Edrych mas am Gwennan ma fe nawr. Maen nhw 'di bod yn treulio tipyn o amser gyda'i gilydd yn ddiweddar... ond ta beth. Dim sôn am Manawydan eto?"

"Na, dim eto." Mae Pritch yn gwneud ei orau i anwybyddu'r nodyn o gasineb yn llais y Blaidd. "Dim ond Arthur sydd 'nôl mor belled. Ond ma digon o amser gydag e, paid poeni."

"Ie, ie. Ond gwranda, isie gofyn o'n i, wyt ti 'di cael amser i ystyried beth fuon ni'n trafod y diwrnod o'r blân?" Mae Aneirin yn edrych o'i gwmpas ac yn gostwng ei lais. "Ti'n gwbod... am symud Darn Coch y Pair i rywle mwy diogel? O beth roedd Osian yn dweud fe alle'r Marchogion ymosod ar Fosgad unrhyw ddiwrnod, a sdim rhaid i fi ddweud wrthot ti beth fydde'n digwydd petasen nhw'n cael gafael ar ddarn olaf y Pair. Fe all y ddau ohonon ni berswadio'r lleill taw symud y darn fyddai orau, dwi'n hyderus o hynny."

"Aneirin, dyw'n ateb i ddim wedi newid. Does unman yn fwy saff na Fosgad i'r Darn Coch. Am un peth, ti'n gwbod yn iawn taw dim ond y Cyfeillion all ddod o hyd i'r ynys. Sut ma'r Marchogion yn bwriadu ymosod heb wbod ble ydyn ni?"

Mae Aneirin yn camu'n agosach at Pritch, er fod hwnnw'n dal i syllu ar y drws.

"Ie, ond glywest ti beth ddwedodd Osian – ma cynllun gyda nhw, ac allwn ni ddim…"

Mae'r rhwystredigaeth o gael yr un sgwrs eto yn amlwg yn llais Pritch, ac am y tro cyntaf mae'n troi i wynebu Aneirin.

"Ond pa gynllun?" mae'n gofyn yn flin. "Doedd gan Osian ddim manylion, dim byd i esbonio sut fydde'r Marchogion yn gallu cyrraedd yr ynys. A hyd yn oed petasen nhw rywsut yn gallu cyrradd Fosgad, dim ond ti, Seren a Rhun sy'n gwybod lle mae'r darn wedi ei guddio, a sut i'w gyrraedd e. Sut yn y byd wyt ti'n meddwl bod y Marchogion yn mynd i ddod o hyd i'r Darn Coch gyda Fosgad i gyd yn ymladd yn eu herbyn nhw?"

"Maen nhw'n dweud bod Gweuflyn yn un cyfrwys iawn, pwy a ŵyr be ma fe'n ei gynllunio? A fel ti'n gwbod, ma Osian wedi dychwelyd i'r tir mawr i drio dod o hyd i fwy o wybodaeth…"

Mae Pritch yn torri ar draws Aneirin, gan godi ei law o'i flaen.

"A pan ddeith Osian 'nôl gewn ni aildrafod. Ond dwi'n weddol siŵr na fydda i'n newid fy meddwl. Dyma'r lle mwya saff i'r Darn Coch, a dyna ddiwedd arni."

Mae Aneirin yn syllu'n fileinig ar Pritch, ac yn gwthio'i law o'r ffordd.

"Iawn, Pritch. Ond cofia gyda pwy ti'n siarad. Mae pob un aelod o fy nheulu i wedi bod yn Gyfeillion ffyddlon, ac wedi ymladd yn erbyn y Marchogion dros y canrifoedd. Trueni na alli di ddweud yr un peth…"

Mae llygaid Pritch yn fflachio, a'i law yn cau'n ddwrn, ond yr eiliad yna mae llais Mogs yn atsain drwy'r neuadd dawel.

"Mae o'n ôl!"

Mae Pritch yn troi'n sydyn i edrych ar Mogs, ac yna ar y drws, mewn pryd i weld Manawydan yn dringo cam olaf y grisiau ac yn cerdded i mewn i'r Neuadd Fawr.

43

"Ti'n gwaedu!"

Alys sy'n siarad, ei llygaid yn llawn gofid wrth edrych ar fy llaw i. Ma'r gwaed wedi sychu erbyn hyn, ond ma fe'n boenus, a dwi'n meddwl falle 'mod i wedi torri asgwrn wrth fwrw wal y twnnel. Hi a Mogs oedd y cyntaf i redeg draw, ond ma sawl un arall yn dynn wrth eu sodlau.

"Llongyfarchiadau, Manawydan," ma Seren yn dweud. "Mi wyt ti wedi pasio'r ail Brawf – roedd Gwilym Dda yn gwenu arnot ti heddi. Un cam arall a mi fyddi di'n aelod o'r Cyfeillion. Ond mae'r llaw yna'n edrych yn gas. Well i ti fynd i'r feddygfa iddyn nhw gael edrych arni."

Dwi'n arwyddo'n flinedig i Alys, a hithau'n cael trafferth i ddeall y symudiadau lletchwith.

"Ma fe'n dweud eith e wedyn," mae'n cyfieithu.

"Manawydan! Da iawn ti!" Pritch sy'n siarad nawr, gan roi ei fraich am fy ysgwydd i.

"Sut oedd o? Beth oedd dy gliw di? Naeth y llyfra helpu?" Ma'r cwestiynau'n byrlymu oddi wrth Mogs, a'i lygaid yn disgleirio wrth afael yn fy mraich i a'n harwain i i'r fainc agosaf.

Cyn i fi allu ateb ma bloedd arall o gyfeiriad y drws, a dwi'n gweld Gwennan yn cerdded i'r neuadd. Mae'n welw, a golwg fel anifail yn cael ei hela arni.

"Gwennan, llongyfarchiadau," dwi'n clywed Seren yn dweud,

gan estyn ei llaw amdani, dim ond i Gwennan ei gwthio o'r neilltu a syllu arni'n flin, cyn croesi'r neuadd i eistedd gyda Arthur.

"Manawydan?" Dwi'n troi i weld Dewi, tad Siân – yr unig un ohonon ni sy heb ddychwelyd o'r Labyrinth – yn sefyll ar bwys ein mainc ni. Ma Dyfrig, y mab fethodd y Prawf cyntaf, yn gwgu arnon ni tu ôl i'w dad, yn amlwg yn grac o hyd. Ma golwg bryderus ar wyneb y tad unwaith eto, yn aros i weld os bydd ei blentyn yn dychwelyd yn iach... neu o gwbwl. "Llongyfarchiadau ar basio'r Prawf, ond... wel... eisiau gofyn o'n i, welest ti Siân o gwbwl? Dwi'n poeni amdani braidd. Dydy hi ddim yn dda yn y tywyllwch ti'n gweld, a... wel..."

Ma fe'n rhedeg allan o eiriau ac yn gorffen y frawddeg ar ei hanner, gan edrych yn obeithiol arna i, a dwi'n teimlo'n uffernol o wael wrth ysgwyd fy mhen a gweld y gofid yn dychwelyd eto.

"Dwi'n siŵr ei bod hi'n iawn," ma Alys yn cynnig.

"Bydd, mi fydd hi'n ôl cyn hir," ma Mogs yn ychwanegu'n wan.

"Bydd... bydd, dwi'n siŵr. Dere, Dyfrig." Ma tad Siân yn troi i gerdded at ddrws y neuadd, a gydag un olwg gas ola ma Dyfrig yn ei ddilyn.

Dwi'n trio fy ngorau i adrodd yr hanes am fy amser yn y Labyrinth i Mogs ac Alys, gan gadw llygad ar y cloc mawr sy'n crogi yn uchel ar wal y neuadd. Ma'r munudau yn pasio heb olwg o Siân yn dychwelyd, a galla i deimlo'r tensiwn yn cynyddu. Dwi'n siŵr nad fi yw'r unig un i sylweddoli fod ei channwyll hi 'di hen ddiffodd erbyn hyn. Wrth i ddiwedd y dasg ddod yn agosach ac agosach, ac yna'n pasio heb olwg o Siân, dwi'n gweld Seren yn sgwrsio'n dawel gyda Rhun a Sbarc yng nghornel y neuadd. Yn fuan ma Pritch, Eifion a Dewi yn ymuno â'r grŵp bach, ac ar ôl trafodaeth fer ma'r criw yn amlwg yn dod i benderfyniad. Ma Pritch yn cerdded ata i tra bod y gweddill yn gadael y neuadd.

"Ma'n rhaid i fi fynd nawr, ond da iawn ti eto, Manawydan," mae'n dweud.

"Ond beth am Siân?" ma Alys yn gofyn. "Dyw hi ddim 'nôl eto?"

"Na, ond peidiwch poeni," ma Pritch yn ateb. "Ry'n ni mynd i'r Labyrinth i chwilio amdani nawr."

Ma'r anobaith a'r panig o fod yn gaeth yn y tywyllwch, o deimlo'r waliau yn gwasgu i mewn arna i, yn llifo'n ôl. Fyswn i ddim yn dymuno hynna ar unrhyw un. Dwi'n tapio braich Alys ac yn arwyddo neges.

"Ma Manawydan yn dweud ei fod e isie helpu i chwilio amdani," mae'n cyfieithu. "A fi. A ma Mogs isie dod hefyd."

"Ydw i?" ma Mogs yn gofyn yn syn, cyn newid ei dôn wrth weld edrychiad difrifol Alys. "Ydw, ydw, wrth gwrs," mae'n cytuno, er nad yw'n swnio'n llawn hyder.

"Na, dim ar unrhyw gyfri," ma Pritch yn ateb yn bendant, a ma'r rhyddhad yn amlwg ar wyneb Mogs. "Y peth diwetha sydd isie nawr yw mwy o bobol ar goll yn y Labyrinth. Fe ddewn ni o hyd i Siân. Yn y cyfamser, ewch â Manawydan i'r feddygfa i drin y llaw yna." Mae'n edrych ar y tri ohonon ni yn ein tro. "Dwi'n addo wna i adael i chi wbod pan ddewn ni o hyd iddi."

"Ond..." ma Alys yn dechre protestio, cyn i Pritch dorri ar ei thraws hi.

"Na, Alys. Dwi'n gwerthfawrogi eich cynnig chi, yn enwedig o ystyried taw newydd ddianc o'r twneli wyt ti, Manawydan, ond dwi o ddifri. Y peth gorau allwch chi neud yw mynd i'r feddygfa er mwyn i ti ddechre gwella a pharatoi ar gyfer y dasg olaf."

Ma Pritch yn edrych i fyw fy llygaid i, ac yn y diwedd dwi'n gweld nad oes pwynt dadlau. Dwi'n nodio, a ma Pritch yn troi ac yn gadael y neuadd, gan adael y tri ohonon ni gyda dim i'w neud ond dychmygu'r erchylltra roedd Siân yn ei ddioddef yn nhywyllwch crombil yr ynys yr eiliad yna.

44

Mae'n ganol prynhawn erbyn i ni gyrraedd Stryd yr Efail. Er nad oedd y nyrs yn y feddygfa yn meddwl bod unrhyw esgyrn wedi torri, ma'n llaw i wedi ei lapio mewn rhwymyn mawr gwyn sy'n ei gwneud hi'n anodd arwyddo'n glir i Alys. Wnes i esgus wrthi 'mod i wedi cwympo yn y twnnel, am fod gen i ormod o gywilydd dweud 'mod i wedi ei brifo trwy fwrw'r wal.

Ma 'na densiwn yn yr awyr, gan ein bod ni'n dal i aros i glywed am Siân. Rydyn ni'n trafod y Prawf am dipyn, ac yna'n dechre gwylio ffilm, ond does neb yn canolbwyntio.

Mae'n saith o'r gloch y nos – bron i ddeg awr ers i fi ddianc o'r twneli – pan ma drws y tŷ yn agor, a Pritch yn cerdded i'r stafell fyw. Ma fe'n edrych yn flêr, gyda llwch dros ei ddillad a darn o we pry copyn yn ei farf. Mae'n disgyn yn drwm i un o'r soffas lledr ac yn troi i gynhesu ei ddwylo wrth y tân. Ma Mogs wrthi'n paratoi ein swper ni yn y gegin ond mae'n brysio i mewn i glywed y newyddion.

"Wedi dod o hyd i Siân," ma Pritch yn dweud, a dwi'n rhoi ochenaid o ryddhad.

"Ydy hi'n iawn?" ma Alys yn gofyn yn bryderus.

Ma Pritch yn oedi cyn ateb, yn trio dod o hyd i'r geiriau iawn.

"Fe fuodd hi yn y twneli am amser hir, gan fwyaf yn y tywyllwch," ma fe'n dweud o'r diwedd. "A fel ti'n gwbod, Manawydan, ma 'na bob math o bethau'n hedfan a rhedeg o gwmpas lawr fan'na, ac ar ben hynny i gyd ma Siân yn ofni'r tywyllwch. Dydy hi ddim wedi ei brifo yn gorfforol, ond roedd e'n brofiad... trawmatig."

"Ac ar ben hynny i gyd ma hi 'di methu'r Prawf," ma Mogs yn dweud yn dawel.

"Wel, ydy," ma Pritch yn ateb. "Ond dwi ddim yn meddwl y bydde hi mewn cyflwr i gymryd rhan yn y trydydd Prawf beth bynnag. Ma hi a'i brawd a'i thad yn mynd gatre peth cynta bore fory, a dwi ddim yn meddwl fydd yr un ohonyn nhw ar frys i ddod 'nôl i Fosgad."

Wrth wrando ar Pritch dwi'n teimlo'r dicter yn codi eto – yr un dicter wnes i deimlo ar ôl gweld Elgan yn disgyn o'r clogwyn yn y Prawf cyntaf. Dicter at greulondeb hyn i gyd, am ein gorfodi ni i roi ein bywydau mewn perygl fel hyn. Beth petai Elgan 'di boddi, neu Siân 'di crwydro mor bell i'r twneli nes bod neb yn gallu dod o hyd iddi? Ac i be?

Ma cwestiwn yn ffurfio yn fy meddwl i eto: ydw i wir isie bod yn rhan o hyn?

"Ond beth bynnag," ma Pritch yn cario mlân. "Mi fydd Siân yn iawn yn y pen draw gobeithio, a dyna sy'n bwysig. Ond sut wyt ti, Manawydan? Sut ma'r llaw 'na?"

Dwi'n chwifio'r rhwymyn yn yr awyr fel ateb. Yn sydyn does gen i ddim amynedd trafod unrhyw beth, yn enwedig y Profion, gyda Pritch na neb arall.

"Wel, gwna'n siŵr dy fod di'n cymryd y cyfle yma i adael iddi hi wella," ma Pritch yn cynghori. "Bydd y Prawf olaf yn digwydd yn fuan iawn."

"Mae o'n tueddu i ddigwydd yn eitha buan ar ôl yr ail," ma Mogs yn esbonio. "O fewn dau neu dri diwrnod fel arfer. Ma'n rhaid i ni wneud yn siŵr bo chdi'n barod."

Ma Pritch yn aros am ryw bum munud, yn sgwrsio gydag Alys tra bod Mogs yn dychwelyd i'r gegin i orffen paratoi'r swper. Ma fe'n galw o'r gegin, yn cynnig i Pritch ymuno â ni am fwyd, ond mae hwnnw'n gwrthod gyda diolch, gan esbonio bod ganddo dipyn i'w wneud yn Tŷ Mawr.

Does gen i ddim llawer o chwant bwyd, a phan ma swper yn barod dwi'n cymryd cegaid neu ddau ac yn chwarae gyda gweddill y bwyd, yn methu cael y delweddau o Elgan yn disgyn o'r clogwyn a Siân ar goll yn y tywyllwch o fy meddwl i.

"Popeth yn iawn, Manawydan?" *ma Alys yn gofyn.*

Dwi'n arwyddo 'mod i wedi blino, ac am fynd i'r gwely'n gynnar.

"Ti'n siŵr bo chdi'n ocê?" *ma Mogs yn gofyn yn ansicr.*

Dwi'n nodio, ac yn trio rhoi gwên fach wrth godi a dymuno nos da.

Unwaith 'mod i yn y gwely dwi'n tynnu llythyr Dad o'r amlen, ac yn ei ddarllen unwaith eto, ac mae un frawddeg yn arbennig yn neidio allan heno.

Ti yn unig sy'n gallu dewis beth sydd orau i ti.

Dwi'n treulio'r noson yn troi a throsi, yn breuddwydio 'mod i'n cerdded drwy'r twneli tywyll yn chwilio am y drudwy ar y wal. Pan dwi'n dod o hyd iddo o'r diwedd mae'r llun yn troi'n aderyn go iawn ac yn hedfan i ffwrdd, a finne'n rhedeg ar ei ôl e yn wyllt, yn gwbod taw dyma'r unig gyfle sydd gen i i ddianc. Dwi'n rhedeg heibio i Elgan, sy'n gwaedu ar y llawr, ac yn anwybyddu llais Siân sy'n galw am help o'r tywyllwch. O'r diwedd dwi'n cyrraedd twnnel hir syth, ac yn gweld amlinelliad rhywun yn sefyll o fy mlân i. Alla i ddim gweld ei wyneb, ond dwi'n gwbod yn iawn pwy sy 'na. Ma fe'n dechre cerdded tuag ata i, ac alla i ddim troi i ddianc.

"Manawydan," *ma fe'n dweud mewn llais crafog, main.* "Neis i gwrdd â ti."

Gweuflyn.

Ma fe'n chwerthin wrth agosáu, yn uwch ac yn uwch, ac wrth iddo fe estyn allan i gyffwrdd fy llaw i, ma'r gannwyll yn disgyn ac yn diffodd ar y llawr caled.

Tywyllwch.

Dwi'n dihuno yn sydyn, fy ngwallt yn wlyb gan chwys, a fy llaw i'n brifo. Ma pelydrau gwan yr haul yn dechre gwthio drwy'r ffenest, ac yn hytrach na mynd 'nôl i gysgu dwi'n eistedd yn y gwely a gwylio'r wawr yn torri dros y gorwel.

45

"Be am hwn 'ta?"

Mae Mogs yn cerdded i lawr y grisiau ac i'r stafell fyw, yn gwisgo crys llachar gyda phatrwm o ddail palmwydd ac adar lliwgar drosto.

"Ti'n siriys?" mae Alys yn gofyn, tra bod Manawydan yn ceisio cadw'r wên o'i wyneb. "Ynys Fosgad yw hon, dim... Hawaii."

Mae Mogs yn ochneidio a disgyn i'r soffa.

"Ti sy'n deud bod isio gwisgo'n smart," mae'n cwyno, "ond ti'n pw-pwio fy nghryse gora i i gyd. Be oedd yn bod ar yr un diwetha?"

"Mogs, o'dd e mor dynn o't ti ddim yn gallu cau'r botyme yn iawn," ateba Alys, ond mae Manawydan yn gweld ei bod hi'n trio ei gorau i beidio chwerthin chwaith. "A dim fi sy'n gweud bod isie gwisgo'n smart. Ti'n gwbod bod y wledd cyn y trydydd Prawf bob tro yn beth ffurfiol. Ma fe'n ddigwyddiad pwysig, yn enwedig gan fod Manawydan yn rhan ohono fe tro yma, a ti'n edrych fel taset ti mewn gwisg ffansi!"

"Wel, sdim mwy o grysa gen i, a sdim amser i ddadla beth bynnag," mae Mogs yn ateb wrth bwyntio at ei oriawr. "Ma isio i ni adael, neu fyddwn ni'n hwyr. Wneith hwn y tro."

Mae Alys yn codi ei hysgwyddau.

"Wel, ocê, ond paid meddwl bod ti'n eistedd nesa ata i!"

Mae Alys yn codi o'r soffa, wedi newid o'i jîns a hwdi arferol i ffrog goch tywyll sy'n cyrraedd y llawr, ei gwallt tywyll yn disgyn mewn cyrls am ei hysgwyddau.

"Iawn gin i," mae Mogs yn mwmian, wrth godi hefyd a throi at Manawydan. "Barod?"

Mae Manawydan yn nodio ac yn neidio ar ei draed, yn falch ei fod wedi meddwl pacio un crys da i ddod gydag e. Roedd Mogs wedi esbonio ei fod yn draddodiad ers canrifoedd ymysg y Cyfeillion i gael gwledd fawr y noson cyn mynd i frwydr, i baratoi, mwynhau a ffarwelio, efallai am y tro olaf, a bod hynny wedi cael ei ymestyn i'r noson cyn pob trydydd Prawf. Roedd yn ffordd i bawb ddod at ei gilydd a dymuno pob lwc i'r rheini oedd mor agos i brofi fod ganddyn nhw'r Gallu, ac yn barod i ymuno â'r Cyfeillion.

Erbyn i'r tri gyrraedd Tŷ Mawr roedd y Neuadd Fawr dan ei sang, a sawl un yn troi i roi clap ar ysgwydd neu ysgwyd llaw Manawydan wrth iddo wasgu heibio. Fe lwyddodd y tri i ddod o hyd i le gwag ar un o'r meinciau, ac wrth edrych o gwmpas fe deimlodd Manawydan bwl o ryddhad wrth weld fod Arthur yn eistedd yn ddigon pell i ffwrdd ym mhen pella'r neuadd yn chwerthin gyda'i frodyr. Mae Gwennan ar y naill ochr iddo ac Aneirin Blaidd ar y llall, yn edrych fel coeden Nadolig gyda'i holl gadwyni a jinglarins.

Yn fuan, dechreuodd y bwyd gyrraedd, a phob peth yn tynnu dŵr i ddannedd Manawydan – bara newydd ei bobi a dal i fod yn gynnes, pysgod a chimychiaid ffres o'r môr, mynydd o sglodion euraidd trwchus, cyw iâr wedi ei rostio, pasta mewn saws tomato. Roedd yna win a chwrw i'r oedolion, a jygiau o sudd ffrwythau a dŵr oer i bawb.

Roedd y neuadd yn llawn sŵn sgwrsio a chwerthin, ac am dipyn fe lwyddodd Manawydan i anghofio am y dasg oedd yn aros amdano y bore wedyn. Yn y bwlch rhwng y bwyd a'r pwdin, cododd Eifion Casgen ar ei draed a chanu un o hen ganeuon y Cyfeillion, gyda'r neuadd gyfan yn ymuno yn y gytgan – pawb ond Alys, hynny yw, oedd yn eistedd â'i phen yn ei dwylo, a'i bochau mor goch â'i ffrog.

Ar ôl dau blatiaid mawr o'r bwyd blasus a darn mawr o gacen siocled i ddilyn roedd Manawydan yn teimlo'n llawn ac yn hapus, ac yn chwerthin ar ymateb Alys i un o jôcs gwael Mogs, pan sylwodd fod y stafell wedi dechrau tawelu. Wrth edrych o'i gwmpas gwelodd fod Seren wedi dringo i ben ei mainc hi ac yn aros yn amyneddgar i'r sŵn yn y neuadd ostegu.

"Gyfeillion," meddai, unwaith fod pob llygad wedi hoelio arni hi. "Gobeithio eich bod wedi bwyta ac yfed i'ch bodd. Wna i ddim eich cadw chi'n hir, gan fod rhai yn ein mysg angen noson gynnar heno…" Mae siffrwd o chwerthin cwrtais yn codi drwy'r neuadd, ac mae Seren yn oedi cyn cario mlaen. "… ond dwi'n siŵr yr hoffech chi ymuno gyda fi i ddymuno pob lwc i'r tri darpar-Gyfaill fydd yn wynebu eu Prawf olaf ben bore fory. Cofiwch, chi'ch tri, byddwch yma am saith o'r gloch, dim munud yn hwyrach." Llenwodd y neuadd gyda sŵn clapio a gweiddi, neb yn fwy brwdfrydig na Mogs ac Alys ar y naill ochr a'r llall i Manawydan, a theimlodd hwnnw ei hun yn cochi. "Rydyn ni i gyd yn gobeithio'n fawr bydd y tri yn llwyddo, ac yn cael eu croesawu i'r Cyfeillion. Ac un neges arall: ar ôl ymchwilio'r ogofâu heddiw mae Aneirin wedi adrodd fod cwymp cerrig wedi bod yn y twnnel sy'n arwain at Gei Bach. Does dim rheswm i unrhyw un fentro yno beth bynnag, ond a wneith pawb yn siŵr eu bod nhw'n osgoi'r ardal nes ein bod ni'n gallu diogelu'r twnnel unwaith eto?" Roedd sylw'r gynulleidfa yn dechrau crwydro erbyn hyn, a sawl un yn ailafael yn eu sgyrsiau, felly diolchodd Seren i bawb a dechrau dringo i lawr o'r fainc.

"Un peth arall!"

Llais newydd oedd yn atsain drwy'r neuadd, ac wrth droi gwelodd Manawydan taw'r Blaidd oedd yn dringo'r sigledig i ben ei fainc, gan ddefnyddio ysgwydd Arthur i'w helpu tra bod hwnnw'n syllu arno'n syn. Roedd yn amlwg wedi gor-wneud y cwrw a'r gwin, ac mi fyddai wedi disgyn wysg ei gefn petai Telor, brawd Arthur, heb ei ddal a'i wthio i fyny.

"Un peth arall, Gyfeillion – peth pwysig iawn. Lot pwysicach na rhyw gwymp cerrig yn y twnnel. Ma 'na rai yn ein mysg ddim am i ni drafod hyn, ond mae'n diogelwch ni – diogelwch yr ynys gyfan – yn y fantol!"

Erbyn hyn mae Seren wedi dringo eto i ben ei mainc ac yn torri ar draws y Blaidd.

"Aneirin, nid nawr yw'r amser am hyn…"

"Ie, Seren, nawr yw'r amser perffaith!" mae Aneirin yn bloeddio, a'i dafod yn dew. "Rydych chi i gyd yn gwybod fod y Marchogion â'u bryd ar gael gafael ar ddarn olaf y Pair Dadeni – y Darn Coch, sydd yma, ar Fosgad. Dyma'r unig ddarn sydd angen i gwblhau'r Pair, ac mi wnawn nhw unrhyw beth – unrhyw beth o gwbwl – i'w gael e."

Erbyn hyn mae sawl un wedi sefyll ar eu traed dros y neuadd ac yn galw ar Aneirin i eistedd, ond mae'n eu hanwybyddu ac yn cario mlaen.

"Diolch i Osian, rydyn ni'n gwybod bod gan y Marchogion gynllun i gipio'r darn o'r ynys, ac rydyn ni i gyd yn gwybod bod cynlluniau'r Marchogion yn rhai gwaedlyd, didrugaredd. Fel Pennaeth Diogelwch y Cyfeillion, dwi'n credu'n gryf fod yr amser wedi dod i ni symud y Darn Coch o'r ynys, a'i guddio yn rhywle diogel. Wedi'r cwbwl, os nad yw'r darn ar Fosgad, does dim rheswm i'r Marchogion ymosod."

Mae'n dod yn anodd i glywed y Blaidd dros y bwian a'r

lleisiau sy'n gweiddi arno i eistedd, ond yr unig effaith mae hyn yn ei gael yw ei wthio i weiddi'n uwch.

"Byddwch dawel, y ffernols! Ein gwarchod ni i gyd dwi eisiau ei wneud, achub ein bywydau ni, a bywydau ein plant."

"Aneirin, eistedda lawr!"

Mae'r holl sŵn arall yn y neuadd yn tawelu wrth i lais Pritch daranu dros y stafell. Mae'r ddau ddyn yn syllu ar ei gilydd yn ddwys am sawl eiliad hir, anghyffyrddus.

"Mi wyt ti 'di cael gormod i yfed, ac nid dyma'r amser..." mae Pritch yn cario mlaen, cyn i Aneirin dorri ar ei draws unwaith eto mewn llais gwawdlyd.

"O, edrychwch, yr arwr mawr, Pritchard Jones. Cadw di'n dawel, boi, sdim hawl 'da unrhyw un o dy deulu di roi cyngor ar ddiogelwch y Cyfeillion."

"Aneirin..." Mae min bygythiol ar lais Pritch, ond mae'r Blaidd yn dal ati fel petai heb sylwi.

"Ma pawb yn cofio beth wnaeth dy frawd di, a nawr, er mawr cywilydd i ni, rydyn ni'n ystyried derbyn ei fab pathetig e i'n mysg ni."

Mae Aneirin yn troi'n sigledig, ei lygaid yn chwilio'r gynulleidfa o'i flaen, cyn dod o hyd i Manawydan ar draws y neuadd.

"Ydyn nhw wedi dweud wrthot ti pa fath o ddyn oedd Llwyd Jones?" mae'n gweiddi, gyda golwg orffwyll yn ei lygaid. "Sut wnaeth e droi ei gefn arnon ni i gyd? Sut wnaeth e'n bradychu ni? Sut wnaeth e ochri gyda'r MARCHOGION?!"

Mae'r gair olaf yn sgrech sy'n atsain drwy'r neuadd, a gyda hynny mae sawl peth yn digwydd ar yr un pryd.

Mae nifer o'r dorf yn codi ar eu traed, yn gweiddi ac yn bygwth y Blaidd.

Mae Seren yn curo'r bwrdd yn mynnu tawelwch.

Mae Pritch yn taflu ei hun i gyfeiriad Aneirin, ei freichiau yn estyn amdano, dim ond i siâp sylweddol Eifion Casgen gamu yn ei ffordd a'i ddal yn ôl, tra bod Ficer Meilir a sawl un arall o'r Cyfeillion yn dringo ar fainc y Blaidd, yn gafael yn ei freichiau ac yn ei dywys i'r llawr, a hwnnw'n dal i weiddi a bytheirio.

"Dere, well i ni fynd," mae Alys yn dweud yng nghlust Manawydan, ac mae hithau a Mogs yn gafael mewn llaw yr un ac yn ei dywys rhwng y meinciau ac allan o'r neuadd.

46

*D*ad... yn un o'r Marchogion?

 Roedd Pritch 'di dweud ei fod e wedi pellhau o'r Cyfeillion, ond ymladd yn eu herbyn nhw?

 Ro'n i mewn sioc yn gadael y neuadd, yn gadael i Alys a Mogs fy nhywys i'n ôl i Stryd yr Efail. Ar ôl i fi eistedd ar y soffa, aeth Mogs i wneud te yn y gegin, ac fe droais i at Alys, ac arwyddo un cwestiwn.

 Ydy e'n wir?

 Ro'n i'n disgwyl, a gobeithio, y bydde hi'n chwerthin, neu'n wfftian. Nag yw, Manawydan, paid bod yn ddwl. Wrth gwrs dyw e ddim yn wir. Roedd y Blaidd 'di meddwi. Anghofia amdano fe.

 Ond yn lle hynny, ochneidiodd Alys.

 "Ma'n well i Pritch esbonio," oedd ei hunig ateb hi.

 Dwi ddim yn gwbod pa mor hir eisteddon ni yn y stafell fyw, y tri ohonon ni'n dawel a thair cwpanaid o de yn oeri ar y bwrdd. Deg munud falle? Hanner awr? Ond pan mae'r drws yn agor o'r diwedd, nid Pritch sy'n camu i'r stafell fyw, ond Eifion, ei wyneb yn goch a llawes ei grys wedi rhwygo.

 "Mogs, Alys," *mae'n gofyn yn dawel, wrth ein gweld ni'n tri yn syllu.* "Alla i gael ychydig o amser gyda Manawydan, plis?"

 Ma'r ddau yn codi ar unwaith, Mogs yn rhoi clap ar fy ysgwydd wrth basio ac Alys yn plygu i roi cusan fach ar fy moch i.

 Unwaith fod y ddau 'di diflannu lan y grisie mae Eifion yn eistedd ar y soffa arall, sy'n cwyno dan ei bwysau, ac yn edrych arna i.

"Wel," ma fe'n dweud o'r diwedd. "Ma'n siŵr dy fod di'n meddwl pam mai fi sy 'ma, a dim Pritch. Mi oedd e isie dod i esbonio popeth i ti, ond ar ôl yr holl nonsens 'na yn y neuadd heno ma Seren wedi gorchymyn iddo fe a'r Blaidd i beidio gadael Tŷ Mawr, ac i gadw draw oddi wrth ei gilydd. Ond doedd Pritch ddim isie i ti orfod aros tan fory am esboniad, felly dyma fe'n gofyn i fi ddod yn ei le."

Ma Eifion yn cymryd anadl ddofn cyn cario mlân.

"Iawn 'te, ma'n siŵr dy fod di isie gwbod ydy beth ddwedodd Aneirin yn wir?"

Dwi'n nodio, yn ofnus o glywed beth sydd i ddod.

"Wel, mae'n... gymhleth, Manawydan," meddai Eifion. "Ro'n i'n caru dy dad, ond fel ma Pritch siŵr o fod wedi esbonio, doedd e ddim yn un am ddilyn rheolau'r Cyfeillion. Mi oedd e'n trysori ei fywyd gyda ti a dy fam, a doedd e ddim yma ar Fosgad rhyw lawer. Doedd neb ar yr ynys yn gwbod beth oedd yn mynd mlân gydag e o ddydd i ddydd, a dweud y gwir, ond roedd pawb yn fodlon gyda 'ny achos ei fod e mor ddewr, mor alluog."

Mae'n troi i syllu ar y tân am dipyn cyn cario mlân.

"Falle dylen ni i gyd – fi, Pritch, Sbarc, Seren – fod wedi neud mwy o ymdrech, dod i'w weld e'n fwy aml ond... ma bywyd yn mynd yn y ffordd. Fe ddechreuodd e ddod i Fosgad yn llai a llai aml, ac yna fe stopiodd e'n gyfan gwbwl. Ac wedyn roedd e'n diflannu'n llwyr, am ddyddie, wythnose ambell waith. Doedd dy fam ddim yn gwbod i ble roedd e'n mynd hyd yn oed."

Ma Eifion yn codi'n sydyn ac yn dechre cerdded 'nôl a mlân, o un pen y stafell i'r llall, fel petai'n methu diodde aros yn llonydd.

"Yna fe ddechreuodd y sibrydion fod Llwyd wedi ymuno â'r Marchogion. Mae'n digwydd o bryd i'w gilydd, fod Cyfaill yn troi'n Farchog neu Marchog yn troi'n Gyfaill, ond dim gyda rhywun fel Llwyd – rhywun mor bwerus, o deulu sydd wedi bod mor ffyddlon dros y canrifoedd. Mi fydde ei ddenu fe wedi bod yn bluen anferth yn het y Marchogion. Doedd neb yn credu'r peth wrth gwrs – wel, ddim ar y dechre, beth bynnag. Ond ar ôl tipyn fe dyfodd y sibrydion a'r clecs. Roedd pawb yn gwbod bod gan Llwyd obsesiwn am ddarganfod pwy oedd Gweuflyn, ac wedyn fe ddechreuodd pobol weld Llwyd yng nghwmni rhai o'r Marchogion. Dim Gweuflyn ei hunan wrth gwrs, ond rhai o'i gylch agos e – Andreas, Bleddyn Bach, Edith Taran, y chwiorydd McKinley, y Mynach Du, pobol fel'na. Marchogion pwysig iawn. Ar ôl tipyn fe benderfynodd sawl un, fel Aneirin, fod Llwyd yn un ohonyn nhw."

Ma Eifion yn dod ac yn penlinio o 'mlân i, a syllu'n syth i'm llygaid i.

"Ond dwi erioed wedi credu hynna, ddim am eiliad. Ac ma digon o bobol o'r un farn, yn enwedig Pritch. Dwi'n meddwl taw esgus ymuno â'r Marchogion oedd e, i drio darganfod pwy oedd Gweuflyn, a dod â'r holl drafferth roedd e'n achosi i ben, fel ei fod e'n gallu mynd 'nôl i'w fywyd gyda ti a dy fam. Dyna'r union y math o beth fydde Llwyd yn ei neud – datrys y broblem ei hunan, heb siarad â neb. Trio ein gwarchod ni oedd e, nid cefnu arnon ni. A dwi'n meddwl ei fod e wedi llwyddo i ddod wyneb yn wyneb â Gweuflyn, ar y diwrnod fuodd e farw, ond bod rhywbeth wedi mynd o'i le. A dyna pam gafodd e'i ladd."

Mar Eifion yn ochneidio eto.

"Ond does dim i brofi hyn i gyd. Rhyw wythnos cyn iddo fe farw fe ddwedodd Llwyd wrth dy fam ei fod e wedi cuddio rhywbeth fyddai'n esbonio popeth tase unrhyw beth yn digwydd iddo, ond does neb wedi dod o hyd iddo fe. A creda di fi, ma Pritch wedi trio. Ond tan ein bod ni'n dod o hyd i'r peth 'ma, mi fydd 'na rai ymysg y Cyfeillion yn credu bod dy dad yn fradwr. Yr unig beth alla i ofyn i ti, ar ran Pritch, yw i ddangos ychydig o ffydd, ac i gredu yn dy dad."

Dwi'n syllu ar Eifion am dipyn. Ffydd yn y tad dwi ddim yn ei nabod? Ffydd ei fod e ddim wedi cefnu ar ei ffrindie, ei deulu a'i blentyn, er bod y dystiolaeth i gyd yn awgrymu i'r gwrthwyneb?

Ma geirie Eifion, geirie'r Blaidd, a geirie llythyr Dad yn troi o gwmpas yn fy mhen, ac yn sydyn dwi'n teimlo'r angen i fod ar ben fy hunan. Dwi'n codi o'r soffa a, heb edrych 'nôl, yn dringo'r grisie a chau drws fy stafell wely'n glep, gan adael Eifion ar ben ei hunan yn y stafell fyw.

47

Mae Ditectif Saunders yn breuddwydio fod y larwm tân yn y tŷ yn canu, a'i fod yn rhedeg o gwmpas yn ei byjamas yn ceisio ei ddiffodd, pan mae ei wraig yn ei bwnio yn ei ochr.

"Ateb y ffôn yna, Elfed," mae'n mwmian, ei llygaid wedi eu cuddio y tu ôl i fwgwd cysgu trwchus. Mae Saunders yn eistedd i fyny yn y gwely ac yn sylweddoli taw sŵn ei ffôn oedd y larwm yn ei freuddwyd, ac yn ei godi o'r cwpwrdd bach ar bwys ei ochr e o'r gwely.

"Sau...rs," mae Saunders yn crawcian i'r ffôn, cyn clirio ei wddf a thrio eto. "Saunders yma."

"Cer â fe mas," mae ei wraig yn mwmian eto, fymryn yn fwy bygythiol y tro yma.

Yn awyddus i beidio digio Mrs Saunders, mae'r ditectif yn camu allan i'r landin.

"Syr? Ydych chi yna?" Llais Samson Price sy'n dod o ben arall y lein.

"Ydw, ydw! Be ti isie? Mae'n..." Mae Saunders yn tynnu'r ffôn o'i glust i edrych ar yr amser. "Mae'n bump y bore!"

"Ydy, dwi'n gwbod syr, sori. Dwi ar y shifft nos, chi'n gweld, a wel, ma rhywbeth wedi dod mewn ro'n i'n meddwl fydde o ddiddordeb i chi."

Mae'r lein yn mynd yn dawel wrth i Price aros am ymateb ei fòs.

"Ie? Wel, Price? Wyt ti'n mynd i ddweud wrtha i 'te?" mae Saunders yn brathu, wrth rwbio'r cwsg o'i lygaid.

"Ie, ie, wel, chi'n cofio'r fan ddu 'na o achos Seiriol Simmonds, y corff yn yr afon yn Llandaf?"

Gan nad oedd unrhyw dystiolaeth newydd wedi ymddangos yn ymwneud â'r llofruddiaeth dros yr wythnosau diwethaf roedd yr achos wedi ei wthio i'r neilltu, ond roedd Saunders yn dal i dynnu'r ffeil a darllen drwyddi bob nawr ac yn y man. Roedd rhywbeth am yr achos oedd yn ddraenen yn ei ystlys, ac roedd yn benderfynol o'i ddatrys rhywsut.

"Ydw," mae Saunders yn ateb gyda diddordeb.

"Wel, ma'r camerâu wedi pigo hi lan yn teithio dros nos i gyfeiriad Abergwaun."

Mae Saunders yn cyffroi drwyddo.

"Reit, gwranda Price," mae'n dweud. "Cysyllta gyda heddlu lleol Abergwaun a gofyn iddyn nhw gadw llygad mas am y fan, ond i beidio mynd yn agos ati. Os ydyn nhw'n ei gweld hi, gwed wrthon nhw am dy ffonio di'n syth. A dere i bigo fi lan mewn hanner awr. Ni'n mynd ar eu hole nhw."

"Ond syr, ma'n shifft i'n gorffen mewn awr, a dwi..."

"Yma mewn hanner awr, Price," mae Saunders yn torri ar ei draws. "Bryna i frecwast i ti ar y ffordd."

"Iawn, syr," mae Ditectif Price yn ochneidio, cyn gorffen yr alwad.

Gyda'r teimlad fod llofrudd Seiriol Simmonds un cam yn agosach o'r diwedd, mae Saunders yn troi ac yn dechrau gwthio drws y stafell wely ar agor yn araf bach cyn cripian i mewn i hel ei ddillad gwaith.

48

Ma'r ynys mor dawel, mor heddychlon yn gynnar yn y bore, pan ma'r wawr yn dechre goleuo popeth.

Ar ôl gadael Eifion yn y stafell fyw fe wnes i orwedd ar y gwely yn syllu drwy'r ffenest ar dywyllwch y môr, yn pendroni dros bopeth oedd wedi digwydd. Am y tro cynta ers i Pritch ei roi i fi, fe adawais i lythyr Dad heb ei gyffwrdd drwy'r nos.

Rhaid 'mod i wedi syrthio i gysgu yn hwyr neu'n hwyrach, a phan wnes i ddeffro eto roedd y cloc yn dangos ei bod hi'n bump o'r gloch. Dwy awr tan dechre'r Prawf olaf.

Os benderfyna i gymryd rhan. Roedd y cwbwl yn teimlo'n eitha dibwys nawr.

Ar ôl codi o'r gwely a mynd i lawr y grisiau, lle roedd Eifion yn chwyrnu ar y soffa, a stopio i wisgo cot a nôl fflachlamp, camais mas i oerfel y bore, cau drws y tŷ yn dawel, a dechre cerdded. Do'n i ddim yn mynd i unman penodol, dim ond cerdded yn ddibwrpas a chael llonydd i feddwl.

Oes lle i fi fan hyn, ar Fosgad? Ydw i isie bod yn rhan o gymuned sy'n mynnu bod rhaid cymryd profion mor greulon i ymuno? Cymuned lle roedd sawl un yn amau 'mod i'n fab i fradwr, oedd wedi troi ei gefn i ymuno â'u gelynion pennaf? Cymuned oedd wedi bod yn brwydro'n ddi-ben-draw ers canrifoedd?

Ond yna dwi'n meddwl am Alys a Mogs, Sbarc ac Eifion. A Pritch. Y rhai sy 'di fy helpu i, fy nghefnogi i, ac wedi credu yndda i. Allwn i ddioddef eu gadael nhw ar ôl, a dychwelyd i fod yn... neb?

Dwi'n mynd 'nôl a mlân, fy meddwl yn troi, a finne heb syniad beth i neud.

Dwi'n cerdded ar lwybr rhyw filltir o'r pentre, pan dwi'n clywed sŵn traed yn agosáu yn gyflym. Mae siâp du yn ymddangos yn yr hanner goleuni ac yna dwi'n gweld taw Alys sydd yno yn ei dillad rhedeg.

"Manawydan!" mae'n ebychu. "Lle ti 'di bod? Ma Mogs yn chwilio yn y pentre a Tŷ Mawr, a dwi 'di bod yn rhedeg o gwmpas ers oesoedd yn trio dod o hyd i ti. Ma'r Prawf ola yn dechre cyn hir. Dere, neu fyddi di'n hwyr!"

Dwi'n sefyll, yn edrych ar Alys, yn ansicr beth i neud.

"Edrych." Ma Alys yn newid o siarad i arwyddo, ei bysedd yn symud yn chwim drwy'r awyr. "Ma'n rhaid fod beth glywest ti ddoe wedi chwalu dy ben di, ond rwyt ti mor agos! Paid rhoi lan nawr, plis. Paid gadael i bobol fel Aneirin Blaidd ennill."

Dwi wir ddim yn gwbod beth i neud. Does gen i ddim ateb. Dwi'n codi fy nwylo heb syniad beth i'w arwyddo.

Ond yna dwi'n gweld rhywbeth dros ysgwydd Alys. Golau gwan, fel golau fflachlamp, yn symud dros dir caregog yr ynys. Ma fe'n symud am dipyn, cyn stopio, ac yna'n symud eto.

Dwi'n pwyntio at y golau a ma Alys yn troi i edrych arno.

Mogs? dwi'n arwyddo.

Ma Alys yn ysgwyd ei phen. Na, dim ond yn Tŷ Mawr a'r pentre roedd e'n mynd i chwilio, ddim mor bell â hyn.

Ond ma 'na rywbeth amheus am y golau. Gan ddal fy mysedd i 'ngwefusau dwi'n amneidio ar Alys i fy nilyn i. Ma hithe'n gafael yn fy mraich ac yn arwyddo eto: Y Prawf!

Ma amser 'da ni, dwi'n ateb, cyn dechre cerdded i gyfeiriad y golau gwan, sy'n symud eto. Dwi'n troedio'n ofalus, ddim eisiau rhybuddio pwy bynnag sydd yn y tywyllwch 'mod i yma.

Wrth agosáu dwi'n gweld dyn yn cario fflachlamp, yn straffaglu i gario rhywbeth ar ei ysgwydd mewn sach fawr. Bob rhyw ugain llath ma'r dyn yn stopio i roi ei sach i lawr a'i symud i'r ysgwydd arall, ac yn y saib nesa ma'r fflachlamp yn goleuo ei wyneb.

Aneirin Blaidd.

Ma'r dicter a'r casineb yn llifo trwydda i o'i weld e eto, wrth gofio beth ddwedodd e am Dad neithiwr.

Ma'r Blaidd yn edrych dros ei ysgwydd, i gyfeiriad y pentre, yn nerfus, cyn codi'r sach eto a diflannu o'r golwg tu ôl i graig fawr, gan ein gadael ni'n syllu ar ei ôl mewn penbleth. Dwi'n agosáu yn ofalus at lle ddiflannodd e ac yn sbecian o gwmpas ac yn gweld... dim. Dim golwg o Aneirin na'i sach.

Ma Alys yn tynnu ar fy llawes i, ac yn arwyddo unwaith eto: Y Prawf!

Ma 'na rywbeth o'i le fan hyn. Ma awel yn siffrwd dros y tirlun llwyd wrth i fi gamu o gwmpas y graig, ac yna dwi'n ei weld e – hollt yn y graig. Dwi wedi bod yma o'r blân. Gyda ias dwi'n cofio taw dyma lle wnes i ddianc o'r twneli yn yr ail Brawf – ac mae'n rhaid taw dyna lle diflannodd y Blaidd gyda'i becyn.

"Manawydan," ma Alys yn sibrwd. "Dere, ma'n rhaid i ni fynd 'nôl. Ti'n cofio beth ddwedodd Seren neithiwr? Dyw'r twneli ddim yn ddiogel."

Ydw, dwi'n cofio Seren yn dweud wrth bawb am gadw draw o'r twneli, ond roedd hynny am fod y Blaidd wedi dweud eu bod nhw'n beryglus. A nawr dyma fe'n mynd i mewn ar ei ben ei hunan, yn gynnar yn y bore. Pam?

Cer di 'nôl os wyt ti isie, dwi'n arwyddo at Alys. Ond ma rhywbeth yn mynd mlân fan hyn. Dwi'n mynd ar ei ôl e.

Gan dynnu anadl ddofn dwi'n camu i mewn i'r twnnel. Yn syth dwi'n cofio'r teimlad o fod yn y tywyllwch, ar goll, ac er 'mod i wedi gofyn iddi adael dwi'n falch o glywed Alys tu ôl i fi yn ochneidio ac yn camu i'r twnnel.

Er nad ydw i'n cynnau fy fflachlamp mae'n ddigon hawdd dilyn golau Aneirin drwy'r ogofâu, yn enwedig gan ei fod e'n stopio mor aml. Ma sŵn ei anadlu trwm yn atsain drwy'r twneli cyfyng – ma'n rhaid fod beth bynnag sydd yn ei sach yn drwm uffernol.

Ar ôl hanner awr o gerdded a stopio, cerdded a stopio, dwi'n clywed rhywbeth newydd – sŵn tonnau'n torri, a gwynt yn chwibanu. Yn raddol ma'r twneli yn goleuo, ac ma sŵn lleisiau yn neud i fi stopio'n stond.

"Aneirin! O'r diwedd. O'n i'n meddwl bod ti ddim yn dod."

Ma llais cyfeillgar yn cario i lawr y twnnel – llais dwi'n siŵr 'mod i wedi ei glywed o'r blân rhywle, ond mae'n anodd ei adnabod wrth iddo atseinio yn erbyn y waliau caled, gyda sŵn y môr yn y cefndir.

"Ry'n ni ar bwys Cei Bach," ma Alys yn sibrwd yn dawel, ei gwefusau bron â chyffwrdd fy nghlust. Dyma unig fan gwan yr ynys, ond doedd dim sôn wedi bod am y gwymp oedd i fod wedi digwydd yn y twnnel.

"Wel, ma hwn yn drwm, ti'n gwbod, a roedd rhaid i fi neud yn siŵr fod neb yn fy ngweld i." Ma'r Blaidd allan o wynt, ac wrth i fi sbecian o gwmpas cornel y twnnel dwi'n ei weld yn pwyso yn erbyn y wal, wedi blino'n lân.

"Ie, ie, ond ti yma nawr. Alla i... ei weld e?" ma'r ail lais yn gofyn.

"Helpa dy hunan," ma Aneirin yn ateb, gan beswch i'w law.

Ma 'na dawelwch am dipyn, cyn i'r Blaidd siarad eto.

"Wnes i drio rhesymu gyda phawb neithiwr eto, dweud taw'r peth gore oedd i'w gymryd e o'r ynys a'i guddio yn rhywle, ond do'n i ddim yn gallu eu cael nhw i gytuno. Ma Pritch Jones wastad yn mynnu sticio'i drwyn i mewn, damia fe! Ti'n gwbod fyddwn ni mewn lot o drwbwl pan ddown nhw i ddeall beth ry'n ni 'di neud, ond isie cadw pawb yn ddiogel ydw i, dyna i gyd. Ti'n siŵr fod gyda ti rhywle saff i'w guddio fe, Osian?"

Osian! Dyna'r llais arall... ond ma fe i fod ar y tir mawr, yn trio dysgu mwy am gynllun y Marchogion. Yna, yn araf bach, ma'r darnau'n dechre disgyn i'w lle. Osian ddaeth â'r newyddion am gynllun y Marchogion i Fosgad. Ma'n rhaid ei fod e ac Aneirin 'di trefnu i gymryd y Darn Coch o'r ynys heb ddweud wrth weddill y Cyfeillion.

Ond ma gen i ffydd yn Pritch. Yr ynys yw'r lle gore i gadw'r darn, yn bell o ddwylo'r Marchogion. Dwi ar fin codi ar fy nhraed a neud... rhywbeth, unrhyw beth i stopio darn olaf y Pair rhag gadael yr ynys. Ond yna ma Osian yn siarad eto.

"O, dwi ddim yn poeni am fynd i drwbwl gyda'r Cyfeillion, Aneirin. A ddylet ti ddim chwaith."

Ma Osian yn camu i'r golau ym mhen pella'r twnnel, ac yn sefyll o flaen Aneirin.

Dwi'n gweld rhyw fflach gyflym, ac yn sylweddoli'n sydyn taw'r haul gwan sy'n disgleirio ar lafn cleddyf wrth iddo symud drwy'r awyr.

Wedyn, yn araf bach, ma corff marw'r Blaidd yn suddo i'r llawr.

49

"Dere mlân, wnei di?"

Mae gas gan Saunders fwyd McDonald's, ac roedd y McDonald's yng ngwasanaethau Pont Abraham yn hynod o ddrud. Ond mi oedd e wedi addo brecwast i Price ar y ffordd i Abergwaun, a dyma oedd yr opsiwn cyflymaf ar y ffordd.

Mae Price yn llowcio'r darn olaf o beth bynnag ddaeth yn y papur lapio seimllyd, ac yn yfed y diferion olaf o'i goffi.

"Sori, syr, jyst angen y tŷ bach, ac wedyn ewn ni."

Mae Saunders yn rowlio ei lygaid yn ddiamynedd wrth i Price frysio i ffwrdd, cyn cymryd cegaid o'i goffi a thynnu wyneb ar y blas cas.

50

*D*wi wedi rhewi yn yr unfan. Ma llaw Alys yn gafael yn dynn yn fy mraich i, a chorff Aneirin Blaidd yn gorwedd yn ddisymud ym mhen pella'r twnnel. Dwi'n ceisio gwneud synnwyr o'r hyn sy 'di digwydd.

Mae'n rhaid fod Osian ac Aneirin wedi cytuno i gwrdd yn gyfrinachol er mwyn mynd â'r Darn Coch o'r ynys. Dyna pam fod Aneirin wedi dweud fod cwymp wedi bod yn y twnnel – fydde neb o gwmpas i'w gweld nhw, a fydde ddim angen gwarchod Cei Bach os oedd pawb yn meddwl fod y twneli wedi cau, sy'n golygu fod Osian wedi gallu cyrraedd yr ynys heb i unrhyw un ei weld. Ac fel Pennaeth Diogelwch yr ynys mi fyddai Aneirin wedi gallu cael gafael ar y Darn Coch a'i symud heb i neb sylwi.

Ond os oedd y cynllun wedi gweithio, pam fod rhaid i'r Blaidd farw?

Ar ôl lladd Aneirin, safodd Osian dros ei gorff, gan sychu'r gwaed o'i gleddyf.

"Blaidd?" dywedodd wrtho'i hunan. "Hy! Mwy fel ci bach."

Erbyn hyn ma Osian yn straffaglu i symud y sach sy'n cynnwys y Darn Coch o'r twnnel ac at y cwch pysgota sy'n codi a disgyn ar y tonnau ar y cei. Ma sŵn rhywbeth trwm yn disgyn i fwrdd y cwch yn awgrymu ei fod wedi llwyddo, ac ar yr eiliad honno dwi'n gwybod fod y Darn Coch ar fin diflannu. Heb feddwl dwywaith, ac er gwaetha sibrwd ffyrnig Alys tu ôl i fi, dwi'n rhedeg yn dawel i lawr y twnnel at y cei, mewn pryd i weld Osian yn llusgo'r sach i lawr i berfeddion cwch pysgota bach rhydlyd, a'r paent glas yn plicio drosto. Dwi'n dringo i lawr o'r cei mor dawel ag y galla i, ac yn edrych o 'nghwmpas yn wyllt am rywle i guddio. Ond alla i ddim gweld unman. Dim ond un caban bach gyda'r olwyn lywio ynddi, a'r twll lle diflannodd Osian gyda'r sach. Dwi'n troi i neud yn siŵr fod Alys ddim yn fy nilyn hi, ond does dim golwg ohoni.

Dyna lle dwi'n sefyll, yn yr awyr agored, pan ma Osian yn dringo i fyny'r grisiau o waelod y cwch ac yn fy ngweld i. Ma'r syndod ar ei wyneb yn newid i wên greulon, a mae'n cerdded tuag ata i ac yn estyn ei law.

"Wel, wel, Manawydan Jones! Do'n i ddim yn disgwyl dy weld di, ond braf i gwrdd â ti eto. Gad i fi gyflwyno fy hunan, ond yn iawn y tro yma. Ma pawb ar yr ynys yma'n fy adnabod i fel Osian fab Nisien, ond mae gen i enw arall hefyd. Falle dy fod di wedi clywed amdana i."

Mae'n edrych i fyw fy llygaid i.

"Gweuflyn fab Efnisien ydw i. Ro'n i'n adnabod dy dad."

51

Mae Gweuflyn yn tynnu ei gleddyf ac yn gorchymyn i Manawydan orwedd ar fwrdd y cwch, cyn clymu ei ddwylo'n dynn gyda darn o raff.

"Mae'n ddrwg gen i," mae'n dweud. "Ond gan ein bod ni mor agos i'r diwedd alla i ddim cymryd risg. Fydde fe'n haws taswn i'n dy ladd di nawr..." Mae'n gwneud ystum o bendroni'r syniad. "Ond mi fydde'n braf cael rhywun i sgwrsio ag e ar y ffordd 'nôl i Abergwaun. Ddim dy fod di'n sgwrsio rhyw lawer, wrth gwrs!"

Mae Gweuflyn yn chwerthin ar ei ffraethineb ei hun, wrth gamu at lyw'r cwch a thanio'r injan.

"Ffwrdd â ni 'te!" mae'n dweud, yn llawn hwyl. "*All aboard*, ding ding! Stop nesa, fferm Coed y Brenin. Enw addas, ti'm yn meddwl, o ystyried beth sy'n mynd i ddigwydd yna? Achos ar ôl heddiw, bydda i'n arwain byddin sy'n mynd i 'ngwneud i'n frenin dros... wel, popeth!"

Mae Gweuflyn yn dechrau hymian cân fywiog, ei ysgwyddau'n symud i'r curiad wrth iddo lywio'r cwch o ynys Fosgad i gyfeiriad y tir mawr. Mae Manawydan yn teimlo diferion bach o heli yn ei wlychu wrth i'r cwch gyflymu drwy'r tonnau.

"Dyna lle ma darnau eraill y Pair, ti'n gweld, Manawydan," mae Gweuflyn yn galw dros ei ysgwydd. "Y tri darn, yn aros am y pedwerydd. A ma 'na fwy yna hefyd. O oes, lot mwy.

Wyt ti isie i fi ddweud wrthot ti? Wel, iawn 'te, os wyt ti'n mynnu. Mae'r Marchogion wedi bod yn casglu gweddillion y Marchogion mwya pwerus erioed o'u beddau ar hyd a lled y wlad – dwsinau ar ddwsinau o gyrff marw yn aros i godi eto. Unwaith bydd y Pair yn gyflawn eto fe alla i greu byddin anfarwol, a mi fydda i'n fwy pwerus nag y galli di erioed ddychmygu. Pob Marchog dros y canrifoedd yn ôl yn fyw eto. Fydda i'n damsgel y Cyfeillion dan draed fel morgrug bach, ac yna'u teuluoedd nhw, a'u ffrindiau nhw ac yna... wel, pam lai? Gweddill y byd!"

Gyda'i feddwl yn llenwi ag arswyd am gynllun Gweuflyn, mae Manawydan yn troi i wylio ynys Fosgad yn diflannu'n araf. Mae'n dychmygu trigolion y pentref yn dihuno i ddechrau diwrnod arall. Byddai Arthur yn y Neuadd Fawr erbyn hyn gyda Gwennan, yn paratoi am y Prawf olaf, heb wybod fod ei dad yn gorwedd yn farw yn y twneli o dan yr ynys. Pryd fyddan nhw'n sylweddoli fod y Darn Coch wedi diflannu? Fyddai Alys yn gallu cofio ei ffordd o'r Labyrinth i'w rhybuddio nhw? Ac os byddai hi, sut fyddai'r Cyfeillion yn gallu paratoi am ymosodiad gan fyddin oedd yn amhosib i'w threchu? Mae'r anobaith yn golchi dros Manawydan fel un o donnau llwyd y môr – anobaith a methiant.

Ond yna... rhywbeth.

Symudiad yn y dŵr, o gornel ei lygad. Siâp du yn gadael ochr y cwch ac yn diflannu i'r ewyn. Mae'n astudio'r môr yn ofalus, a hanner can llath y tu ôl i'r cwch mae rhywbeth yn codi o'r tonnau, a dechrau symud yn gryf yn ôl i gyfeiriad ynys Fosgad.

Alys!

Mae'n rhaid ei bod hi wedi dal at ochr y cwch yn ddigon hir i glywed cynllun Gweuflyn, a nawr ar ei ffordd 'nôl i rybuddio'r

Cyfeillion. Gyda'i gallu nofio hi fe fydd hi'n ôl o fewn dim, ond pa mor hir y byddai'n cymryd nes y byddai'r Cyfeillion yn gallu cyrraedd i roi stop ar Gweuflyn?

Mae Manawydan yn troi i wynebu blaen y cwch eto, ond does dim i awgrymu bod Gweuflyn wedi sylwi ar Alys. Mae'n dal i barablu a chwerthin am yn ail wrth lywio'r cwch bach dros y tonnau.

"Roedd e'n eitha hawdd i berswadio pawb taw un o deulu Nisien, a dim Efnisien o'n i, ti'n gwbod," mae'n dweud, heb edrych ar Manawydan. "Roedd y ddau yn efeilliaid wedi'r cwbwl, ac yn debyg mewn cymaint o ffyrdd – dim ond bod Efnisien â'r dewrder a'r weledigaeth i dorri'r rheolau, a mynnu beth oedd yn ddyledus iddo fe. Ond unwaith fod pawb wedi fy nerbyn i fel Osian a phasio'r Profion pitw yna, fe ges i fy nghroesawu i'r Cyfeillion. Dychmyga hynna – arweinydd y Marchogion ar ynys Fosgad, dan eu trwynau nhw yr holl amser! Pritchard Jones, Eifion Casgen a'r holl ffylied eraill 'na, yn meddwl 'mod i ar eu hochr nhw, yn ffrindiau gyda nhw, hyd yn oed!"

Mae bysedd Manawydan yn wyn wrth afael yn dynn yn ochr y cwch bach, yn brwydro i reoli ei dymer.

"Ti'n gwbod be sy'n ddiddorol?" mae Gweuflyn yn galw allan ar ôl pwl arall o chwerthin. "Pan ma'r Pair wedi neud ei stwff, ac wedi atgyfodi cyrff marw, ma'r bobol fel newydd heblaw am un peth – dydyn nhw ddim yn gallu siarad! Dylet ti deimlo'n reit gartrefol yn fy myddin newydd i, dylet wir!"

Mae ei chwerthin aflafar yn cael ei sgubo i ffwrdd gan y gwynt wrth i Manawydan syllu ar amlinelliad y tir mawr yn araf agosáu yn y pellter.

52

"Reit, wna i ddatod dy ddwylo di nawr, a galli di gario Darn
Coch y Pair i'r fan. Ond paid trio dim byd, iawn?"

Ma Gweuflyn yn symud ei law i lawr i gyffwrdd â charn ei
gleddyf, sydd wedi ei guddio dan ei got hir. Dwi'n syllu arno am
sawl eiliad cyn nodio yn araf.

Ma'r cwch pysgota bach wedi ei glymu yn dynn wrth ochr y cei,
ac fe alla i weld fan ddu wedi ei pharcio gerllaw – yr un fan ddu
dwi'n cofio gweld Gweuflyn yn ei gyrru i ffwrdd o du allan i dŷ
mam yn Llandiem, gyda Bleddyn Bach ac Andreas yn y cefn. Dyna
lle dechreuodd y twyll i gyd – Osian yn esgus cael ei gipio gan y
Marchogion cyn dychwelyd i Fosgad gyda'r newyddion o gynllun i
ddwyn y Darn Coch o'r ynys. Dim digon i berswadio'r rhan fwyaf
o'r Cyfeillion, ond digon i godi ofn ar yr un dyn oedd yng ngofal
gwarchod y Darn – Aneirin Blaidd. Roedd e'n swnio'n eitha parod i
roi'r darn yn gyfrinachol i Osian, y cyfaill dibynadwy, ffyddlon, ac
yn ddiarwybod i Aneirin, ei roi yn syth i ddwylo'r Marchogion.

"Dere 'te, sdim trwy'r dydd gyda ni."

Ma Gweuflyn yn gafael yn fy ysgwydd ac yn fy ngwthio i grombil
y cwch. Dwi'n ystyried gwrthod, neu geisio ymladd, y syniad o adael
i'r dyn laddodd Dad fy arwain i o gwmpas yn dân ar fy nghroen i.
Ond does gen i ddim amheuaeth y bydde Gweuflyn yn defnyddio ei
gleddyf petawn i'n gwrthod, a fyddwn i'n ddim help i'r Cyfeillion o
gwbwl wedyn.

Ma'r sach sy'n cario'r Darn Coch yn drwm, a dwi'n straffaglu i'w

chodi dros fy ysgwydd a'i chario i fwrdd y cwch, ac yna ei chodi i'r
cei. Dwi'n edrych o gwmpas i weld oes unrhyw un ar gael i helpu,
ac ma fy nghalon yn curo'n gyflymach wrth weld car heddlu yn
gyrru heibio ar y ffordd fawr. Ond cyn i fi allu denu eu sylw ma llaw
Gweuflyn yn gafael yn dynn ar fy ysgwydd i, a ma'r car yn gyrru
heibio heb stopio.

Ma Gweuflyn yn agor drysau'r fan a gydag ymdrech fawr dwi'n
llwytho'r sach i'r cefn, a chorff y fan yn disgyn fymryn gyda'r pwysau
ychwanegol.

"A ti. I'r cefn," mae'n dweud. Ma ei hwyliau da ar y llong 'di
diflannu nawr, a golwg ddifrifol ar ei wyneb. "Dere mlân, dere
mlân."

Ar ôl dringo i gefn y fan ma'r drysau'n cau gyda chlep, gan fy
ngadael i mewn tywyllwch llwyr. Dwi'n clywed Gweuflyn yn
cerdded i'r blaen ac yn dringo i sedd y gyrrwr, ac yn fuan wedyn
ma'r injan yn tanio a'r fan yn symud.

53

Mae ffôn Samson Price yn canu, a'r ditectif yn gwasgu'r botwm i ateb yr alwad a'i roi ar yr uchelseinydd.

"Helô?"

"Ie, helô. Sarjant Price?" Mae llais dieithr yn llenwi'r car, sydd wedi bod yn gyrru ar hap drwy strydoedd Abergwaun ers chwarter awr bellach. "PC Heyworth sydd yma, heddlu Abergwaun. Fe gaethon ni neges i adael i chi wbod os y'n ni'n gweld fan ddu, gyda rhif cofrestru…"

"Ie, ie," mae Ditectif Saunders yn torri ar ei draws. "Chi wedi ei gweld hi?"

"Do, newydd yrru heibio i'r fan, wedi ei pharcio ar y cei," daw'r ateb. "Ond mae'n symud eto nawr. Ydych chi eisiau i ni ei stopio?"

"Na," mae Saunders yn ateb yn syth. "Dilynwch yn ofalus, ac arhoswch ar y ffôn i ni gael ymuno â chi. I ba gyfeiriad mae'n mynd?"

"Mae'n gadael y dre nawr, yn edrych fel petai'n anelu am yr A40…"

Mae Saunders yn troi at Price, sy'n edrych o'i gwmpas am arwyddion i ffordd yr A40.

"Reit 'te, Price, wnawn nhw ddim dianc nawr. Dere i ni weld be sy gyda nhw i ddweud."

54

*D*oedd y siwrne yng nghefn y fan ddim yn un hir – deg munud ar y mwya.

Er 'mod i'n eistedd mewn tywyllwch llwyr fe allwn i deimlo ein bod ni ar ffordd darmac wastad am sbel, cyn symud i lôn droellog. Roedd diwedd y siwrne ar drac anwastad, garw, oedd yn achosi i'r fan fownsio i bob cyfeiriad.

Ma'r injan yn diffodd a dwi'n clywed drws y gyrrwr yn gwichian ar agor a sŵn traed tu allan, cyn i ddrws cefn y fan gael ei daflu ar agor. Am eiliad neu ddwy ma'r gole llachar sydyn yn fy nallu i ar ôl bod yn y tywyllwch, a dwi'n camu mas yn ofalus. Ma'r fan 'di parcio ar fuarth mwdlyd, ac mae'n treinyrs i'n suddo rhyw fodfedd i'r budreddi. O fy mlân i ma hen dŷ fferm o gerrig llwyd mewn cyflwr truenus, gyda sawl un o'i ffenestri 'di torri, y llenni llwyd brwnt yn chwythu yn yr awel. O gwmpas y buarth tawel ma tair sied o wahanol faint wedi eu gwneud o fetel rhydlyd, a sgubor bren anferth, gadarn yr olwg. Heblaw am y fan ddu a thri char arall – tri 4x4 du sgleiniog – ma'r buarth yn gwbwl wag. Does dim golwg o offer ffermio nac anifeiliaid o unrhyw fath, a dwi'n cael y teimlad nad yw'r adeilade 'ma 'di cael eu defnyddio ers sbel.

"Draw fan hyn, i'r sgubor," ma Gweuflyn yn dweud, y wên ar ei wyneb yn awgrymu fod ei hwyliau da wedi dychwelyd eto. "Gei di gwrdd â cwpwl o hen ffrindie."

Mae'n camu at ddrws trwm y sgubor ac yn ei lusgo ar agor. Yn syth ma chwa gynnes o wynt afiach, pydredig yn llifo mas – y math o

arogl sy'n neud i'r cyfog godi i'r gwddw a dod â dagre i'r llygaid. Ma
tu fewn y sgubor wedi ei oleuo gan dân mawr sy'n llosgi yng nghanol
y llawr, a dwi'n sylwi bod y Marchogion 'di bod yn ofalus i symud yr
holl wellt rhydd, pren a sbwriel i ochre'r sgubor, yn bell o gyrraedd y
fflamau. Tu hwnt i'r tân, yng nghefn y sgubor, ma 'na rywbeth mawr
wedi ei guddio o dan gynfas glas, a gyda ias dwi'n sylweddoli beth
sydd odano. Dyma'r pentwr o weddillion Marchogion y gorffennol,
yn aros i gael eu taflu i'r Pair.

Ma rhyw ddwsin o bobol yn eistedd o gwmpas y tân, sawl un yn
dal hances neu lawes dros eu ceg rhag yr arogl, sy'n cryfhau wrth
i Gweuflyn fy ngwthio i mewn i'r sgubor. Ma pob wyneb yn troi
i edrych wrth i ni gerdded, a dwi'n nabod dau yn syth – Bleddyn
Bach ac Andreas. Ma'r gweddill yn ddieithr, yn gymysgedd o
ddynion a menywod, hen ac ifanc. Ma un yn edrych fel mam-gu
garedig, annwyl, nes iddi regi arna i am syllu arni, a phoeri ar y
llawr wrth ei thraed. Ma Andreas yn codi ar ei draed ac yn cerdded
ata i.

"Nawr, nawr, Edith," mae'n esgus dwrdio'r hen ddynes, gyda
gwên greulon ar ei wyneb. "Ma Gweuflyn wedi dod â ffrind i chware
gyda ni."

Edith. Hon oedd Edith Taran, ma'n rhaid, y Marchog oedd wedi
defnyddio swynion mor gryf nes iddi golli ei meddwl.

"Bleddyn," ma Gweuflyn yn galw yn ddiamynedd, gan anwybyddu
Andreas. "Cer i nôl y sach o gefn y fan, a dere â hi mewn fan hyn.
Ffrindiau!" Ma fe'n troi, i annerch y Marchogion sy'n dal i eistedd o
gwmpas y tân, gan fy ngwthio i o'r neilltu. Dwi'n glanio ar fy ochr,
ar bwys hen gafn rhydlyd sy'n llawn dŵr budr, afiach. "Rydyn ni
ar drothwy pennod newydd yn hanes y byd – pennod lle byddwn
ni, y Marchogion, yn teyrnasu! Fel roedden ni'n amau, fe roddodd y
Cyfeillion y darn olaf i ni heb unrhyw ddadl..."

Ma chwerthin gwawdlyd yn dod oddi wrth y rheini sydd wedi

ymgasglu o gwmpas y tân, ond ma Gweuflyn yn codi ei law i'w tawelu.

"... ac mi wnawn nhw dalu am y fath ffolineb gyda'u BYWYDAU!"

Ma bloedd yn llenwi'r sgubor, ac Edith Taran yn rhegi'n uwch fyth mewn dathliad. Yng nghanol y sŵn ma Bleddyn yn dychwelyd gyda Darn Coch y Pair, yn cario'r sach drwm fel petai'n ddim byd, ac mae 'nghalon i'n suddo wrth ei weld e'n cau drws y sgubor ar ei ôl, gan gau'r ffieidd-dra a'r pydredd i mewn gyda ni.

Ma sawl un o'r Marchogion yn diflannu i gysgodion y sgubor cyn ailymddangos yn llusgo tri darn arall o haearn trwm. Ma'r darnau yn cael eu gosod o flaen y tân a, gyda thipyn o ymdrech, yn cael eu codi nes eu bod nhw'n ffurfio siâp crochan, gyda darn mawr ar goll o'i ochr.

"Am y tro cynaf mewn canrifoedd," ma Gweuflyn yn annerch mewn llais uchel, llawn cyffro wrth i Bleddyn dynnu pedwerydd darn y Pair o'r sach. "Mae'r Pair Dadeni yn gyflawn unwaith eto!"

Yn ofalus ma Bleddyn yn gosod y Darn Coch yn ei le yn erbyn y tri darn arall, ac yna ma'r sgubor yn dawel heblaw am sŵn pren yn cracio a phoeri yn y tân. Mae'n teimlo fel petai'r byd cyfan yn dal ei anadl, yn aros i weld be sy'n mynd i ddigwydd.

Yna, yn araf, ma'r Pair yn dechre goleuo'n wyn, yn fwy a mwy disglair, nes bod rhaid i fi guddio fy llygaid ac edrych i ffwrdd. Dwi'n teimlo gwres ar fy wyneb, yn llosgi fel sefyll dan haul trofannol ac yna... mae'n stopio. Dwi'n edrych yn ôl, ac yn hytrach na phedwar darn unigol, ma un pair cyfan yn sefyll o flaen y tân. Pum troedfedd o uchder, a'r un mor llydan, a dim i awgrymu ei fod wedi torri erioed. Mae ochr y Pair wedi ei rannu yn baneli, a phob un wedi ei addurno'n wahanol, ar y tu fewn a'r tu allan – fe alla i weld un gyda wyneb dyn barfog yn syllu arna i'n fygythiol, ac un arall yn dangos

tarw yn cael ei ymosod arno gan bac o fleiddiaid. Dwi bron yn gallu
teimlo nerth yr hud hynafol yn llifo mas ohono fe.

Ma pawb yn y sgubor yn syllu arno am dipyn, ac yna ma un sŵn
yn torri drwy'r tawelwch – chwerthiniad gwallgof Gweuflyn.

"Ma fe'n gyflawn eto, ffrindiau!" mae'n sgrechian. "Fe allwn ni,
fel neb arall, godi'r meirw. O heddiw ymlaen, rydyn ni'n fwy na
Marchogion – rydyn ni'n DDUWIAU!"

55

"Ti'n siŵr ein bod ni ar y ffordd iawn, Price?" mae Saunders yn gofyn unwaith eto.

"Ydw, syr..." mae Samson Price yn ateb, heb swnio'n siŵr o gwbl. "Wel, dwi'n meddwl ein bod ni, beth bynnag. Dwi 'di dilyn canllawiau PC Heyworth, mi ddylen ni fod yn gweld eu car nhw unrhyw funud... A, dyna nhw, syr, yn y bwlch bach yna wrth ochr y ffordd."

Mae Samson Price yn llywio'r car i mewn i'r bwlch nes ei fod yn dynn wrth gefn y car heddlu, ac mae Ditectif Saunders yn camu allan. Mae'n cerdded at yr heddwas sy'n pwyso yn erbyn y car heddlu – dyn ifanc, arbennig o dal, gyda sbectol drwchus ar ei drwyn – sy'n cyflwyno ei hun fel PC Heyworth, ac yn ysgwyd ei law.

"Diolch yn fawr i ti am dy help di mor belled, Heyworth, jobyn da. Nawr, alli di ddweud wrtha i'n union lle ma'r fan ddu 'ma? Wedi tynnu mewn i ryw fferm ddwedest ti, ife?"

"Dwi wedi paratoi adroddiad byr, syr."

Mae PC Heyworth yn tynnu llyfr nodiadau bach o boced ei drowsus ac mae Saunders yn gwylio'n ddiamynedd wrth iddo fyseddu'n araf drwy'r tudalennau. Ar ôl dod o hyd i'r dudalen gywir mae'n gwthio ei sbectol i fyny ei drwyn ac yn dechrau darllen mewn llais fflat, undonog.

"Tua saith o'r gloch y bore yma mi oeddwn i a PC Wilmot yn teithio i gyfeiriad gogleddol ar Stryd y Cei, Abergwaun. Ar ddechrau ein shifft fe ofynnwyd i ni gadw golwg am fan ddu, rhif cofrestru…"

"Ie, iawn, ond alli di jyst…" mae Saunders yn torri ar ei draws, ond mae PC Heyworth yn codi ei lais rhyw fymryn ac yn cario mlaen i ddarllen.

"Wrth i ni yrru lawr Stryd y Cei gyda PC Wilmot wrth y llyw fe wnes i weld y fan wedi ei pharcio yn wynebu'r harbwr. Fe ofynnais i PC Wilmot os oedd e wedi gweld y fan hefyd, ond atebodd PC Wilmot nad oedd wedi'i gweld hi. Er gwaetha hynny roeddwn i'n weddol siŵr 'mod i wedi gweld y fan…"

Mae Saunders yn teimlo ei dymer yn berwi, ac mae'n ochneidio'n swnllyd wrth i PC Heyworth oedi i droi i'r dudalen nesaf.

"Iawn, Heyworth, y cwbwl dwi eisiau…" mae'n trio torri ar draws eto, ond heb lwyddiant.

"… ac erbyn i ni droi a gyrru'n ôl ar hyd Stryd y Cei roedd y fan wedi gadael y man parcio ac yn teithio o'n blaenau ni. Fe wnaethon ni ddilyn y fan drwy Abergwaun i gyfeiriad yr A40. Ar ôl ymuno gyda'r A40 fe deithiodd y fan i gyfeiriad…"

O'r diwedd mae Saunders yn cael digon, ac yn cipio'r llyfr o law'r plismon ifanc.

"Iesgob annwyl, Heyworth, jyst dwed ble ma'r fan nawr, neu mi fydd hi wedi nosi, myn yffach i!"

Mae PC Heyworth yn blincio ar Saunders trwy ei sbectol trwchus, cyn troi a phwyntio at droad sydd ugain llath tu hwnt i ble mae'r ddau gar wedi'u parcio.

"Lan fan'na, syr," mae'n ateb yn swta. "Mae'r trac yn mynd am ryw filltir, ac yn arwain yn syth at fferm Coed y Brenin. Ond does neb wedi bod yn ffermio yna ers blynyddoedd bellach."

"Iawn 'te." Mae Saunders yn pasio'r llyfr nodiadau yn ôl i'r plismon arall, yn teimlo ychydig yn euog am frathu. "Dim ond eisiau siarad â pherchennog y fan ydyn ni ar hyn o bryd, felly dewch i ni beidio gwneud sioe fawr – dim goleuade, dim seirens. Dydyn ni ddim yma i arestio neb. Ddim eto, beth bynnag. Dilynwch ni."

Gyda hynny mae Saunders yn dringo'n ôl i'r car ac mae Price yn tanio'r injan ac anelu am y troad yn y ffordd.

56

Bu tipyn o weiddi, chwerthin a chymeradwyo yn y sgubor o weld y Pair Dadeni wedi ei uno unwaith eto. Fe ddechreuodd Edith Taran ddawnsio rhyw ddawns ryfedd o gwmpas y tân, ei choesau a'i breichiau yn symud i bob cyfeiriad ar yr un pryd, wrth i weddill y Marchogion gofleidio ac ysgwyd dwylo, wrth eu boddau'n gweld eu cynllun yn dwyn ffrwyth.

Dim ond Gweuflyn oedd yn sefyll ar wahân, yn syllu'n dawel ar y Pair, gyda chysgod o wên ar ei wefusau.

"Dyw hi ddim yn rhy hwyr, Manawydan," meddai o'r diwedd, gan siarad yn ddigon tawel fel nad oedd y Marchogion eraill yn gallu clywed. "Dyw hi ddim yn rhy hwyr i ymuno â ni. Fe alli di weld nawr ein bod ni wedi ennill, a does dim all y Cyfeillion ei wneud i'n stopio ni. A dweud y gwir, yn ddigon buan fydd dim Cyfeillion ar ôl. Ma hyn yn gyfle i ti fod yn rhan o rywbeth anferth. Fe alli di gael unrhyw beth rwyt ti eisiau. Arian. Grym. Parch." Mae Gweuflyn yn troi i edrych ar Manawydan. "Ymuna â ni ac fe wna i ddweud y gwir wrthot ti beth ddigwyddodd i dy dad. Ymuna â ni, ac fe allwn ni ddefnyddio'r Pair i ddod â dy dad yn ôl." Mae'n aros i'r geiriau suddo i feddwl Manawydan. "Be ti'n feddwl?"

57

*D*ysgu'r gwir am Dad? Ei ddod â fe'n ôl, yma, 'da fi? Dwi'n gadael fy hunan i ddychmygu, am eiliad, cael cwrdd ag e, a'i gofleidio, a'i glywed yn dweud ei fod e'n fy ngharu i.

Ond cyn gynted â 'mod i wedi dychmygu hynny, dwi'n gwbod ei fod e'n ddim mwy na breuddwyd. Petai Dad yn dod o'r Pair, fydde fe ddim yn gallu siarad i ddweud ei fod e'n fy ngharu i. Fydde fe'n ddim ond gwas bach i Gweuflyn, y dyn a'i lladdodd e. Nid Dad fydde fe, ond rhyw fath o byped sy'n edrych fel Dad, jyst swp o gnawd ac esgyrn fyddai'n fy atgoffa i bob tro 'mod i wedi troi fy nghefn ar fy ffrindiau ac ochri gyda Gweuflyn.

Ma fe'n syllu arna i, yn aros am ymateb, ac ma'r dicter tuag ato yn fy mharlysu i. Dwi isie ei fwrw fe a'i gicio fe, gweiddi, rhegi... ond cyn i fi allu neud unrhyw beth ma cnoc ar ddrws y sgubor, sŵn rhywun yn taro dwrn sy'n ysgwyd y pren trwm. Ma'r Marchogion yn tawelu'n syth, Edith Taran wedi'i rhewi yn yr unfan, yn sefyll ar un goes a'i breichiau ar led.

Dwi'n gwbod bod pob un arall yn y sgubor yn meddwl yr un peth â fi.

Ma'r Cyfeillion 'ma...

"Heddlu, agorwch y drws!" ma llais yn galw o'r tu allan.

Heddlu?

Ma'r dwrn yn curo'r pren unwaith eto, a'r gorchymyn yn cael ei ailadrodd.

Ma pob un o'r Marchogion yn syllu ar Gweuflyn, a hwnnw'n troi'n hamddenol i edrych ar y drws, cyn ateb mewn llais gwichlyd,

"Iawn, dwi'n dod nawr!"

Mae'n ystumio i'r Marchogion i ymgynnull o gwmpas y drws, pob un yn tynnu arf o ryw fath o'u dillad – cleddyfau, cyllyll, sawl pastwn a hyd yn oed bwyell.

Dwi'n gwylio'r cwbwl yn anobeithiol, ar dân isie rhybuddio'r heddlu cyn ei bod hi'n rhy hwyr, ond dwi wedi fy mharlysu.

Ma Gweuflyn yn agor drws y sgubor y mymryn lleiaf ac yn edrych mas i'r buarth.

"Alla i'ch helpu chi?" mae'n gofyn mewn llais diniwed.

"Ditectif Saunders, Heddlu Caerdydd," daw'r ateb o'r tu allan. "Dyma Sarjant Price, PC Heyworth a PC Wilmot. Chi yw perchennog y fan ddu sydd wedi parcio fan hyn, syr?"

"Y fan ddu?" ma Gweuflyn yn ateb, yn rhoi'r argraff ei fod yn cael trafferth deall cwestiwn yr heddwas. "Ie, ie, fi sy bia honna. Oes rhywbeth o'i le, ditectif?"

"Rydyn ni'n amau fod gan y fan yna gysylltiad gyda llofruddiaeth dyn o'r enw Seiriol Simmonds, yng Nghaerdydd, rai wythnosau'n ôl. Ma sawl cwestiwn gyda ni hoffen ni i chi eu hateb."

Ma llaw Gweuflyn yn mynd i'w geg a mae'n camu'n ôl.

"Fy... fy fan i? O mam bach, mae'n well i chi ddod mewn..."

Ma drws y sgubor yn agor nes bod digon o fwlch i'r pedwar heddwas gamu drwyddo un ar ôl y llall.

Dwi'n gweld y ditectif cyntaf yn craffu i'r sgubor, ac yn gweld y Pair anferth, a'r tân yn llosgi.

Dwi'n clywed un o'r heddweision eraill – yr un tal mewn iwnifform ac yn gwisgo sbectol trwchus – yn dweud, "Beth yw'r drewdod 'na? Os rhywbeth 'di marw mewn fan hyn?"

Ma'r ditectif cyntaf yn edrych yn syth ata i, a dwi'n taeru ei fod e'n fy nabod i rywsut, er dwi'n siŵr nad ydw i 'di ei weld e erioed o'r blân.

Yna'n sydyn mae'r drws yn cau'n glep, a'r Marchogion sydd wedi bod yn cuddio yn y cysgodion yn camu mlân. O fewn dim mae'r *pedwar heddwas wedi eu hamgylchynu, ac arfau o bob siâp yn eu bygwth o bob cyfeiriad.*

"Nawr arhoswch funud..." ma'r un alwodd ei hun yn Saunders yn dweud.

"Ditectif... Saunders, ife?" ma Gweuflyn yn torri ar ei draws. "Yn anffodus dydy nawr ddim yn amser cyfleus, ond fe alla i'ch sicrhau chi nad fi laddodd Seiriol Simmonds."

"Nage," daw llais arall, a ma Andreas yn camu'n fygythiol at y ditectif, ei gyllell o'i flân. "Achos fi wnaeth. A beth wyt ti'n mynd i neud am y peth – fy arestio i?"

Ma chwerthin yn llenwi'r sgubor a dwi'n troi fy nghefn, yn sicr fod yr heddweision ar fin cael eu lladd, yn methu stumogi gweld y llofruddiaethau gwaed oer.

A dyna pryd dwi'n sylwi ar rywbeth o'n i heb ei weld o'r blân. Un peth alle efallai, rywsut, fod o ddefnydd i fi. Bocs matshys, wedi ei ollwng wrth ochr y cafn llawn dŵr budr, ar ôl cynnau'r tân sy'n dal i losgi yng nghanol y sgubor.

Dwi'n cymryd cipolwg ac yn gweld bod y Marchogion i gyd â'u llygaid ar y plismyn o hyd, yn eu bygwth a'u pryfocio. Ma Andreas yn sefyll â'i drwyn fodfeddi'n unig o wyneb Ditectif Saunders, ei gyllell at wddw'r plismon.

Cyn i fi golli'r cyfle dwi'n dechre symud yn araf bach, modfedd wrth fodfedd, gan geisio 'ngorau i beidio â denu sylw unrhyw un, nes 'mod i o fewn cyrraedd y bocs. Dwi'n ei dynnu tuag ata i, y pwysau'n awgrymu fod matshys yn y bocs o hyd, ac yn ei wthio'n gyflym i fy mhoced i.

Ond os ydw i'n teimlo unrhyw gysur o gwbwl fod gen i fantais fach doedd Gweuflyn a'i Farchogion ddim yn gwbod amdano, mae hynny'n diflannu'n syth wrth glywed sgrech orffwyll Edith Taran yn atsain drwy'r sgubor,

"Lladdwch nhw! LLADDWCH NHW I GYD!!"

58

Er gwaetha'r sefyllfa mae e ynddi, mae Saunders yn meddwl yn glir. Does ganddo ddim syniad beth sy'n digwydd yn y sgubor, na phwy yw'r holl bobol yma. Cafodd ei synnu o weld Manawydan Jones yma – roedd wedi ei adnabod o'r lluniau welodd ar ei ymweliad â chartref ei fam yn Llandiem – gan fod hwnnw i fod ar drip ysgol ar y cyfandir.

Ond doedd hynny ddim yn bwysig am y tro. Yr unig beth pwysig oedd aros yn fyw, ac roedd hynny'n dechrau edrych yn fwy a mwy annhebygol, yn enwedig pan waeddodd yr hen ddynes am eu lladd nhw i gyd.

Yna, llais tawel ac awdurdodol yr un agorodd y drws – yr un sy'n amlwg yn arwain y criw.

"Dim eto, Edith," mae'n dweud. "Bydd amser i ddelio gyda nhw wedyn. Rydyn ni ar ganol rhywbeth llawer mwy pwysig..."

"Ond Gweuflyn..." mae'r un gyda'i wallt hir wedi ei glymu mewn cynffon – yr un gyfaddefodd i ladd Seiriol Simmonds – yn dechrau dweud, cyn i'r arweinydd dorri ar ei draws.

"Wedyn, ddwedes i, Andreas! Cymerwch unrhyw radios a ffôns sydd ganddyn nhw a'u cloi yn y fan tu allan am nawr. Ma 'na bethau pwysicach i'w gwneud yma."

Gan rwgnach a swnian mae'r criw yn ufuddhau, ac Andreas yn mynd trwy eu pocedi bob yn un, gan gymryd unrhyw fodd o gysylltu gyda'r byd tu allan, cyn eu gwthio allan mewn rhes drwy ddrws y sgubor.

"Tria di ddianc…" mae'n mwmian dan ei anadl wrth i'r pedwar heddwas gael eu tywys i'r fan ddu – y fan y buon nhw'n chwilio amdani ers wythnosau bellach. "Tria ddianc, i roi esgus i fi dy ladd di."

"Peidiwch gwneud unrhyw beth gwirion," mae Saunders yn dweud, wrth ei ddynion ei hun yn ogystal â'r criw arfog sydd bellach yn agor drws cefn y fan. PC Heyworth sy'n dringo i mewn yn gyntaf, gan blygu ei gorff hir yn lletchwith i'r gofod isel. Mae PC Wilmot yn ei ddilyn, yna Price ac yn olaf, ar ôl syllu i lygaid Andreas am sawl eiliad, mae Saunders yn dringo i mewn hefyd. Mae'r drysau'n cau, gan adael y pedwar mewn tywyllwch llwyr. Wrth wrando'n astud, mae Saunders yn clywed y lleisiau tu allan yn pellhau, ac yna ddrws trwm y sgubor yn cau ben pella'r buarth.

Samson Price yw'r cyntaf i dorri'r tawelwch yn y fan.

"Beth ddiawl sy'n mynd mlân fan hyn?"

59

"Codwch y Pair i'r tân!" ma Gweuflyn yn gorchymyn wrth i weddill y Marchogion ddychwelyd i'r sgubor.

Tra'u bod nhw tu allan yn delio â'r heddlu fe arhosodd Gweuflyn yn ei unfan, yn syllu arna i mewn tawelwch. Ro'n i'n teimlo fel petase fe'n trio darllen fy meddwl i. Oedd hynna'n bosib? Doedd gen i ddim syniad pa alluoedd oedd gan y dyn 'ma.

"Andreas a Lleucu, ewch lan i dop y sgubor i gadw golwg, rhag ofn fod mwy o heddlu ar y ffordd. Manon a Meinir, rhowch y pren yna ar draws y drws," mae'n gweiddi drachefn. "Ry'n ni'n agos, ond mae'n cymryd amser i'r Pair wneud ei waith, dy'n ni ddim isie neb i darfu arnon ni eto."

Wrth i Andreas a dynes ganol oed gyda thonnau o wallt coch tywyll ddringo ysgol yng nghornel y sgubor, mae dwy Farchoges ifanc – y ddwy yn eiddil a gwelw, gyda gwallt gwyn pigog – yn symud pren trwm trwchus i orwedd ar draws yr unig ddrws. Ma'r ddwy yn edrych fel efeilliaid, a dwi'n cofio Eifion yn sôn am ddwy chwaer oedd yng nghylch agos Gweuflyn – y chwiorydd McKinley.

"Bwtsiwr, Mynach, Iolo, helpwch Bleddyn i godi'r Pair," ma Gweuflyn yn gorchymyn, yn neidio o un droed i'r llall, yn belen o egni, sy'n fy atgoffa i o Sbarc am eiliad.

Ma Bleddyn Bach a'r tri Marchog yn straffaglu i symud y crochan trwm a'i osod ar y tân. Ma'r pedwar yn tuchan a chwythu wrth i Gweuflyn lywio'r crochan mawr metel, ac unwaith ei fod yn crogi uwchben y fflamau mae'n clapio ei ddwylo.

"Dewch, dewch, dyna ni, dyna ni, llwythwch nhw i mewn. Y gorau a'r gwaethaf ohonon ni i gyd, y rhai sydd am godi eto a'n gwasanaethu ni. Cenhedlaeth fythol o Farchogion."

Ma'r gorchudd glas ym mhen pella'r sgubor yn cael ei daflu'n ôl a phentwr o gnawd ac esgyrn yn dod i'r golwg, gan ddod â thon gryfach o ddrewdod i gymysgu â'r awyr gynnes. Ma'r cyfog yn codi yn fy ngwddw i eto, a ma sawl un o'r Marchogion yn clymu hances dros eu hwynebau cyn dechre symud y sgerbydau'n ofalus i'r Pair, tra bod Gweuflyn yn eu cyfarch fel hen ffrindiau.

"Idris y Creulon, cwyd eto. Y Dewin Glas Cadog, dychwela atom. Mabon Dywyll, ymuna â ni."

Fesul un ma'r sgerbydau'n cael eu gosod yn y Pair, a gyda phob un corff ma'r fflam oddi tano'n fflachio'n wyrdd. Ma mwy a mwy yn cael eu taflu i mewn, un ar ôl y llall, dwsinau o weddillion, a Gweuflyn yn adrodd enw pob un yn ei dro. Mae'n rhaid fod y Pair yn ddiwaelod, neu bydde fe'n orlawn erbyn hyn.

"Pa mor hir nes eu bod nhw'n codi eto?" ma un o'r chwiorydd McKinley yn gofyn, gan sychu'r chwys o'i thalcen. Ma'r gwres yn y sgubor yn llethol erbyn hyn.

"Pan fyddan nhw'n barod!" ma Gweuflyn yn ebychu. "Dylet ti wybod o'r hen straeon fod milwyr cyffredin yn cael eu gadael yn y Pair dros nos, ond nid milwyr arferol ydy'r rhein. Mae'r rhein yn gryfach, yn fwy nerthol o lawer. Fe alla i eu teimlo nhw'n dihuno yn barod, yn ailafael ar dir y byw, yn awchu am ymladd eto!"

Mae'n cymryd hanner awr gyfan i lwytho'r holl weddillion i'r Pair, a'r Marchogion yn diferu o chwys oherwydd cyfuniad o'r gwaith caled ac o wres y tân. Pan ma'r sgerbwd olaf wedi diflannu i'r Pair mae llonyddwch anghyffyrddus yn disgyn fel blanced drwchus dros y sgubor. Dwi'n edrych o fy nghwmpas, a ma pob pâr o lygaid yn syllu ar y Pair, yn aros i weld pwy – neu beth – fydd yn codi ohono.

Yn y tawelwch llethol, ma gwaedd sydyn Andreas o dop y sgubor yn neud i bawb neidio.

"Gweuflyn! Ma gyda ni gwmni!"

Ma llygaid Gweuflyn yn fflachio wrth iddo edrych at y nen.

"Heddlu?" mae'n cyfarth.

"Na, dim heddlu! Pritch, Y Morthwyl, Ficer Meilir – ma'r Cyfeillion yma!"

Ma'r sgubor yn ffrwydro yn ferw o weiddi a rhedeg o gwmpas, a Gweuflyn yn eu canol yn rhoi gorchmynion.

"Pawb i gymryd bwa a saeth, ac ewch lan yr ysgolion. Os y'ch chi'n gweld unrhyw beth yn symud, saethwch e. Edith..." mae'n galw ar yr hen ddynes. "Swyna'r drws, gwna'n siŵr fod neb yn gallu dod mewn."

Mae'n troi ata i, gyda golwg wyllt yn ei lygaid.

"Ti sy 'di eu denu nhw yma? Sut? Sut wnest ti fe? Dylen i fod wedi cael gwared arnot ti fel wnes i gyda dy dad... Ond dyw hi ddim yn rhy hwyr..."

Ma Gweuflyn yn estyn am ei gleddyf.

60

Thwoc.

Mae'r saeth gyntaf yn bwrw wal y sgubor, ac er gwaetha'r pren trwchus mae'r blaen miniog yn gwthio'i hun fodfedd drwy'r wal.

"Gweuflyn, ma nhw o'n cwmpas ni i gyd!" mae gwaedd yn dod o dop y sgubor.

Thwoc. Thwoc, thwoc.

Y saethau'n taro'r waliau o bob cyfeiriad nawr.

Mae Gweuflyn yn oedi, a'i gleddyf wedi codi uwch ei ben, ei wefusau wedi'u tynnu'n ôl a'i ddannedd yn dangos. Gyda rhu o ddicter mae'n gosod y cleddyf 'nôl yn ei wregys ac yn rhedeg i nôl bwa a saeth, gan weiddi ar Edith Taran i gadw llygad ar Manawydan.

"Cadwch nhw'n ôl!" mae'n gorchymyn wrth ddringo'r ysgol. "Bydd byddin gyfan yn codi o'r Pair unrhyw funud. Tan hynny, os welwch chi unrhyw un yn dod yn agos, saethwch nhw. Dyma'r awr olaf i'r Cyfeillion. Gadewch iddyn nhw gael blas o nerth y Marchogion!"

Mae Manawydan yn clywed sŵn saethau'n gwibio uwch ei ben, a sgrech o'r buarth tu allan.

"Ac eto! Ac eto!" mae llais Gweuflyn yn eu hannog. "Cadwch nhw'n ôl!"

"Helô, 'machgen bach i." Mae Edith Taran wedi agosáu

at Manawydan heb iddo sylwi, ac mae ei llais gwichlyd yn gwneud iddo neidio. Mae'n gwenu arno'n hyll, yn dangos casgliad o ddannedd melyn, pigog, gyda sawl bwlch du. "Ti isie dod i edrych yn y Pair?"

Mae Manawydan yn ysgwyd ei ben, a'r hen ddynes yn edrych yn bwdlyd arno.

"Wel, dwyt ti ddim hwyl."

Gyda hynny mae'n sgipio fel plentyn at y Pair, yn dringo i fyny ac yn edrych i mewn iddo. Mae'n troi gyda'i llygaid yn fawr i edrych ar Manawydan.

"Bron yn barod!" mae'n dweud, mewn llais llawn cyffro, ac yn dechrau piffian chwerthin.

"Edith!" mae llais gwyllt Gweuflyn yn taranu o dop y sgubor. "Gwarchod y drws!"

Mae Edith yn dringo i lawr yn frysiog ac yn croesi at ddrws y sgubor, lle mae'n sefyll â'i phen i lawr a'i breichiau ar led, yn mwmian yn dawel dan ei hanadl. O fewn eiliadau mae'r drws yn dechrau sgleinio gyda rhyw olau annaearol, yn symud mewn tonnau yn ôl ac ymlaen dros y pren.

Mae'r saethau'n dal i daro wal y sgubor yn gyson o bob cyfeiriad, a llais Gweuflyn yn annog ei Farchogion yn gymysg â'r gweiddi a'r bloeddio tu allan, ond mae Manawydan yn sylweddoli nad yw'r twrw tu allan fel petai'n agosáu o gwbl. Mae'n rhaid fod saethau'r Marchogion yn atal y Cyfeillion rhag dod yn agos, ac er na fyddai hynny'n parhau am byth roedd cynnwys y Pair yn tyfu ac yn adfywio. Beth os nad oedd y Cyfeillion yn gallu cyrraedd cyn fod y meirw'n barod i ymuno â'r frwydr?

Mae Manawydan yn meddwl yn galed. Sut all e helpu? Mae'n ystyried rhedeg draw at y Pair a'i wthio drosto – gwneud unrhyw beth i stopio'r broses ddadeni. Ond mae'n gwybod fod pedwar Marchog cryf wedi cael trafferth i symud y Pair gwag, heb sôn am grochan llawn cyrff.

Ac yna, mae'n cofio am y bocs matshys yn ei boced, ac yn gweld yr hen wellt sych sydd wedi ei glirio o ganol y sgubor a'i bentyrru yn erbyn y waliau ym mhob man.

Uwch ei ben mae sgrech dreiddgar yn rhwygo drwy'r helynt, ac mae Lleucu, y ddynes gwallt coch, yn syrthio o nenfwd y sgubor i'r llawr gyda saeth yn ei hysgwydd, cyn glanio'n drwm yn y Pair sy'n dal i grogi uwchben y tân.

"Gadewch iddi!" mae llais Gweuflyn yn taranu. "Fe wneith hi godi eto. Cadwch y Cyfeillion 'nôl!"

Mae Manawydan yn edrych o'i gwmpas i wneud yn siŵr fod pob un o'r Marchogion yn canolbwyntio ar y frwydr tu allan, cyn agor y bocs matshys o'i boced a thanio'r fatsien gyntaf.

61

Yn nhywyllwch y fan mae Ditectif Saunders a'r tri heddwas arall yn gwrando'n astud ar y twrw tu allan.

"Be ddiawl sy'n digwydd?" mae Samson Price yn gofyn mewn llais crynedig. "Ma'n swnio fel rhyfel byd mas fan'na!"

Mae Ditectif Saunders yn cofio darllen fod colli un synnwyr yn gwneud i'r gweddill weithio'n fwy caled. Wedi ei ddallu yn y tywyllwch, mae'n gwrando'n astud ar y sŵn i gyd sy'n mynd mlaen o'i gwmpas ac yna… rhywbeth arall.

Arogl newydd.

Arogl rhywbeth yn llosgi.

Mae rhywbeth ar dân.

62

Cydiodd y fflam yn y gwellt sych yn syth, a neidio o un bwndel i'r llall ar hyd ochr y sgubor nes cyrraedd y pentwr mawr o wellt oedd wedi ei adael yn y cysgodion ym mhen pella'r adeilad. O fewn eiliadau roedd y cwbwl yn wenfflam, a phren sych y waliau wedi dechre mygu hefyd.

Ma'r lle cyfan yn llenwi â mwg, a dwi'n clywed llais Andreas yn llawn panig o fry uwchben.

"Tân! Ma'r lle ar dân!"

Bron yn syth ma llond lle o leisiau yn ymuno yn y gweiddi o nenfwd y sgubor.

"Alla i ddim gweld, lle ma nhw?"

"Fyddwn ni'n marw lan fan hyn!"

"Mas, mas, pawb mas!"

Ma rhu anferth tu allan, a dwi'n clywed llais cyfarwydd Pritch yn galw.

"Ma'r sgubor ar dân! Ymlaen! Ymlaen, Gyfeillion! Yn enw Bendigeidfran! Yn enw eich cyndeidiau! Ewch amdanyn nhw!"

Mae'n rhaid fod y Cyfeillion wedi gweld eu cyfle a, heb y saethau'n disgyn ar eu pennau, yn croesi'r buarth i gyfeiriad y sgubor.

Ac yna un llais – llais Gweuflyn – yn bloeddio'n uwch na neb, wrth i fi weld siapiau yn y mwg, yn llithro i lawr yr ysgolion o'r nenfwd.

"Gwarchodwch y Pair! Codwch eich arfau, ewch i gwrdd â nhw,

gwnewch beth sydd angen ei wneud. Fe ladda i unrhyw un sy'n ffoi! Edith, agor y drws!"

Ma drws y sgubor yn ffrwydro ar agor, a'r llif sydyn o awyr iach yn bwydo'r fflamau fwy fyth, y gwres yn annioddefol yn fy nghuddfan yn y cysgodion. Dwi'n cyfri'r Marchogion yn rhedeg allan, pob bwa a saeth wedi eu taflu i'r neilltu a chleddyfau, bwyelli, tariannau, a phob math o arfau trwm yn eu dwylo yn eu lle.

Bron yn syth ma sŵn metel yn taro ar fetel wrth i'r frwydr ffyrnig ddechre yn y buarth, a dwi'n clywed lleisiau cyfarwydd yn gweiddi dros sŵn yr ymladd.

"Maen nhw 'di llenwi'r Pair. Ma'n rhaid i ni ei chwalu fe, neu mi fydd hi ar ben arnon ni i gyd!" ma Pritch yn gweiddi, ei lais yn groch. "Eifion! Ti'n gwybod be sy'n rhaid i ti neud!"

"Manawydan! Lle ma Manawydan?" Llais Alys yn torri trwy'r gwallgofrwydd.

"Fydd o'n marw fewn fan'na!" Mogs yn ei hateb, a nodyn o banig yn ei lais.

"Daliwch eich tir! Peidiwch gadael iddyn nhw fynd heibio!" Llais gorffwyll Gweuflyn yn gorchymyn y Marchogion.

Gyda'r mwg trwchus yn llosgi fy llygaid a llenwi fy ysgyfaint nes 'mod i'n methu anadlu, dwi'n cropian i gyfeiriad y drws, heibio i'r tân sy'n dal i losgi dan y Pair. Ac yna, drwy'r mwg a'r dagrau… ydy fy meddwl, fy llygaid, yn chwarae triciau arna i? Neu… oes rhywbeth yn symud yng ngheg y Pair?

Ma'r fflamau bron â'm hamgylchynu i nawr a dwi'n gwybod y bydd hi ar ben arna i os ydw i'n aros yn y sgubor lot hirach. Dwi'n gwthio fy hun mlân ac yn cropian at y drws, bron yn ddall erbyn hyn, ac o'r diwedd dwi'n disgyn allan i'r buarth, yn llowcio'r awyr iach, oer, gyda'r frwydr yn berwi o 'nghwmpas i.

Ma parau o Gyfeillion a Marchogion yn ymladd ym mhob man.

Ma Telor, mab y Blaidd, yn symud yn chwim, yn troi a gwingo gan ddefnyddio ei darian i wyro cleddyf trwm Bleddyn Bach.

Ei frawd Gwyndaf yn brwydro'n ffyrnig ag un o'r chwiorydd McKinley.

A Seren a'i gwaywffon yn cadw cleddyf y chwaer arall hyd braich.

Gyda bloedd ma Ficer Meilir yn rhedeg i ganol y ffrae, ei gleddyf yn fflachio o'i wain tra bod y Marchog o'r enw Bwtsiwr yn dod i'w gyfarfod, ei forthwyl pigog yn troelli.

Ma Alys ar y droed flân yn erbyn y Marchog Iolo, ac yntau'n gwau wysg ei gefn rhwng y ceir du sgleiniog sydd wedi eu parcio ar y buarth i'w hosgoi, yn trio ei orau i amddiffyn ei hun rhag ei chleddyf.

A Mogs yn sefyll o flaen Edith Taran, y ddau â'u breichiau ar led a hithau'n rhegi a chwerthin yn orffwyll. Ma Mogs yn chwysu, ei goesau'n crynu, yn amlwg yn gwneud ei orau i ymyrryd â swynion y wrach wallgof.

Ma Eifion yn croesi'r buarth trwy'r frwydr at y Pair, ei forthwyl mawr yn ei law, ond cyn iddo fynd yn agos at y sgubor ma Andreas, a'r Marchog roedd Gweuflyn yn ei alw'n Mynach, yn sefyll yn ei ffordd, yn ofalus, i aros o gyrraedd y morthwyl, a'u cleddyfau o'u blaenau.

Ac yng nghanol y cwbwl, ma gwreichion yn hedfan i'r awyr o fflamau'r sgubor wrth i gleddyf Pritch gwrdd â llafn miniog Gweuflyn, a hwnnw'n chwerthin wrth gymryd cam mlân a tharo'n ôl, fodfeddi o ystlys Pritch.

"Yr holl flynyddoedd 'ma, Pritch," ma Gweuflyn yn gwawdio. "Yr holl flynyddoedd yn chwilio amdana i, a ro'n i dan dy drwyn di yr holl amser."

"Wnei di ddim dianc nawr, Osian," ma Pritch yn ateb, ei lygaid yn fflachio wrth godi ei gleddyf eto.

"Gweuflyn, Pritch – dim Osian." Ma'u cleddyfau'n cwrdd, a'r

ddau'n closio, nes eu bod nhw drwyn wrth drwyn. "A chyn hir fe fyddi di'n erfyn arna i i beidio dy ladd di... yn union fel wnaeth Llwyd."

Ma Pritch yn rhuo ac yn gwthio Gweuflyn yn ôl, cyn i lafnau'r ddau gwrdd yn fyddarol eto, a ma'r ymdrech o amddiffyn ei hun yn erbyn ymosodiad gwyllt Pritch yn gorfodi Gweuflyn yn ôl, yn bellach o ddrws y sgubor.

Yn sydyn, trwy'r mwg trwchus a'r baw, dwi'n gweld cleddyf yn hedfan drwy'r awyr ac yn glanio'n drwm ar y llawr. Ar ben pella'r buarth ma Telor yn edrych yn anobeithiol arno, cyn wynebu Bleddyn Bach gyda golwg o ofn pur ar ei wyneb. Mae'n codi'r hyn sydd ar ôl o'i darian i'w amddiffyn, ond mae llafn miniog y Marchog cryf yn gwthio trwyddo, yn ddwfn i'w frest, a ma Telor yn disgyn i'r llawr yn farw.

"Eifion!" Seren sy'n gweiddi, yn dal i ymladd gyda'r chwaer McKinley. "Cer am y Pair, nawr!"

Ond er gwaetha ei ymdrechion dwi'n gweld fod Andreas a'r Mynach yn dal i sefyll yn ffordd Eifion Casgen, yn ffugio ac yn tynnu'n ôl am yn ail, yn creu wal symudol finiog sy'n atal y dyn mawr rhag mynd yn agosach at y sgubor.

Ma'n rhaid i fi neud rhywbeth. Dwi'n gwthio fy hun i fyny ac yn rhedeg, fy nghefn wedi crymanu, at gleddyf Telor. Ma'r frwydr yn parhau o 'nghwmpas i, ond ymhen dim dwi o fewn cyrraedd i'r cleddyf, ac yn estyn fy llaw i'w godi, pan ma troed yn ymddangos, ac yn sefyll ar y llafn.

Dwi'n edrych i fyny a gweld wyneb Andreas yn gwenu arna i, ei gleddyf wedi codi.

"Wel, wel, Manaw —"

Ma gweddill y frawddeg yn diflannu gyda sgrech, wrth i forthwyl anferth Eifion Casgen symud yn ddiog drwy'r awyr tu ôl i Andreas, oedd wedi neud y camgymeriad o droi ei gefn ar Eifion am eiliad.

Ma pen y morthwyl yn glanio gyda chlec fel darn o bren yn hollti ar benglin Andreas, a'r trawiad yn codi'r Marchog oddi ar ei draed a neud iddo hedfan dros y buarth, cyn bwrw'n galed yn erbyn ochr y fan ddu sydd wedi parcio yno o hyd, a chwympo'n swp diymadferth i'r llawr.

Dwi'n codi cleddyf Telor ac yn troi i wynebu Mynach. Heb Andreas yn sefyll wrth ei ochr ma'r Marchog wedi ei rewi i'r unfan, yn syllu'n gegrwth ar Eifion sydd wedi gostwng ei ben ac yn rhedeg tuag ato fel tarw, ac o fewn eiliad ma Mynach wysg ei gefn yn y budreddi yn ymladd am ei anadl.

"Paid â gadael iddo fe symud, Manawydan!" ma Casgen yn gweiddi dros ei ysgwydd wrth iddo redeg i gyfeiriad y sgubor, a chyn i'r Mynach godi eto dwi'n codi fy nghleddyf a'i ddal yn dynn yn erbyn ei frest.

"Na! Stopiwch e!" ma Gweuflyn yn sgrechian, yn rhy brysur yn gwyro ymosodiadau ffyrnig Pritch i fynd yn agos at Eifion, ac er fod Bleddyn Bach yn llamu dros gorff Telor ar ei ôl mae'n amlwg ei fod yn rhy hwyr, wrth i Casgen redeg heb oedi trwy ddrws agored y sgubor. Erbyn hyn ma'r adeilad cyfan yn wenfflam, a darnau o'r to yn disgyn o'i gwmpas, ond ma'r dyn mawr yn anwybyddu'r cwbwl.

Ma amser yn arafu, a sŵn y frwydr yn pellhau, wrth i fi weld Eifion yn rhedeg at y Pair ac yn codi ei forthwyl yn uchel uwch ei ben, cyn dod â'r arf anferth i lawr gyda'i holl nerth ar y crochan.

Mae'n anodd egluro be sy'n digwydd wedyn. Mae'n teimlo fel petai'r holl awyr, yr holl olau, yr holl sŵn, yn cael ei amsugno i'r sgubor am amrantiad. Dwi'n gweld y Pair yn goleuo eto, mor llachar nes ei fod fel syllu i galon yr haul, gydag amlinelliad Eifion yn sefyll o'i flân o hyd. Ac yna mae'n diffodd, a ma'r holl awyr, yr holl olau, yr holl sŵn yn cael ei daflu allan o'r sgubor eto gyda rhu anferth, fel bom yn ffrwydro.

Am hanner eiliad dwi'n teimlo rhyddhad – fod y Pair wedi'i ddinistrio mewn pryd, a bod cynllun Gweuflyn wedi methu.

Yna ma'r ffrwydriad yn fy nharo i, a ma popeth yn mynd yn dywyll, fel diwedd y byd.

63

Ddeuddydd yn hwyrach, ar ddiwedd y prynhawn, mae Ditectif Saunders yn ôl yn ei swyddfa, yn dal i bendroni dros beth i'w roi yn ei adroddiad am ddigwyddiadau'r diwrnod hwnnw ar fferm Coed y Brenin. Wedi'r cwbl, mae'n anodd cyfleu syniad clir o beth achosodd y fath gyflafan, gan ei fod e wedi treulio'r cwbl yn eistedd yn y tywyllwch mewn cefn fan.

Mae'n darllen trwy'r darn mae'n cael trafferth ag e unwaith eto.

Rhyw hanner awr ar ôl cael fy ngorfodi i gefn y fan, gyda Sarjant Price, PC Heyworth a PC Wilmot, daeth yn amlwg fod rhyw fath o ymladd. O'n safbwynt ni (hynny yw, yng nghefn y fan) roedd yn swnio fel petai'r rheini wnaeth ein gorfodi ni i'r cerbyd y tu fewn i'r sgubor, tra bod criw arall wedi ymgynnull y tu allan ac yn ymosod arnyn nhw. Yn ystod yr ymladd yma mae'n debyg fod tân wedi dechrau yn y sgubor, gan orfodi ein carcharwyr ni allan i fuarth y fferm, lle parhaodd yr ymladd.

Yn fuan wedyn fe glywson ni ffrwydriad enfawr – ein amheuaeth yw fod poteli nwy neu rywbeth tebyg wedi cael eu storio yn y sgubor ac wedi ffrwydro yng ngwres y tân, er nad ydyn ni wedi llwyddo i ddod o hyd i unrhyw dystiolaeth i gadarnhau hyn. Wedi hynny, stopiodd yr ymladd yn gyfan gwbl.

Awr yn ddiweddarach, ar ôl galwad gyfrinachol i heddlu Abergwaun, cyrhaeddodd car heddlu a'n rhyddhau ni o gefn y fan. Fe welais wedyn fod y sgubor wedi llosgi i'r llawr, ac nad oedd unrhyw un ar gyfyl y lle bellach, heblaw am un dyn oedd wedi dioddef anaf difrifol i'w goesau. Hwn oedd y dyn wnaeth gyfaddef iddo ladd Seiriol Simmonds yn gynharach, ac sydd bellach yn y ddalfa ar amheuaeth o lofruddiaeth. Credir taw ei enw yw Andreas ap Pebr, ond mae hefyd yn cael ei adnabod fel Simon Bishop, un o gyfarwyddwyr cwmni Marchog Du. Mae yna gysylltiad rhwng Mr Bishop a llofruddiaeth dyn o'r enw Llwyd Jones, ac mae'r ymchwiliad i hynny'n parhau.

Oherwydd diffyg tystiolaeth nid yw'n glir beth yn union ddigwyddodd ar fferm Coed y Brenin, ond ein casgliad ni yw i ni darfu ar anghytundeb rhwng dwy gang droseddol. Ein gobaith yw y bydd Andreas ap Pebr yn cynnig mwy o wybodaeth, ond nid yw'n barod i wneud hynny mor belled.

Mae Saunders yn ochneidio. Gallai ychwanegu mwy o fanylion, ond roedd y cwbl yn mynd i swnio braidd yn wirion wedyn – yr amheuaeth fod yr ymladd yn digwydd gyda chleddyfau a bwa a saeth, neu'r gweiddi am gyn-deidiau a Bendigeidfran a rhywbeth am ryw fyddin anfarwol.

Ar ben hynny i gyd, roedd y ffaith ei fod yn siŵr iddo weld Manawydan, mab Llwyd Jones, yn y sgubor hefyd. Roedd ei ysgol a'i rieni wedi cadarnhau unwaith eto fod Manawydan ar drip ysgol, ac wedi bod i ffwrdd ers rhai wythnosau. Ond roedd Saunders mor sicr...

Mae'n ochneidio eto ac yn gwthio'r adroddiad o'r neilltu. Byddai'n rhaid iddo wneud y tro am nawr – o leia roedd ar fin dod ag achos llofruddiaeth Seiriol Simmonds, y dyn yn yr afon, i ben o'r diwedd.

Mae Saunders yn gwisgo ei got, yn barod i fynd adref at ei wraig, a pharatoi swper heno. Ond wrth ddiffodd golau ei swyddfa a chau'r drws, mae'r amheuaeth fod yna gysylltiad rhwng beth ddigwyddodd yng Nghoed y Brenin a marwolaeth Llwyd Jones yn dal i chwarae ar ei feddwl.

"Ma rhywbeth yn mynd mlaen gyda Manawydan Jones," mae'n mwmian iddo'i hun, wrth godi ei law mewn ffarwél ar Samson Price. "A dwi isie gwybod beth."

64

Yn y tŷ ar Stryd yr Efail, a thros ynys Fosgad, mae'r awyrgylch yn un o lawenydd a dathlu. Mae'r straeon am Frwydr Coed y Brenin yn cael eu hadrodd a'u hailadrodd ar hyd a lled y pentref, a'r rhai oedd yno – Manawydan ac Eifion yn enwedig – yn cael eu cymeradwyo wrth gerdded y strydoedd.

Ar ôl i Eifion chwalu'r Pair, manteisiodd y Marchogion ar yr anhrefn ar ôl y ffrwydriad i ddianc dros y caeau i'r coedwigoedd gerllaw. Yn hytrach na mynd ar eu holau, rhoddodd Seren y gorchymyn i bob Cyfaill aros a gweithio i ddiffodd y tân yn yr hyn oedd ar ôl o'r sgubor, a dod o hyd i Eifion. Ar ôl hanner awr hir o chwilio gwyllt, Alys ddaeth o hyd i'w thad, yn ddiymadferth ond yn fyw yn y cafn rhydlyd o ddŵr budr oedd wedi ei warchod wrth i'r sgubor losgi o'i gwmpas. Fe ddaeth ato'i hun ar y ffordd yn ôl i Fosgad gydag Alys yn ei gofleidio, y dagrau'n llifo i lawr ei bochau. Treuliodd ddiwrnod yn y feddygfa cyn mynnu gadael, er gwaetha ei anafiadau, i ymuno yn y dathlu.

Ond doedd pawb ddim mor ffodus ag Eifion. Doedd dim i'w wneud i helpu Telor, a fuodd farw ym muarth Coed y Brenin o'i anafiadau dan law Bleddyn Bach. Yn ofalus, ac yn barchus, cludodd y Cyfeillion ei gorff yn ôl i Fosgad, a chafodd ei anrhydeddu fel arwr a gollodd ei fywyd yn y frwydr yn erbyn llengoedd tywyll y Marchogion. Fe'i claddwyd e a'r Blaidd ar yr ynys, ochr yn ochr, gydag Arthur a Gwyndaf yn arwain y galaru.

Esboniodd Alys wrth Manawydan ar y siwrnai i Fosgad ei bod hithau wedi nofio'n ôl i'r ynys ar ôl ei adael ar y cwch gyda Gweuflyn, a mynd yn syth i Tŷ Mawr lle roedd arweinwyr y Cyfeillion wedi ymgynnull i ddechrau'r trydydd Prawf. Ar ôl i Seren gadarnhau fod Darn Coch y Pair wedi diflannu, gadawodd y criw bach o'r neuadd yn syth, tra bod llu mwy'n cael ei baratoi i'w dilyn.

Pan gyrhaeddodd y llu fferm Coed y Brenin roedd y frwydr wedi hen orffen, a'r Marchogion i gyd wedi ffoi, ond rhoddodd Seren y gorchymyn iddyn nhw fynd trwy bob modfedd o'r sgubor a chasglu pob darn o'r Pair gafodd ei chwalu. Yn ôl ar ynys Fosgad, torrwyd y darnau yma'n rhai llai eto, nes fod y Pair yn bentwr o ddwsinau o ddarnau bach. Cafodd y darnau eu llwytho ar gychod gwahanol a'u hanfon allan i bob cyfeiriad, gyda gorchymyn i'w cuddio ar hyd a lled y byd, i'w gwneud hi'n amhosib i unrhyw un eu casglu at ei gilydd eto.

"Y peth rhyfedd oedd fod dim sôn am weddillion cyrff yr holl Farchogion yna yn y sgubor yn unman. Mae'n rhaid fod swyn y Pair wedi eu difa nhw pan gafodd e ei chwalu," dywedodd Alys.

Yr unig Farchog oedd ar ôl yn y fferm wedi i'r gweddill ffoi oedd Andreas, ei goes wedi'i chwalu gan ergyd drom morthwyl Eifion Casgen ac yn methu symud. Er fod sawl un o blaid ei gymryd yn ôl i Fosgad, gofynnodd Manawydan, drwy Alys, i Seren i'w adael ar y fferm. Esboniodd fod pedwar heddwas yng nghefn y fan oedd wedi ei pharcio ar y buarth, yn aros i'w gymryd i'r carchar, lle byddai'n cael ei gosbi am ei ran yn llofruddiaeth Seiriol Simmonds.

"Does dim eisiau gwenwyn fel hwn ar yr ynys,"

penderfynodd Seren ar ôl ystyried am dipyn. "Gadewch e fan hyn, i wynebu cyfiawnder y gyfraith am yr hyn mae wedi ei wneud."

Gan adael Andreas yn gorwedd gan fygwth a rhegi ym maw a budreddi'r buarth, dechreuodd y criw bach o Gyfeillion blinedig eu siwrnai adref, i ynys Fosgad.

65

Ma'r dyddie diwetha wedi bod yn... rhyfedd. Gyda chwmwl y Marchogion a'r Pair wedi diflannu o'r gorwel, a dim sôn am y Profion ers i ni ddychwelyd, dwi'n teimlo 'mod i wedi gallu ymlacio'n llwyr.

Yn syth ar ôl i ni gyrraedd yr ynys gyda'r newyddion fod y Pair wedi ei chwalu a'r Marchogion wedi ffoi, roedd yna ddathlu mawr, yn y pentre ac yn Tŷ Mawr, ond do'n i ddim yn teimlo fel ymuno yn yr hwyl. Ro'n i'n dal i weld corff Telor yn gorwedd yn llonydd ar fuarth y fferm, ac yn ail-fyw gweld Aneirin yn disgyn i'r llawr yn gelain y tu allan i'r twnnel, ac yn fwy na dim ro'n i'n teimlo trueni mawr dros Arthur ar ôl colli ei dad, yn ogystal â'i frawd, trwy law'r Marchogion.

Dwi 'di treulio'r dyddie ers dychwelyd o Goed y Brenin yn codi'n hwyr, bwyta, chwarae gwyddbwyll gyda Mogs, a mwynhau cwmni fy nau ffrind. Ddoe fe aethon ni i gyd allan ar gwch Eifion a threulio'r diwrnod yn pysgota – Alys a fi, Pritch, Seren, Sbarc ac Emma, a wnaethon ni hyd yn oed lwyddo i ddenu Mogs o'i soffa a'i lyfrau, er bod hwnnw wedi treulio'r diwrnod yn cwyno a bod yn sâl dros ochr y cwch tra bod pawb arall yn mwynhau.

Yna, bore 'ma, daeth cnoc ar ddrws y tŷ, a chamodd Pritch i'r stafell fyw. Er ei fod yn dal i gario sawl anaf o'r frwydr dwi'n cofio meddwl ei fod e'n edrych yn fwy iach na dwi'n cofio ei weld e erioed, fel petai pwysau'r byd wedi codi o'i ysgwyddau o'r diwedd.

"Sut ma'r arwyr?" gofynnodd gyda gwên.

"Popeth yn iawn fan'ma, Pritch," atebodd Mogs a oedd, fel arfer, yn gorwedd ar y soffa yn darllen llyfr. "Tisio panad?"

"Mewn munud falle. Ma rhywbeth sydd angen i fi drafod gyda Manawydan gynta." Oedodd Pritch cyn cario mlân. "Fe fyddwn i'n gofyn i siarad ag e ar ben ei hun, ond dwi'n amau taw ailadrodd y cwbwl wrthoch chi wneith e beth bynnag, felly ma croeso i chi aros." Oedodd eto, yn ceisio penderfynu sut i ddechre. "Ma'r Cyfeillion yn rhywbeth... rhyfedd i fod yn rhan ohono fe, Manawydan. Rydyn ni wedi bod o gwmpas ers canrifoedd, fel rwyt ti'n gwbod, a does dim yn parhau am gymaint o amser heb strwythur, heb reolau. A does dim ots faint rwyt ti eisiau torri neu newid y rheolau yna o bryd i'w gilydd, allwn ni ddim. Ma torri un yn arwain at dorri un arall, ac wedyn ma'r cwbwl yn disgyn yn ddarnau. Y rheolau yma sy'n ein dal ni at ein gilydd, ond ar yr un pryd rydyn ni'n gaeth iddyn nhw."

Doedd gen i ddim syniad am beth roedd Pritch yn siarad, ond fe ges i'r teimlad ei fod yn trio fy mharatoi i am siom.

"Ma'r Profion yn rhan hanfodol o'n traddodiadau ni, a ma'u rheolau nhw'n fwy pwysig fyth. Y Profion sy'n penderfynu pwy sy'n cael ymuno â ni, a chario'r traddodiadau mlaen yn eu tro. A falle dy fod di'n cofio Seren yn sôn cyn y Prawf cynta taw un o'r rheolau yw nad yw'r ymgeiswyr yn cael gadael yr ynys, am unrhyw reswm, cyn i'r Profion orffen."

Roedd y stafell yn dawel am funud, gyda dim ond sŵn y tân yn llosgi yn y grât.

"Ond..." dywedodd Alys. "Ond dyw hyn ddim yn berthnasol i Manawydan!"

"Fe adawodd e'r ynys cyn y Prawf olaf," atebodd Pritch, gan edrych ar Alys.

"Do, a petai o heb wneud hynny fydde Gweuflyn heb ddweud ble roedd y Marchogion yn ailadeiladu'r Pair, a fydda'r sgubor heb fynd ar dân, a bydda byddin anfarwol ar y ffordd i Fosgad y funud yma!" ebychodd Mogs. "Ti'n sôn am warchod ein traddodiada ni, ond fydda dim traddodiada ar ôl i'w gwarchod heb Manawydan!"

"Dwi'n gwbod," atebodd Pritch yn dawel, gan droi at Mogs. "A dwi'n cytuno gyda ti. Ond dydy hynny ddim yn newid y ffaith fod Manawydan wedi torri'r rheol. A ma hynny'n golygu ei fod e wedi cael ei ddiarddel o'r Profion."

"Ond... ond ma hynny'n meddwl na fydd e byth yn gallu ymuno â'r Cyfeillion!" Roedd dagrau o ddicter yn llygaid Alys, a gallwn i weld fod Mogs ar fin colli ei dymer.

"Na fydd," atebodd Pritch yn syml.

Dyna pryd suddodd fy nghalon. Ar ôl popeth, mi fyddwn i'n gorfod gadael ynys Fosgad. Gadael Mogs ac Alys. Gadael Pritch, Eifion, Seren, Sbarc, a phawb arall. Dychwelyd i Landiem, 'nôl ar y bws ysgol dydd Llun, 'nôl i'r un hen fywyd o fod yn neb, gyda dim ond atgofion fydd yn pylu ac yn pellhau dros amser, tra bod bywyd ar yr ynys yn cario mlân hebdda i.

"Ond... Pritch..." dechreuodd Alys, yn baglu dros ei geiriau. Edrychodd arna i, a gyda chalon drom fe ddechreuais i arwyddo.

Pryd fydd rhaid i fi adael?

Ma Alys yn cyfieithu i Pritch, yr emosiwn yn tagu'r geiriau yn ei gwddf.

"Wel," meddai Pritch. "Aros am funud, Manawydan. Fel ddwedodd Morgan, hebddot ti bydde cynllun Gweuflyn wedi llwyddo, does dim amheuaeth am hynny. Fe wnest ti ddangos dewrder, meddwl chwim ac, yn fwy na dim, ffyddlondeb. Rwyt ti wedi gwneud mwy na digon i brofi fod y Gallu gyda ti. Mae'n wir na fyddi di'n gallu ymuno â'r Cyfeillion – does dim all newid hynny, ma arna i ofn – ond cofia fod hynny'n meddwl nad wyt ti'n gaeth i'r un rheolau â ni. Dwi wedi bod yn siarad â Seren, a hoffe'r Cyfeillion ofyn a fyddet ti'n barod i aros gyda ni, ar ynys Fosgad? Am byth, os wyt ti isie." Daeth Pritch yn agosach, a rhoi ei law ar fy ysgwydd. "Ti'n gweld, fe wnaethon ni guro Gweuflyn a'i Farchogion y tro yma. Ond mi fydd yna dro nesa. A phan ddaw'r amser yna, bydd isie pobol fel ti i sefyll ochr yn ochr gyda ni. Be ti'n feddwl?"

Nawr, wrth eistedd ar fy ngwely yn edrych allan dros y môr wrth i olau olaf y dydd ddiflannu, ma lwmp yn dod i 'ngwddw wrth gofio'r llawenydd pur yn llygaid Pritch, Alys a Mogs pan wnes i gytuno.

Dwi ddim yn un o'r Cyfeillion. Dim rheolau. Dim cyfyngiadau.

Ond dwi yma, yn sefyll ochr yn ochr gyda'n ffrindiau, yn barod i wynebu pa bynnag her sydd o'n blaene ni.

Dwi'n troedio fy llwybr fy hun, Dad.

66

Mae'r dyn wedi bod yn crwydro'r coedwigoedd a'r caeau ers dyddiau.

Doedd dim chwant dŵr na bwyd arno.

Doedd e ddim yn teimlo gwres y dydd nac oerfel y nos.

Roedd yn gorwedd i lawr bob nos, ond yn methu cysgu.

Roedd yn methu dweud yr un gair.

Ond mae ei gof yn dechrau dychwelyd.

Mae'n dechrau cofio tu hwnt i dynnu ei hun allan o'r Pair mawr, a dianc o fflamau'r adeilad pren. Yn bell, bell tu hwnt i hynny, ganrifoedd yn ôl.

Mae'n cofio ei enw.

Mae'n cofio'r pŵer sydd ganddo, er nad yw hynny i gyd wedi dychwelyd eto.

Ac mae'n cofio ei fod yn Farchog.

Ydy wir. Y Marchog mwyaf peryglus a fuodd erioed.